禁果宅配便

Hezt

序 Hezt

Yes，我婊過了

我還記得那天晚上，在新加坡一家已倒的三溫暖，難得地遇到了一個非常酷的馬來乳牛，他是一個警察，有一個華裔男朋友，但兩人已鮮少「行房」，所以他必須來三溫暖補餐發洩。

當時我們梅開二度中，他在駿馬狂奔搗得兌，我則是兩腿顫顫，快斷魂蝕骨。我已完全豁出去，燦爛地綻放，當我倆情慾攀上巔峰時，我在他的大聳大肏中聽到這句話：

「你今晚被幾個人幹過了？」

我說，「只有你一個。」

但他該是知道我撒謊，只是吼了一聲：「Fuck you!」呼嘯中我感受到更強的一股衝撼力，我撸套著他，他也全根覆沒。或許他抗議不滿，但更像他在懲罰著我的虛假。

「Yeah, you're fucking me.」我說著，隨即被埋在他一浪又一浪的衝鋒陷陣裡。事實上，那一晚他不是我唯一的炮友，卻是在十年後的今天依然記得的炮友。

在異鄉被一個馬來警察檢舉著觸犯不誠實罪，我迄今仍記得這段對白，因為有說不出的卡通式的喜感。我一直在猜想他為何有此一問？是否是因為感覺到我的有容乃大，而讓他覺得未盡爽快？

但那時候，面對著一個幹著我的炮友，我是無法誠實地說出答案的，

因為我當時會覺得，這可真是婊子啊。因為一個晚上睡了不只一個的陌生男人，這可不是真正的我啊！我的道德底線在哪裡？

然而，我自2005年七月開始寫《亞當的禁果》，就是以沒底線、沒尺度出發。很多時候，我會覺得一篇又一篇的故事裡頭的「我」才是真正的我，裡面除了我的喜怒哀樂，還有最真實的情慾與感官呈現。但吊詭的是，外人會以為那是完全的我。不少讀者致函相詢，甚或是猜想我到底長得什麼樣子，可是我認為，「我」其實只是一個投射，那並非是全部的我。

如今驀然回首就是十年了。到現在我還在想，當時是一個喃喃自語獨白式的私密日記，怎麼會找到遠在天邊的匿名知音？當時更沒有想過可以出書了，一切聽起來還是十分超現實的。

而《禁果宅配便》便是《亞當的禁果》後的第二本書，從吉隆坡出發，我還自選幾個旅遊國家的艷遇、炮緣記，有些讀來彷如不可思議，但其實也是機緣巧合下湊成的。

由於全書的選篇是跨越十年，我本身重讀時，猶如重新撿回這段獵艷歷程裡的腳步。而每個男人，像個里程碑，可以說是一個記號，但其實更像一個記憶裡的墓誌牌，因為書中的主角都失聯了，有者其實是萍水相逢的無名氏，此生沒再見了。

第一次造訪曼谷的巴比倫三溫暖，我全晚空手而回，翌晨我在巴比倫酒店時吃著早餐時，遇到一個洋人，當時我們聊起，我透露出我的窘境，他只是說，你在三溫暖人多的時候，就伸手去撈，去抓抓他們就可以了，非常簡單。

後來好多次，我對於這種主動出擊的動作猶豫不已，天人交戰的情形是難以想像的痛苦，因為若是被人拒絕，是多麼地糗啊！

但到底誰會在黑暗中在意你呢？為什麼你要在意自己？若干年後的若干次造訪各地三溫暖，我豁了出去，只要稍微合眼緣，就抱持著何妨一試的心態，有時甚至連樣貌也看不清。

後來的後來，造訪三溫暖一晚竟然可以大混戰，彷如每一次都是最後一次。那時的我像個嗜色如命的狂徒，從乳牛到以前會嗤之以鼻的滴油叉燒，我都通殺。

但我從未想過自己可以將視線與選擇標準，變得如此無窮盡地大，像一個看不到圓周的圓形。我越走越遠，但不知道還有多遠，只是往前衝，極少回頭望。這個圓其實永遠看不透。做一個○，是一種人生哲學。

如果時間重返那一晚在新加坡三溫暖的那一刻，當我再聽到這問題——「你今晚被幾個人幹過了？」我會回答：「總之你還不是最後一個。」

目錄

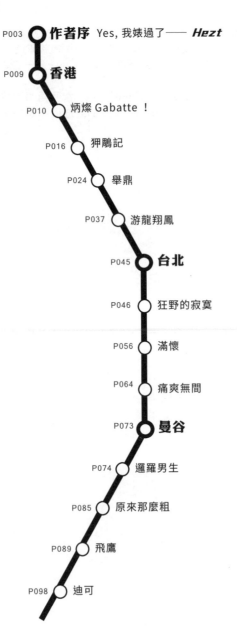

香港

H
K

炳燦 Ganbatte！

「你是否有帶襪來？」

「甚麼？」我不確定自己是否聽錯，我的粵語沒可能如此差勁吧？我竟然會聽錯我的母語？

「你是否有帶襪來？」他在耳邊廝磨著時，再說一遍，我知道我們即將展開一段探險的旅程。

●

走入香港「二丁目」時，已被告知這是全裸的三溫暖，寸絲不掛。其實我對天體三溫暖並沒那麼喜歡，因為太多訪客都會用手遮掩住下陰，防衛意識很強，不及披毛巾如此誘惑。

然而，在這間三溫暖，裸體似乎是很自然的事，也沒見到有任何人刻意隱藏。而我不知道香港人原來對裸體其實相當開放──即使在香港加州健身中心亦如此吊吊掬（粵語，常被寫作「條條Fing」，指懸吊時搖擺的狀態，也可形容人吊兒郎當）地行走，不是放肆，而是自然。

回過神來聽清楚那人的話，我才恍過神來答：「沒有。」心中那種怪異的感覺告訴我：不需要如此坦白。即使我是穿著襪子前來，穩穩妥妥地放在上鎖儲物格裡，但我何必要分享？因為現在我分享著的，就是我的肉身。

我在「二丁目」洗澡完畢沒多久，即被擒下，我那時看不清他的樣子，個子不高，身材也是扁平，像個發泡的中學生，可是為什麼我沒有拒人於千里之外？

或許當時我已饑荒了，或許當時我觸撫到他已勃起的陽物，觸覺還不錯，手感也覺得豐盈，像一個誘餌，就上鉤了。

隨著他進房間,那是最靠近走廊的房間,也是最接近公共走廊的廂房。我其實是屬意內進一些的廂房,然而這個人卻是那種「就地解決」型的。

然後他亮起了燈,與我對望著──我才知道「其貌不揚」的定義是什麼。

或許我應該說,其實他是五官端正的,只是眼睛太小,只是嘴唇稍厚,只是鼻子較塌,只是……他讓我想到那種馬來西亞的阿炳(阿炳在馬來西亞有「鄉下人」的貶義)或是當年港劇廖偉雄《網中人》演出的角色阿燦,就是有一種質樸的模樣。

所以,這種二合一的混合體,讓我代稱他為「炳燦」吧。

炳燦看起來有些戇,不過他身子肌膚確實很滑嫩,他將我摟進懷裡時,我的手指像碰著了蛋撻一般。為了配合香港的迅速節奏,我往「目的地」出發、向下開拓,抓住他唯一突出的把柄,而他也授之以柄,讓我舞弄著。

未幾我們雙雙倒下了,我才發覺那廂房裡其中一面是嵌上了鏡子,隱隱約約地映照著我倆的身影。他似乎饑饉好久好久了,像一個沙漠裡找到綠洲的受困者一樣。我感覺到他撲向我的大地上,拚命地啜飲,咂吸著,彷如要將我體內的精華一一勾索出來。

當他扒在我身上啜著乳頭時,我開始意亂情迷。那是一個麻醉自己的安全閥,我的魂竅都開啟了,因為他的舌頭熱乎乎的,像在發燒時用的保溫袋一樣,感覺到一股暖意。最要命的是他會呼著熱氣,燙著我那神經線交錯的部位。

要命的地方給炳燦拿去了,我還能交出什麼來?我有一種等待被支配的感覺,就這樣躺著,讓這個所謂其貌不揚的男人,如痴如醉地倒在我懷裡。這就是我的優越感吧,只能躺在一個半昏暗的廂房內,讓一個陌生人陶醉著,然後我望向鏡面上扭曲絞騰著身子的自己,像一條蛇,彷若有一種說不出的狠,就是要狠狠地將炳燦給併吞下去。

炳燦轉過身去,取下背後架子上提供的安全套,持著一尊相當迷你的砲台對準著。

他的急性提醒著我：這種狼吞虎嚥的品性，直搗黃龍時吃虧的是我自己。所以我扎下穩當馬步，深呼吸著，再用潤滑膏滿滿地滋潤著自己。我持著他的柄子，也要鑑定他是否真的已經披甲。

然後，一、二、三……

我們的世界相通了。

炳燦一下子就刺了進來，我抵受不了那股堅挺，將他推了出去。當陌生人硬拓入你生活的疆域時，人往往會有抗拒感，況且要在我的畛域裡接納著這異物？

我下指令：你慢慢來、慢慢來。

他果真聽話，在我適應著他時，放緩著節奏，漸漸地放肆地衝滑起來。像滑浪一樣地奔騰，我像浪花一樣奔放開來。只是天旋地轉，聲音隨著心意高呼起來時，炳燦似乎很受落，他抓著我的胳臂更緊了。

「嗌（喊）大聲啲。嗌（喊）得慘啲。」

什麼？我的心又給他攪拌得混雜起來。但我像個聽話的演員，本分地演好我的戲份。

苦情的，悲情的，或是快活的？

我的聲音演繹著一種我自己也覺得不確真的角色。我發揮著多年來觀看 G 片的心得，將心中的吶喊以一種熟悉的語調，從口中吐露出來，隨著他的一刺一退，我高低起伏地盪漾著。

我想找回很久很久以前看的香港三級片經典對白，但只找到一句：「你好勁啊……」

「你鍾唔鍾意（喜不喜歡）？」炳燦在我耳邊問著，未幾他又鑽到我的胸懷裡，我又失控了。「鍾意啊……」我說。我找到了第二句對白。

然後炳燦周旋著，像一隻剛充完電的 phone，如此充沛地發著電，似乎是用之不竭的一種慷慨。把持著他，我不擔心盡興之下會突然消亡。

我望著鏡子，他的屁股真的很好看，是一彎曲圓的弧線，正如波浪一樣拍打著。我像一座堤岸一樣反彈著這前湧又後撤的波浪。沒想到這上半身肥碩肉騰騰的炳燦，下半身竟有曲線。我將兩手按壓在他的臀肉上，也嘗試掰開那兩片臀頰，滑嫩嫩的，像在微波爐裡溫過的盤子。

炳燦以為我在鼓舞著他，他拓得我更深了，就是要刺得我狠狠地那一種，然而我只覺得被一個蓋子搪蓋著而已。

「我夠唔夠大？」他問。

「大啊。」我昧著良心撒著白色謊言，事實上我感覺到他正一陣陣地消亡中，因為他俯衝得更用力，就是一種力挽狂瀾之態。

我再反過身子來，用我的肉身佈施著他退潮的精魂，然後我再看著鏡面的那副肉體。在影影綽綽間，我發覺自己的下腹真的需要好好地修正一番了，那贅肉就這樣覆蓋著，我有些悲憤地看著自己。

看著想著，怎麼我在做著最原始的活動時想著，在與人一體相連時，我會顧影自憐？

然後我回到現實，醒覺自己統治著一個陌生男子，殖民著他的砲台，再看著麾下的他，左支右絀，像有些動彈不得的無奈，夾雜著一種莫名的亢奮感。

我們的世界仍脆薄地相連著，直至中斷。

他未功成就身退了。

炳燦仰躺在地上，我看著他的軟化，才看到他的袖珍。有些纖細，像一把蔥子般的玉莖，十分秀氣。我撫弄著他已宣告塌陷的陽物，耍出了一些魔術性的絕招後，他又像股市一樣反彈了。

可是此次他有些耍賴了，他把持著柄子，光禿禿地要叩門，然後說：「畀我入你（讓我再肏你）。」

但這是不禮貌的叩門方式。

「唔得（不行）。」我看到他剃得光光，那可不是開玩笑的地方。

「咁樣爽點（這樣爽些）。」

不行不行，我抗拒著他，那是一場拔河吧，到最後又倒在我身上，然後重覆著第一程序的活動與動作，披甲上陣、沖浪，然後……

「你嗌大聲的！最好嗌到似喊那種。（你喊大聲一些！最好喊到像哭的那種。）」

「什麼？」我心裡納悶著。我的身體都敞開了給他，完全是屬於他了，為什麼我還要求饒？

炳燦似乎是日本 AV 迷吧，否則怎麼要那種哭喊不止的性愛表現來刺激自己？

此時，隔壁房傳來了一陣陣悠遠的呻吟聲，斷斷續續，春鶯啼轉般，滿室陶醉的春色。炳燦在我耳邊命令著：「好似他咁樣嗌（好像他那樣哭叫）。」

我不行，我的意志上就是不願服從聽命。我的快意即將升漲到「我還要更多」的狀態，但他卻給予不了我更多。我也漸漸地感覺不到他了，他像散去的微風一樣，慢慢地吹著我的身體，之前的狂風驟雨只是片刻。我們的世界，就只那樣淺薄地依附著，從深入到探頭，到懸掛在邊緣。

我再重擺著他的旗陣，他發狂似地將我的口推向他那明明滅滅的生命力中。然後我再感受著那股澎湃感在口腔裡洋溢開來，有些硬挺了，他就彎身，再取下另一個安全套，重披戰衣。

他一邊喝令著我求饒時，也輕摑著我的嘴，開始出現暴君狀態。我別過臉去，然後抓緊他的手臂。別忘記我還是比他大個子，隨時可反撲的。

炳燦知道我的硬脾性，不敢亂摑了，反之聽從著我拍打著他臀部的節奏，迅速地加大油門來衝。

我忘了我們重覆了多少次，動作上雖然如此單調，但我看著他的臀部起伏，倒是一陣陣地痴迷。是他導演著這場歡愛的動作，還是我的意識流在上演著自己的另一套春宮戲？

但顯然的是他想要導演一部受虐戲，過後就換做他拍打著我的臀部，嗶啪聲響的，裝作有些暴虐，像快馬加鞭。然而我只是躺著，如何快馬？與其如此，不如我夾緊著他，讓他可以快馬一些。所以我將兩腿往上抬環扣著他的腰支，讓他緊緊相依著。所以，我們互相傾軋著，他要廝殺，就放馬過來。

以前或許我們會說，那些要被幹者大喊大叫地來刺激己身快感，是變態，現在我想，這是個人選擇。

或許炳燦過於纖細，所以找不到大男人的表達方式？要聽到對方的嚎叫聲，要一再哀求停止，才能滿足內心底層那種支配、發號施令的慾望？才能裝飾出凌人的盛氣？

這是一個人自信不足的表現？

日本有一個辭，叫做「Ijime」（虐），即是欺凌，源自於自卑。自卑可懷著一種強烈的破壞慾，卻是對自己以外的物體的破壞，並在佔有和征服的過程中消除自己的自卑。而在對方極度痛苦和求饒的過程中，來感知到對方比自己更卑微時，就是一種精神上的勝利。

然而，這種欺凌者的勝利是痛苦萬分的，因為他根本無從消解自己的自卑，除非他也被別人欺凌。

摸透了這種個性，我就覺得炳燦只是一個裡裡外外的「小男人」，然而他的舌頭與手勢確實有本事，就是一種「能量轉移」（displacement）的表現吧，所以他才「舌燦蓮花」、「妙手回春」。

我應合著他，漸漸地情慾也鬧了起來，像到了積水位的蓄水池，一、二、三……洩洪完畢。

徹徹底底地倒下來時，炳燦偎在我身旁，他竟然俏皮地用我的洩精當作潤膚膏，為我塗滿了整個腹部，我看著自己光滑滑的腹部，這可是第一遭被如此施藥呢。

如此狼狽，就不可久留了。我們先後出去，我也急著沖身，就讓自己先歇歇……

然後再征戰。

狎鵰記

在「二丁目」首回交戰沒多久，走廊外的我視覺一飄，不遠處有一個亮光點吸引了我過去。飛蛾總會撲火的，無錯，那是打火機的火，來自一隻手，然後整個形體輪廓較為清晰了，畫面感出來了，有位倚在儲物格的男人在點著火抽菸。我望見了他，他也望見了我，在一剎那的火光間。

那是一個修長的身影，而且是相當黝黑的紮實體形，那是游泳鍛鍊出來的身形吧！他叼著一根煙，或許他已知道我洞識到他在做著一件違規的事情，所以就回敬地望了我一眼，有些邪淫的目光。

但邪的是，打入我眼簾的卻是他身上另一處，明顯可見的發亮點。即使那是明昧不清的燈影，然而，我可以肯定，他是一名巨根先生……

火花一瞬間，往往就是定形了。剛才那位炳燦是小雛，那麼這位巨根……我想他該是巨鵰吧！

他抽著他的菸，我繼續漫不經心地看著螢幕上的肉色交纏，然而目送目迎，姦情似乎在望。

後來我離座，一定要製造機會給自己去獵鵰。

果然，我們在廊道相遇，近看。遠觀是金銅色，近看則是皮膚黝黑，而且長得相當高大，那樣貌外形乍看如同莊稼漢。眼睛細瞇，但有一種粗獷、樸實卻帶有絲絲邪淫的味道。他的身體相當精瘦，然而有個倒三角形的腰部，體格也勝於寬大。足以撐場，就是台型了。

我伸手撫一撫他，巨鵰先生並沒有抗拒。他的陽物楞直垂掛，斤兩十足，有一種飽肥豐腴的感覺，在芳草萋萋處，像一棵倒掛的大樹。我聯想到在健身院裡看到的紅色沙包，就是那種粗肥垂直之狀。你會萌生一股想推操一把的感覺。

帶把的巨鵬先生，任由我摸索著，我像鑑賞珍物一樣地注視：怎麼長得如此茁壯？我很想彎下身去探底。就如同進了一間古寺，驀然發覺內裡掛著一個千年古鐘，你總有一種激越的感覺，就是想去敲鐘，聽聽那迴盪悠揚的鐘聲。

我不得不對這樣的古鐘敬禮，而巨鵬先生像裸了百年，他那處該是留駐紮根過無數肉身。

然而巨鵬先生似乎有了抗意。他示意說，剛剛完事，不宜再戰。

但我沒有停止。手到擒來的珍物，何能輕易放棄？我輕柔地撫摸著他，他下半身不會思考，只會反應，所以就給了我一個「YES」。

或許他真的敵不過他的 junior 所想要的，即使巨鵬先生看起來已露疲相，但他說，不如就進房吧！

巧的是，進的就是適才完事的隔壁廂房。鎖上門，他就坐下來，我嗅到鼻息間有一股菸氣，氤氳似的，即使他已沒有抽菸了，但菸草的清甘味裊裊地傳過鼻端。

房間內的燈半亮起來，是巨鵬扭亮燈掣的，原來這間房與隔壁那間如出一轍，都是一面牆是鑲了鏡子，倒影著似曾相識的我。

明鏡在前，我將慾望攤展出來無所遁形。曲腿坐在他身旁，什麼也不著緊，就首弄玉品簫起來。我嗅到一股壯美的清淡肉香，或許說是有一種滴露消毒水（Dettol）的潔淨味道。他該是剛沖洗回來，加上那一片茸軟弱小的體毛，分明是修剪過的地氈，毛絨絨的，讓我感覺美好。

於是細細地品嘗著，感受著他那股漸生的韌勁，有一種山深海闊的感覺——在熱帶雨林中，只有一枝獨秀的傲骨，巍然挺立。而我不疾不徐的從容的氣象，像深海般地迎送著他。

我的舌頭繞著他的龜頭打轉，再用唇片唼唼地吻著。有時又得靠舌頭靈活的旋轉，呼一呼氣，再俯首一探，將它全根納入，然後再滋滋做響地打著嘴炮。

那是一個讓人心有所動的龜頭，飽滿，根部有楷書般的渾樸雄健，那鈍圓的端頂卻有宛如隸書的圓潤，但蘸上一種謹飭端莊之氣象。

他那滑溜溜的表層溫熱了滿口，我改用啜吻式的，再輕輕地咬嚙著他，巨鵬先生或感到刺痛，又將我一頭按壓下去，不容再以嘴皮來放肆。我乖乖就範，張闔有致地，繼續研磨，暗地裡使勁，用舌頭翻江騰海，再讓他攪拌得傾覆。

然而，當壓在我後腦的力道加強時，我才驚覺被深喉了，似是難以呼吸，未免有些驚恐。馬上掙脫後，我看了巨鵬先生一眼，他依然在閉目，老僧入定般地打坐。

後來我改變策略，開始扶持著他的根底，徐徐搖之。起初那根陽具還有些搖曳生姿的纖柔，慢慢地我感受著它的振興，繼而是舒展、硬硼，如同長了骨一般，最後是火熱起來，成了一根悄然挺直的肉柱子。

我再瞧一瞧巨鵬先生，他閉目養神著，但手拿著一壺袖珍型的瓶子，那是 Poppers（Rush），他也讓我吸了一口，然後泰然自若地，授之以柄，打量著灼灼生輝的肉棒子，我樂得其事，馬上接旨……

我是如此地珍而視之，心裡的想法是，如果給我漫漫長日在這屹立不倒的崇山峻嶺流連、消磨，我會甘之如飴，天長地久地留駐探尋著其堂奧。

玩賞著時就這樣吞吐有方，張弛有致，我守著本份，就憑著自己三寸不爛之舌好好地侍奉著，也順道勤練口藝。

後來，我們來個首尾相接，巨鵬先生竄上落下地埋頭為我探祕，那種無竅不入的快感滋生全身，快意像水滔滔，流進我的脈管中，如浪滾滾，湧到我的心頭去，我不得不用兩腿鉤纏著他，一邊守著他的基業。

巨鵬先生的吻功也一流，他可以捧著我的胸部一邊呃著乳頭，像一個我見猶憐的饑民，又如一個口腔期的孩童，發出啜啜聲響出來。裡裡外外我開始暗潮洶湧。

我們的 69 之勢，開始互通款曲了，然而未知是否已精力透支，巨鵬先生時而舉火燎原般地熊熊燃起，不一會卻氣若遊絲消散而去。我知道我要加倍地努力為他喚回失去的精魂，就像那黃梅調那種十八相送的戀戀不捨之情，叼、含、放、擒，再舔，無一不盡其極。

慢慢地，我感受到一種生根發芽的生機了，不需要扶持著他的根部，

他已暴跳起來，箭在弓弦，只是隱而不發。

我脫嘴一看，天啊，愚若椿柱，這是傲視群倫的龐然巨物啊！他已超標準，我覺得超現實。

這時他坐了下來，就讓我擺弄著他。他是任搓任扁的。我與巨鵬齊翔共舞未多久，他就轉過身子覆蓋著我，撅起我的後臀，做俯衝狀似地把那根光禿禿的陽物，像船槳一樣地在我後庭峰起溝落之處划過。

我起初會擔心他赫然滑入，那可是打真軍上陣啊，這不符合我的遊戲規則。

後來我想他如此肥碩，若是槍刀劍戟，駕馭起來肯定是橫掃入境，必會是驚心動魄地叩關而無法鬼祟偷襲，我不會如此輕易掉以輕心，所以就放心地感受著那種滑擦而過、泛舟淺遊般的快意。

我望向斗室一面的鏡子，看到了自己，看到了他，兩個相疊的肉體，息息相關，他用臂力依偎著我，我側頭枕著，看著鏡子裡的他腰胯之下，與我無間似地融合。

在鏡子的剪影下，巨鵬先生蜿蜒的背部在起伏浮動。腰馬有力，如同一隻灑脫的奔馬，曲線酣暢、氣勢沉雄，動作卻狂狷。我禁不住墜入一片魔術式的幻覺裡面，就像馴順了的座騎般，隨著他的裝腔作態，發出呻鳴來。

然後，我聽見咚咚咚似的聲響，回頭一望，發覺巨鵬先生竟用他彈簧似的陽具，一彈一跳地敲在我的臀頰上，如同打鼓，其實是示意著他的雄糾糾。本來我感到自己像被魚肉，反之我覺得他才是一隻活蹦亂跳的鮮魚。

一切俱備後，巨鵬先生越過我的身子，俯身拿下我前端架上的安全套，我知道他要幹起活兒來了，休兵狀態後如今戰火再燃，絕不容錯失良機。他一披甲，舉槍就戰。

我誠惶誠恐地迎戰，如此 XXL 的巨物，我會否壯烈地犧牲？我會否被叉得魂飛魄散？

我只是伏臥在地，任巨鵬先生宰制著。他先跨騎在我兩臀之間，剖開

他眼前的蘋果臀，徐徐地匍匐推進，一厘米一厘米地，之後一吋，直至變成了得寸進尺，每一前進，我都覺得自己被剝了一層皮，輕盈了起來，我放開了自己，感受著巨鵬先生滾雪球般的發勁。

像歷經一場奇跡，我靈魂卻像迎風的風箏，一放手，馬上隨風揚長。驚恐的一剎那，恍神的一陣痛，之後釋放了自己。

他就這樣躋身入內了，而給予我的痛感，說得怪異些，就如同擠了一粒蘊釀已久的暗瘡，爆開來的刺痛，之後是一種淋漓盡致的舒爽感。

我望向鏡子，不可思議地觀看著自己的一副肉身，還存在著。巨鵬先生伏壓著我，盤骨強壯，他的腰眼起伏跌宕得更快了，似乎賜予我一個整體經驗。他起初是挺刺不深入，我感覺到似乎在馴服著一匹野馬。之後他對我施行了虎步姿勢，我隨他而行，讓巨雕先生開始深刺而上翹，那時快感泉湧而上，但戀戀於鏡片的自己，是一種奇異的幻象。兩副肉體閃閃生輝，氣象萬千互相映照，我竟然海量地吞沒了一根XXL之巨無霸，我已看不到他的傳家之寶身在何處，只是感受著他的挺升，藏身在我的肉體了，我感覺到自己如此粗豪。

巨鵬先生的穿越像一列火車，無休無止地似從遠方伸過來，又朝遠方無休無止地駛過去。身體就像一個被過渡的驛站，或者是一個收納而深未見盡頭的隧道？

然而，巨鵬先生的長長的火車，其實已火力全開，炮聲隆隆。他叩擊的力量實在太壯了，每一擊都那麼雄，如此猛，他並不 BUY 那種「速遞式」的抽送，而是盪鞦韆似地拉闊，然後放手一衝，就是全面撼碎的一盪。我整個世界就粉碎了。

特別是，那是一根如此怒放的巨鵬，我的葵花朝陽開，花心一瓣一瓣地綻放著。

我不知道他開了多少回，再側臉看著鏡子，看他在背後像特技員一樣地狂幹、苦幹，而我被越推越遠。沒有床沿可抓，我上半身緊貼著墊被，兩手就抵著前頭的牆上。只有如此為自己「築堤」，才能抗禦他毫不留情的攻頂。

過一陣子，他又邁步如貓行，一腳提起，一腳支撐，腰身挺直，騰挪巨鵬之餘，向我施以虛中求實之伎倆。

我聽見自己的嘶喊與沉吼相接，蓋過了他急促的低吟聲，漸漸地抵擋不了那無情的痛擊，我放聲鶯叫起來，隨著他的節奏與規律，自己聽得也有些銷魂。本是單一母音的哼哼唧唧，後來一聲急過一聲，一嗓高過一嗓，配合著巨鵬熱情激切的鬥志昂揚。

再望望鏡子的那對交纏肉影，我為自己慾念攻心的心境配上了旁白。我忘記自己說過了什麼淫言穢語，巨鵬先生在身後，撫弄著自己的乳頭，我反手挽著他的腰，讓他賣力前傾，他受到我的暗示，就遠遠一彈，那一尊大炮遠距拉開，然後放弓彈射，衝力越發兇猛，每一勢都是狂掃，簡直是肆虐那一階段，我停不了──

後來我就伏好，扎穩了馬步，抵受著他的鞭笞。他馬上意會，停止不動，化成了一把掛槍，直桿著，然後我一個肉靶，殺氣騰騰廝殺過去，他抵擋著任何衝擊力，而我每後退一次套幹著他，忽緊忽放，讓他感受著一股患得患失的麻痺感，但那爆發式的快感也傳染了，讓我全身酥麻。

我的萬歲時刻，讓我的呻吟音階越來越高了，隨著巨鵬先生的俯地一衝而高音吶喊，再伴著他在瀟灑退離時而輕輕吟低，再為著他旋乾轉坤般地留守著門戶時的歡呼。他淫興大發時，我就聽到劈啪作響了，原來他要拍著眼前的臀頰做音效來助興，我當然也樂於鶯叫一番。

或許他感應到滿室已春心蕩漾，便活塞得更賣力了。巨鵬終於如鳳還巢了？

適才與炳燦共歡下，我不是也聽到傳自這些間斗室般廂房的聲音？如今我們成了另一雙動作片的演員，也做了「公益演出」，門外是否有人聚集圍聽？又或是我們的浪叫是否會傳遍休息區？

巨鵬先生到後來是實幹了──實實貼貼地滑鋸。他像八爪魚般地周全地裹著我，我感受到那一副肉體的燙熱，這時候我需放軟姿勢，讓他放姿闖蕩。然而像蝴蝶效應般，這廂振翅，那廂風暴，巨鵬先生即使是輕揮翅翼，已是我的天旋地轉。他深諳自己的優勢，就開始展開快遞動作，綿密而細軟，剛柔並濟。

我失去自己時，就望向明鏡，照著自己，確定自己一介肉身內裝著的靈魂還未飛去。我看見自己像一頭獸趴著，夾雜連串喘息與顫抖──我和他一起成了畜牲。

我不甘示弱，於是雙手反背交叉，極力欲觸撫其臀部，然後回鉤雙腿勒住他的腳踝，練就環環相扣之形。這一動作也可讓我門戶寬闊，更慷慨地佈施這根饑餓的巨鵰。

他在使勁，我也運勁，在佈陣走棋間，自己要鬆沉有致。鬆時讓他放下戒心，繼續貫穿，沉時就讓他墜入萬丈深淵，緊吸不放，如此就可化掉那勁道。就如同陰陽的開合過程中，陰、陽、輕、重、多、寡、剛、柔，都應俱備。

後來，巨鵰先生再扣緊著我，讓我收斂起那勁道。他密集式地猛攻，力道比先前的都強，簡直如同猛戳，到後來我感覺到自己被像搗蒜般似的。他得機又得勢，有些走偏了。就這樣狂抽猛插幾下，他轟然倒下，我才知道他已噴精了。

他拔地而起，有些光芒萬丈的感覺，他那巨鵰在一番原始本能的洗刷後，已恢復原始狀態，漲肥飽沃，披掛著的安全套尖端內積聚著一白盈盈的糊狀物，如綠荷上的露珠。

我又是一陣狂喜，因為那是一種「功德圓滿」的狀態。

巨鵰先生徐徐剝下安全套，然後給了我他那一把開始弛惰之物。我抓住，感受著那一股殘存著我的體溫的聖物。

我讓巨鵰先生橫躺在我身側，要求他再做未斷奶孩童。他在受馴後，野性已減，馬上撲向我懷中，我就位探囊取物，一邊實在地掌握盈盈於手的大哥大，然後一洩千里了。

就這樣兩人癱倒在一起，連喘吁吁。即使他已棄甲繳械，但我不願放手，就這樣舉握著他那根肉棒子，直至它一點一滴地退燒。一個男人的精華在你的手中冬去春來有了生機，復又秋意漸濃冬藏起來，這樣的四季變換的感應，就是我一手一口造就的生命奇跡吧。

巨鵰先生後來，就先半跪起來，朝著衛生紙卷拉下紙來，一圈又一圈，我難以動彈，就看著那白條衛生紙茫茫地飄飛著，像旗幟一樣壯闊地揚起來。

然後如煙般地卷捆堆疊在我身上，此景何等壯觀，但卻如斯地不環保。

我們就這樣做著清潔作業。我回想著自己的雙響炮，旗開得勝，有一種笑傲江湖的圓滿感覺，因為──爽‧過‧了。

舉鼎

Action!

總覺得這字眼很有型——那是導演在場記板「卡」一聲剪下來後，就會喊出的指令。那麼，在三溫暖喊 Action，是否真會發生什麼動作？

去香港銅鑼灣時，為了先找到 Action 三溫暖，我吃了不少苦頭——這只是我赴港的第二天，對於香港的所謂大廈就有了新的認知：原來只要一個單身人影可穿越、攀爬的門戶，就算是一幢大廈了。

那感覺詭異得像走進一根筷子裡。

因為香港一條街，每幢樓宇都相連，就像一排筷子般直豎而立。沒有抬頭望，都不察覺那是萬丈拔地而起的樓宇，因為我只看得到門口。

一條街看起來只有幾百公尺長，可是走在其中時就等於越過百多個門戶，就錯過了很多幢大廈。

為了在最快時間知道怎樣去銅鑼灣的 Action 三溫暖，我先去了解地勢，因為我知道我需要在晚上七時許相約一位香港朋友在銅鑼灣見面，為了不想遲到，我必定要先摸熟情況。

但從銅鑼灣地鐵站出來後，依著最靠近的出口，我按圖索驥——還是找了近半小時才看到那所謂的大廈。覺得這是霉運的開始，因為時間不多，而且也快錯過了中環一帶上班族下班後的黃金時間。

然後，就衝了上去，把握時間一起來 action。

●

Action 的迷宮，掀開了我對香港三溫暖的初步認識——怎麼可以把這

麼小的空間搞得如此複雜呢？後來才發覺下幾間光臨的都如出一轍。

然而有行動，但沒有動作，前一個小時內，我成為行腳動物，只是在遊魂般蕩漾。至今我記不起有任何讓我有印象的男人或乳牛。

所以就扮演起名符其實的觀光客角色，我去參觀每一間廂房的設施，都是大同小異內置安全套、潤滑劑及廁紙卷，只是當中有一間房有一個皮革寬面的凳子，凳柱可旋轉。唔，我想這是一座愛奴的裝置，該是很有趣。然後另一面牆已鑲了明鏡，鏡可鑑人，我看著自己孤單地站在鏡前，像一個下野的研究員在做著研究。

●

走啊走啊的，像行了萬里路。在驀地間，凳子室裡冒現了一個魁梧的身影。

一看，原來是一名外籍人士——單憑他下半身硬挺的肉柱子，就是一個明確的答案。我之前沒有看見他。他就像一株野生的水仙，不知何時萌芽，卻茁壯得一枝獨秀起來。他站在鏡子前，右手拄著那青筋暴漲的肉根子猛搓著，像搖著一瓶香檳，亦相當自戀地愛撫著自己的乳頭。

我趨前一看，原來他是拉丁裔，昂藏六尺，如一匹野馬披著一頭棕褐色的鬃毛。他是如此地高大，寬肩但腰身收窄，身材是渾然天成的一種質樸感，像那種學院生，沒有健身院精心雕塑的肌肉，也沒有嚴謹飲食的那種自虐感覺，因為還是可看見腰部有一些贅肉，臀肌也是流麗雄剛的線條感，然而整體上他處在一個緊繃的狀態。

緊繃得如一根弓弦，似乎一彈就可射發萬箭了——我瞧著那根朝天昂起的肉棒子時，像觀摹一幅墨寶一樣，嘗試描摹出那形體。怎麼如此龐巨？

他知道我走過來，刻意轉身，讓身體的武器迎向我，但手上仍在套弄著。我感受到逼人的殺氣。我先從他零星佈散的胸毛撫遊起，直至下盤位置，然後用手一握。我覺得我像握了一條加溫的塑膠陽具。

那種結實精純的感覺，若不是它的溫度，你會以為那是一根標本，因為形體上已是如斯誇張，而且圓徑大，放在虎口時手感如此充盈，

幾乎是一掌難捂。他的開放姿態就如同在舞台上飆舞的泰國 Go Go Boy，只是那些 Boy 捧著的是假屌，而他懷著的是硬肉幹。

緊攥著那根充血陽物，我懷疑著那是否是一團已僵死的血肉，然而火燙的溫度告訴我，它還是鮮活的。拉丁男刻意騰跳了一兩下，讓我感受著他奔騰的氣象，我呼了一聲，再抬眼望一望他。

近距離下，看到的是一副非常年輕的男生樣子，七除八扣拉丁人早熟的生理狀態，我估算他該只有廿五歲吧！因為他臉上平滑的沒甚風霜感覺，只是成熟男子那種稜線條已顯現了，然而他的眼睛非常漆黑，那種眼白少於眼珠的情況，加上眼窩深陷，眼睛幾乎是沒有眨動的，定著睛就像一種洋娃娃、無邪的感覺。我讀不透他的想法，因為他只是怔怔地望著我，眼部沒有感覺，下盤卻讓我有知覺。

他旋即坐在那寬面皮革凳子上，挺著一根直翹，微帶彎角的武器，兵氣濃重，可卻是惹人犯罪的聖物。我湊前去，欲一嚐咬甘蔗的滋味時，拉丁男卻推開我。

到底他要幹什麼？

原來，他從安全套格取出一個安全套，無言，就遞送過來，示意要我為他戴上。我抬眼再瞧一瞧他，又是那木然的眼神，沒有笑意，也沒有敵意，就是很平靜地看著我。

我撕開那安全套，然後為他套上。我起初擔心那安全套的尺碼難以收伏他那暴虐之物，然而翻捲套接後，寸寸網羅其中，成為一個亮光閃人的塑膠硬體。

那時，假屌的意味更強烈了。

拉丁男就壓著我的頭，請我吃一根塑膠甘蔗。

我猶豫片刻。那是一個化學品，怎麼可放在口腔中……然而，味蕾在體嚐著牙膏時，不也是與化學品接觸嗎？

剛說那是一個讓人犯罪的聖物。我持著他的底部，漸漸用兩手環圈著，像環抱著一棵大樹一樣，先抬眼仰望一下……

天，他的肉棒子竟然比我的臉還長！

平時看了無數的Ｇ片，巨鵰、巨屌也都嘗過，但未試過在如斯明亮的情況下，在鏡子前端詳一根拉丁大陽具。

而且，奇妙的是，我覺得他那根東西的海綿體脈絡非常清晰，山丘起伏有致，正中那條如一根國旗桿，左右兩側的海綿體則橫斜扯拉，支撐著中間那根海綿體。

像什麼呢？

就像三足鼎立的鼎！

他的兩枚蛋蛋已向上縮，渾圓但札實，形同兩枚鼎耳，而那三根界線分明的海綿體就是鼎足了，而且肌身發亮，形同青銅。我提起這倒豎的三足兩耳之鼎，看起來就像一個不可褻瀆的禮器，然而鼎器也是用來祀神之用。那麼，我就獎賜予他吧！

該改稱他為「鼎男」了。

●

鼎男也算是以前民智未開時所稱的「鬼佬」吧！但我心目中的鬼佬，是高加索類的白種人。那是我前所未闖的疆域。眼前這位鼎男，像一個莫名的引子，引爆了我心中的一種想望。

鼎男要我將他併吞下去，我咽了一口口水，做好心理準備，然後就開始口腔磨鍊之術。

但鼎男的陽具十分龐大，像一條高塔，怎樣也無法攀爬。他塞入時，我感覺到一種噎住的感覺，無法深喉，像做著牙腔手術，被儀器強硬撐開口腔。

那時我該是狼狽不堪，當我伸手要去關上身旁的房門時，鼎男又架止了我。我知道他的用意是什麼，這是一個表演慾粉絲。那麼，我就成為他的配角了。

我那時已是名符其實地忙得透不過氣來，我沒想到在很小很小時看到

的 A 片，或是心目中曾想像又如此嚮往的洋人巨根，當親自拈來一嚐，不是鮮，而是撐飽而已。

滿滿地，我只能用舌頭翻捲打滾著它，但鼎男有塑膠衣護身，敏感度就大減，他要的只是一個皿來裝裹著他的陽氣。

其實鼎男的大哥大，頂端是尖銳的，較為細小，像荷葉尖，但莖身則是突然暴肥起來，如同一根杵子。

杵著杵著，我來著一場竹林吹簫時，鼎男放肆地如同啄木鳥般不停地敲著我，時而是站起來，我的額頭貼滿著他那片茂盛的黃金三角。

我忙得停嘴透氣時，耍賴了一陣地拖延著時間，同時細細打量著鼎男的體毛。發覺拉丁人的體毛除了是茂盛，且擁有似黑人般的卷毛，即使那是棕色的，但一叢叢如鋼圈般的硬，以致撫起來時沒有細膩的感覺，只覺得像起了毛球的褲腳一樣，有一種畜牲似的原始粗糙感。

但這是基因問題吧！我再看看他的模樣，其實就是一種與印度人相近的輪廓，深邃的眼窩裝著一對睫毛長翹的星目，還有薄脆的紅唇，只是拉丁人的膚色較為白皙，而非炭黑之色。

我卯足全力，也無法屠龍。顯然的，鼎男身上長著的不是中國傳統上那種祥和卻有生機的蛟龍，可騰雲駕霧、可入水奔遊，而是西方那種性格暴躁的噴火暴龍，不只有戾氣，而且有殺氣。我本以為自己可粗爽地宰制著他，但庖丁解牛也需要講技巧，我的舌勁不敵一層外衣。

後來我再轉移目標，就以吻相代，遊弋到他的身材，在他的乳頭上打一打主意來引開他的注意力。這時我才發覺他全身如此燙熱。這又是洋人因多啖肉而引致的躁熱？還是他已在「用藥」而藥效發作？

但鼎男的體溫告訴著我：他的慾火已裡裡外外地旺燒起來了。

或許他們真的是冷血動物，體溫並非恆溫，而會隨著外圍環境起變化。畢竟那時在廂房裡，已不再只有我與他的體溫與二氧化碳，而是多了另外一個人……

我在「扛鼎」時，原來已是春光外洩，外頭已是鼎沸不絕，猴熊成群。那人是幾時闖進來的，我一無所知。但稍瞥一眼，原是一華裔中年漢，

28

一絲不掛，只戴著一副眼鏡，就掛了一股書卷氣。即使眼鏡看起來是文質彬彬，但仍「胸有成竹」，胸肌輪廓可見，是個「大奶堡」。

只是他挺出了一個小肚腩，我想他若是穿上西裝，該是個畢挺的中環上班族。

所以我與鼎男之間多了一位中環男人。但洋槍與土炮之間，該何抉擇？

這位中環土炮，先以下半身挺過來照會，尺碼並非「拍案驚奇」的程度。而鼎男適才堅持不關門的目的達到了，他就招攬著中環土炮，慷我的慨來招他入圍。

我還以為他們是一對，因為兩人之間似有默契，然而再看時才發覺他是臨時湊興。

但無論我的猜測是什麼都不重要，因霎那間，眼前就多了另一根屌。

天啊，怎麼無端端變成了 3P？我竟然玩起 3P 起來了？就別理會，讓自己做著本能的主人，也做著本能的奴隸來體己。

中環土炮也對鼎男愛不釋手，到最後也要嚐一嚐鮮，但竟然與我搶啖食？

我心有不甘，轉攻向中環土炮，攻擊目標就是他那根相形見絀的東方陽物，一箸一箸地噬著、喫著他的下盤，但另一手則扶持著鼎男壯碩的肉棒子，不肯放手。

東方人與西方人的異質，就在我兩唇中穿梭過境，兩者之間的色澤落差，也只有我一目了然。中環土炮的易叼易起，皆因素巧纖細，卻也因此顯得粗黑；而鼎男因放肆的張狂，像一塊迎風撐得飽漲的旗幟，加上膚色較白，又有一種象牙瓷器之感，沒有血肉之意，若要宰制只能狂啃吞嚥，才能感受到那種淋漓快意。

在兩根肉棒子之間如何抉擇？我當然要選那平日都罕見的重量級之異域之物。

接著鼎男頒發聖旨般地，囑我攀上那寬面皮革凳子。我就遵命登上了「寶座」，發現凳子靈巧自如，自個兒會旋圈。

這場大放送是蹲還是趴，也要依照鼎男的高度來調節才能讓他「捧場」。我回頭望著他，知道自己的「定位」時，他已像進行手術般撬開我的蘋果臀，一邊劈啪作響拍打著我，就是要看到那種翹臀擺尾的情景才甘心。

這時我才想起，「鼎」字在古代也有刑具之意，如今這副刑具就在我身後了。

果然，鼎男扛著一大串，準備大殺入境。我不禁有些畏懼：如此巨大，而且如斯長，硬度如斯異乎尋常，再加上鼎男是如斯地不解風情，那肯定是一把屠刀。但我已成了俎上肉，那中環土炮還在旁助興支援，我肯定地會被叉劈開來的。

鼎男就緒地頂著我，我已感到一股熱騰騰之意從後庭傳來，當時心驚膽跳，生平第一次，可能也就是最後一次，我該如何剛柔並蓄？我可不是一朵瓣片繁複的大理花啊。但不容我多想，後面已傳來一種越發強烈鯁塞之感，我知道他的前線已逐步頂進，而他的陽具頂尖莖粗，其實，就形同擀麵杖。

我是否成了被擀的麵團？

帶著一絲絲的麻辣感，如同倒骨牌般，我全身的骨架都被抖鬆了起來。

鼎男忽爾似一個鑿井人，一層一層地鑿進來，我似乎感受到他的杵子頭了，但我的井壁張不開，根本套不住也拴不牢。我想那時我身體的保護機制不自主地啟動了，不許我硬生生地活剝著他的雄壯。

他在嘗試時，也要我盯梢著眼前的中環土炮，那我就跨鳳乘龍，讓中環土炮成為一根不過不失的命根子「接濟」著我，讓我可以分神。

前後兩端都被佔用著，前端是餵著，後端是灌。一端是火力全開，另一端則幹起嘴活。如果玩三P是這種感覺，或許我該像一條壁虎般將自己切割成兩半，讓尾巴活蹦亂跳地留下來，軀殼則分享予另一個人。

洋炮土炮齊鳴，本應燒得滿室芬芳。然而洋炮真的太烈了，那種炮炙的苦楚，我覺得我名副其實是被「堆薪」焚燒的鑊。

我無法消受，先用英文發號施令，叫他「慢些、慢些」，然後不得不

撤守，後庭那一把就落空了。

我深呼吸一口氣，轉過身去望著一臉茫然的鼎男。一切只好自立自強，我自個兒再塗抹足夠的潤滑劑，鼓起勇氣再來「劈材」。

鼎男再發功，但我已全面自我凍結感官享受了。然而當他挺進來，我感受到他那莖身的粗大時，我才發覺已騎虎難下了。

偏偏那時中環土炮又忙不迭地在前端要我為他吹短笛。雖然嚼勁有餘，爽滑有嚼頭，我那時後臀已如遭電殛般彈跳起來，痛得恨不得咬斷他。

我知道我是無福享受，也無緣寵幸這尊洋炮。

或許我現在才知道自己不是深水港口，只是一個淺水碼頭而已。即使逆風撐船，也只適合帆船過駐，不宜讓母艦入港。

我淺嚐即止鼎男後，他仍像剛才那般地木然。急流勇退後，卸了甲，然後再套上另一個新鮮的安全套，繼續一柱擎天。好，那麼我就誓要將他鐵杵磨針。

我的姿勢還來不及轉換，沒想到中環土炮已披甲戴套起來，鼎男則像為袍襗加油著，鼓勵著中環土炮與我來一場熱情探戈。

在這種情況下，難道你還要扮身嬌肉貴？我查證著中環土炮的根莖，韌度已有，也有實心感了，而且已披甲，好吧，就來吧。剛才是痛，現在則要快，就來一場痛痛快快的猛幹吧！

中環土炮擺好架式，就與我來一場貼身肉搏了。為了一雪槓龜的挫敗感，我也放手一搏。

但從適才的大象牙，轉手間成了一枝草枝擺似的玉莖，可真有一種忽大忽小忽長忽短的倏忽感，讓我恍然。

但筋肉之痛，不是鈍挫式的壓逼，而是銳角式的扎針。先前一刻鼎男已釜底抽薪，但我體肉一鑊的慾火仍在熊熊燃著。中環土炮適時地接棒了，我以為可以完美無缺地延燒。然而，即使那時燈火通明，但中環土炮仍像迷路的無知小孩，我得喬著他的方向感，自己落力耕耘著。

但當然，要耕前耡後，我緊抱著鼎男不放。

鼎男看起來帶著一絲落寞地，做一個旁觀者。或是他已預料有此異物在身，其實並非每位亞洲人都可氣吞山河？

那麼就來一場遊龍戲鳳吧！中環土炮在後端先架起他的穿雲箭，後來卻像一串鞭炮，活蹦亂跳地炸著，我還未為他「埋根」，他就迫不及待像隻餓狼般虎嚥著。

這種情況最糟糕，因為這是失焦的「搗蛋」，我可不是人肉磨缽啊！而他只是徘徊門庭，我要對他施出欲擒故縱一招又很難，因為其陽物過於袖珍，一不小心掉落了，就形同大海撈針。

那時我忍著那股疼痛，也活像受了驚怕的無尾熊，牢牢抱著鼎男的軀幹，低起頭來就叼起來他的三足鼎，這樣才能把自己定點，能一邊吮著脈動壯大的大弟弟，一邊呼著氣，煙韌又彈牙。

鼎男似乎也被我的誠意感動起來，憐惜地撫著我。或許他就喜歡看到他人受虐，才會有些人性的知覺出來。

然而別忘了那是一個旋轉凳子，中環土炮的瘋癲動作，已將整個凳子向前移位，我則高呼怪叫向前仰，我們三人都逼至牆角了，鼎男更是瑟縮在牆沿，動彈不得。

但那時是飛機著火──銷魂（燒雲）。整個房間，就隨著我吹得熾烈的嘶叫聲，像一堆篝火的火焰，越燒越猛，越猛越高。

矮小的亞洲人應有一種矯若遊龍的放姿，但苦在撥火太探長，拄門又短，而中環土炮也自覺並非萬丈竿頭，就拼了老命般地用短兵交接式的活塞。

我開始感到不適。是否當茶匙與勺子在一起時，茶匙必然會感到威脅而需要猛幹狂插來顯示自己的雄風？

欲速則不達這句老話永遠是真理。後來中環土炮確實脫節了，我又山深海闊起來。我更撲殺得鼎男緊緊不放了，感受著他燙熱的身軀，那是一種近乎發燒的狀態吧。

後來中環土炮再扶搖直上，實幹、苦幹、狠幹，我則越越發不行，因為他根本不是在射箭靶，而是亂搗，甚至因軟弱起來變成亂挫，到最後是亂鞭似的。

那就得放棄中環土炮了。我攀附著鼎男，他有些任勞任怨般讓我上下其手，即使中環土炮過後還原真面目，又湊過來要來一場魚群唼喋，我沒多加理會，就是猛呃、苦吮著鼎男，直至自己嘴皮痠軟。

後來一轉身，中環土炮或已感此地不留人，已黯然離去，我懵然不知。那麼就剩下我與鼎男了。

但是鼎男不甘心，他似乎仍有意一觀插插樂之幕戲。他從牆角移步向前，讓我可繼續竹林吹簫，不一會兒便另有一人進來了。

我心想，我可成為一個誘餌了，我們是否要開始接龍了？我怎樣以寡擊眾？

想時快說時慢，鼎男這時就交捧了，我的手中另外多了一支亞洲貨色的肉棒子。

那可是應接不暇的窘局，左支右絀。我還未清楚打量另一個槍炮，只知又是本土炮時，對方一欲關門，鼎男出手阻止，而這位程咬金竟然掉頭離去。

鼎男看著我，不言語，但眼神間有些慍色又不解地示意著我：為何他如此早走？

我微微一笑，再帶著一絲邪念，然後再把他擒下來。鼎男乖巧地再暖席坐著，這時我就獨佔著亭亭獨立的一株巨樹了。

我突然想起以前聽過的一個成語故事——葉公好龍。有個叫葉公的人瘋狂地迷戀龍，愛龍成癖，有一次一條龍真的飛到他家裡來，詎料他被嚇得三魂不見七魄。

之前自己是如此迷戀巨雕或大鵬，然而我才是真正的葉公。這種大鵰或是巨根，只供鑑賞，不宜久持，更無法使用——男人若能真正地伸展自如，好比如意金箍棒般能多好？

後來在一間斗室裡，我一箸箸地吞沒著鼎男，腦中翻飛聯想：來香港前常聽聞「盆菜」，都是食以慶祝過節，我沒吃過，但素聞是盆滿缽滿的奢靡之食，食料豐富。那時我看電視紀錄片時，眼觀就怕了，要怎樣消化如此的飽膩之物？

但剛剛那一幕，我不也搭爐架鑊，撿柴為炊，飽飽實實地吃了盆菜……

後來，熱潮從我的下半身延燒起來，奔騰萬里地釋放了許多徒子徒孫。我站了起來，看著鼎男，示意我要離去了。

即使我不想離去，心中也掛著一個時鐘。我快爽約了，再不走，恐怕我會遲到那位朋友的約會。

鼎男看起來所料不及，臉上出現一種無以言狀的悃然。但以他的「雄心壯志」，如此英姿勃發，我想也不必詢問他是否要「到站」釋放豪情。

但我還是有些黯然。早知不要約那位朋友吃晚餐，我便可以繼續在這裡吃盆菜。

鼎男最後向我單眼眨動一下，就是一種「OK」的意思，有些瀟灑地站了起來，立在門沿，挺著那鼎足而立的家傳之寶，吸引下一位寵幸的有緣人。

我抹抹了嘴，匆忙離去。

臨離開櫃台前，我確認是否可以先行離去再回來。那位接待的嬌貴中年伯伯說，可在三小時內重來。

我心裡盤算著，與那位朋友的敘舊是否會花三小時？未必。離去時才七時許，那麼我需要在晚上十時許回來這裡，就好辦事了。我心裡有了一個鬼主意——是淫邪的鬼主意……

那是一頓悠長的晚餐，與故友在他鄉相遇，當然敘舊，然而心裡想念著 Action，身體與思想分家，我有些不專注地看著時鐘，慾念交織著。

滴答‧滴答‧滴答‧快三小時了，與友人辭別。還好是在銅鑼灣見面，都是步行之遙，我重撿來時路，又摸上了 Action。

34

中年伯伯似乎臉帶慍色，詢問何故我在臨屆截止時間時才重訪，帶些提醒的口吻說：下次就別遲到。

我重獲得同一號碼的儲物格。十時許、工作日的晚上，人群消散，已不再是三小時前的盛景了。

我那時真有些後悔怎麼不早些結束敘舊，那麼至少可不會「走寶」（看走眼）。

披著毛巾去沖洗一番後，我開始巡戈。

我又看見三小時前那間讓我血脈賁漲的斗室，旋轉凳子還在，裡面仍是燈火通明，驀然間，有一位高大的人士站在那兒。

不是吧！這麼邪門？難道剛才那位鼎男仍眷戀不走？

這時映入眼簾的，真的是另一位洋鬼子，是一名白人。

上天可待我不薄吧！適才才覺得遺憾為何碰不著高加索人，然而現在另有一尊停立在眼前。只是有些奇怪，怎麼 Action 原來是一個「墳場桑拿」，都是鬼佬。

我趨前，那位白人看起來該是三十餘歲吧！或許比我更年輕。白人易老，臉易顯滄桑，然而身體高大，看起來總有一種水來土掩的威勢，沒有精雕細塑的肌肉，卻不至於像走形的融解乳酪。他長得粗眉大眼，並不惡相，穿起衣服會像是那種白領菁英吧。

他看起來也是露體狂。卸下毛巾，又彷如匡啷一聲地，跌了一把兵器出來。

又是一頭巨獸，呼呼地噴著慾望的氣息。只是，他稍微纖小，硬朗有餘，更有一泓弧度，其實像一把長弓。

然後重演著適才的場面，這把洋人弓就坐在旋轉凳子上，準備發送。

只是那是宵壤之別的尺碼與視覺衝擊。之前的鼎男是霸氣橫行，而且一手難盈，所以略顯笨重，然而眼前這把長弓，則是易掌輕巧，靈變有關竅，而且可有激弦發矢的穿楊貫風之感。

兩軍相遇，弓弩在先。那麼我們就攤牌了。這位番人來者不拒，我先俯首著，然後拉起他的弓臂，發覺蠻有韌度，接著就是鍛鍊自己的弓術了。一把口扯引起來，彷如在激發著一根隱形的弦，來了個滿弓開度。

然後洋弓就沉喘起來了，呼吸越發急促，我再撫弄著他那兩枚蛋蛋，蘊藏著他全身的熱能，也是他下半身的心臟，機關重重，任由我撫觸。

這把長弓，其實正合我心意，我心有淫意，心暗忖終於可圓夢——一嚐洋人乳酪的滋味，為乳酪破身。

然而吹簫一輪，我正想跨前拉弓為他射箭時，這鬼佬用英文說，他要走了。

我像被澆了一盆冷水，「你要去哪裡？」我問。

「回家。」

「這麼早？」

「我今晚出了五次。」他答。

「在這裡？」

「不，這是我第二個三溫暖。」

原來他已連環迭射。強弩在前，但我也無緣為他發箭了。

人來人往，適才我先行離去，留下鼎男，然而如今我掉位遭遇，為眼前這洋弓送別。他撫撫我的頭，又像個被罰十二碼球守著龍門的足球員，捂住自己的下陰處，拿起毛巾就走了。

不得不承認，Action 就這樣來到尾聲了。我走出房間時，恍如隔世，因為整間桑拿已空空如也，只有另一位也看似是混血兒的裸身男人在走動。看著他晃著一根三寸釘，此地不宜久留了。

離開 Action 後，時間仍早。我再搭地鐵到女人街去逛街，重新混入人群、感受著那種物質氛圍時，才感到有一些實在感。沒人知道我，過了一個放蕩又充實的晚上。

游龍翔鳳

我走啊走的，在香港 Alexander 三溫暖轉了很多個圈子，又在逼仄的廊道佇立站著許久。我在另一間房裡碰到了他。

那時他只是站在一間房裡，房中半亮著燈，他圍著毛巾，有些痴呆地看著廂房裡內嵌的迷你螢幕，幢幢剪影映照在他的臉上，那是一具奶油白的皮膚，照得他更亮了，玉玉的，銀銀的，像滿室月華。他獨守空房，只盯著播放著血脈賁張狂幹戲份的小螢幕，只在乎自己的世界。

我走進了房間，在他身邊周旋。反正都是閒著，況且他不惹人厭，只是個子小了些，而且只是一個雛型的乳牛。但聊勝於無。

連樣子都沒瞧清楚，像個影子。然而兩個孤單的影子就這樣碰上了。

我也不怕他拒絕，沙場這麼久了，在這種地方不是供就是求，就像和尚進廟就敲鐘，見菩薩就插香膜拜般自然的事情。我伸手撫觸著他的軀殼，他沒有迴避我──太公釣魚，願者上鉤了。

我還記得他的身體非常地冷，冷得有些異乎尋常。那時我已想起那位熱得發燒的拉丁男，那是火熱的夏天，而懷中這位則是冷寒的冬天。

接著彼此磨蹭了一會兒，拉上了大門，捻起半明半昧的燈光，我端詳著他。他的胸肌已快顯現出那種塑劃出來的乳牛胸廓了──體質可能偏屬那種運動型的，天生渾拙健拔，加上冷冷的，確是雪盈盈、冰雪的感覺。

他開始往下探索，遊移著我的軀體。站著有些拘謹了，於是雙雙倒下，像軟性色情電影的畫面，紅男綠女倒下來後，下一個鏡頭就是進入正題。

鼻間傳來一陣陣的肉香，又或是皂香？香味都是化學元素混雜在一起的刺激物，但同樣讓人難以拒絕。後來再辨清了，原來是皂香，是滴露藥皂的香氣，那股清香很討喜，他的淨潔衛生又加分了。我想他可能剛沐浴出來，所以皮膚帶著一層霜氣，但感覺到更冰滑粉馥了。

我也探索著他那具肉體。陌生人的血肉，當下就成了你的開墾的礦地。原來瘦人可以有這種質感，秀中有骨，我的興趣給撩撥起來了。

手繼續往下伸，他已展立起來，莖粗根長，但我們平行而臥，在烏黑中視覺辨別不出有多大，只是手感很好。而且，他那兒彷如是熱帶雨林般地原始，十分天然。

但他下盤茸絨似的感覺，在掌心撫摸時當然不錯，用唇片去接觸時卻是另一回事。

他一個翻身，倒趴在我身上，兩腳橫樑般地跨上我的臉，像靠岸停泊的船隻，一根陽物如同船上纜拋而下的錨，沉入我的一泓淺灣中。張開口，我牢牢地拴住了他。

而我的下半身就交給他了，當下覺得自己上半身與下肢像是兩岸，遙遠又親近。因為看不到，只感覺自己的下半身彷如走入另一個隧道了。

而我一抬眼，就是他整根傢伙了。他遷就著幅度，只是讓自己在我口中「入木三分」，另一邊廂，他則無極不盡其用地開拓著我那座幾近荒蕪的畛域。

然而他的家傳之寶並非雄岸，只是昂首雄武。我已全根納入，只有粗枝大葉，覆蓋著我，形同絨布披臉──我覺得男人怎樣都好，但下盤無論如何都需打理下，而非天生熱帶雨林就不需要後天的維修工作。

仰臥著，下半身架開，頭部其實無法動彈，只可小幅度地扭著脖子，再憑藉著舌頭靈轉地兜著圈子，刻劃著那滑瓷般的龜頭，並不是什麼大樂趣，但你只可以一心一意，非常專注地處理著。像練著苦功，這種只有局部運作的情況是一種磨練。

對，就是磨練，那時我滿腦子盡是怎樣去翻攪口裡那根棒棒糖，除了吸吮，還得用牙齒做狀稍微一嚙，再用舌頭滿滿飽飽地溫潤著。這時你希望口裡這根棒棒糖會永遠地釋放出甜味，而不會消融。

但世界上哪有這樣矛盾的存在？

因我已感覺到他悄悄地來，也悄悄地敗了。或許他也是一心一意地為我幹活著，所以「分身乏術」？

但他在我的下游洶洶湧湧地漫肆開來時，靠的便是一根會演魔術般的舌頭，我也回饋著他，讓他吃得飽飽漲漲的，而他會發出嗶喋般的魚聲，我就像放餌下池，群魚搶食一樣地，用舌尖一痕一痕地劃在我的肌膚。

我將兩腿騰空叉架開來，十指伸入他的頭髮。兩掌擠攏著他的頭顱深埋在我遙遠的峽谷之地時，我才能感覺到他在創造著我身體一種久經遺忘的快感。

我知道他正使著毒龍鑽這一招。這種尋幽探祕的功夫，需要很大的勇氣，至少當他在做著這事情時，同時也在挪移著他擔放我臉上的臀部，要我投桃報李，但我仍突破不了自己去以舌採蜜，只是口不離陰地，下半身「移花」，上半身「接木」。

這場儀式，只為回應著他那條曲拐繞轉的毒龍。那快感，像一種電流傳送般，頻率之快，速度之捷，是一浪浪地走入心裡。

我想起張愛玲說的那句話：走進男人的心裡是胃，走進女人的心裡是陰道。又狠又準的一句話，然而一個男的要走進另一個男的心裡，只需在某一刻，討好一副器官。

有時，他又拍拍我的臀肉，或是深情地咬一口，幾乎讓我以為他要為我留下一個 Love Bite 了。

在幽暗中，我才發覺自己的法門被打開了，而且只是一片靈活的舌頭便輕巧地敲開了。是對方獵奇成功，其實也是自己在探險與發現。原來，那一個掣，就這樣按一下，就全部都活了起來。

我將下半身弓起來，恨不得他能鑽進我的身體，探索我的更深處。而這位 Indiana Jones 恣意地、無孔不入地遊走著，又或是模擬起插插樂，舌尖一戳、又一啄，你才會恍然大悟，有時不一定要硬來，「軟著陸」也是樂趣。

他兩手並沒有閒著，而是不斷地掏弄著我的下半身，像弄著陶瓷般塑造著我高漲的慾望。為了回報他，我陡然緊束著自己所有的精力在下半身的精力末梢，吻著他的全株莖幹，也舐得滋滋作響，但不會忘記自己下肢要運功，就臥地絞剪著他起來。

但同時，我的腳架得老開，一腿搭在他的肩上，另一腿晃蕩起來──「臀搖乳蕩」就是兩腳高架晃動的情色畫面吧。

但在那時我才發覺似乎有了偷窺的眼睛。在他為我的兩唇送枝抽薪時，我壓低頭，瞥見房門被掀開來了。外頭似乎有了免費的觀眾。

怎麼可能門會被由底翻掀而起？滑軌門扉明明已上鎖了，怎麼可能會被翻覆開來？這時我才知道自己淫興大發時，做了公益演出。原因是這三溫暖的拉門設計有奧妙，因為只有上門框設了拉軌，下門是沒軌的，因此當門鎖上時，其實只是輕扣而已，下方仍是易攻的險關。

識穿這詭計後，我就不得不出招來應對了。還好這廂房不大，但我們臥倒在墊被時，縱縱橫橫，已沒多餘的空間了。當我的腳伸直，就可以抵住被外掀的門片，所以我伸出一腳、撐在門上，拒絕外力進攻。

當你有這樣的動作時，儼然就是被繩索捆綁起來，沒有自由的肢體動作，只有無形的束縛，但我不能讓外人分享我與他在房裡的一切，我不願破壞當時的 dynamic（動力）。

他不知道我暗地裡做了許多動作，思考了這麼多的顧慮。這位陌生人只是非常專注地耍出了小孩子的天真，就像給著他一根可口的冰淇淋；又或是一個貪婪的食客在任意選吃時的狼吞虎嚥，正是銷魂蝕骨的滋滋作響，讓我心頭蕩漾。

他在我的深層地帶翻江倒海，引發起我內心慾望的大海嘯後，接著又出擊，頭一轉，使出了另一招：「拐彎抹角」，轉攻我的兩爿胸膛之間，從我的胸廓的崖畔慢慢犁過去，我起了一股冷顫，我知道我該要奉貢些什麼了。

但他的下半身仍周全地覆蓋著我的臉部。我只能捧著他兩座山峁的臀部，為他遛著鳥。

他的唇片，馬上就襟在我的胸前，那種迫不及待的饞與渴，虔誠地啜

飲，我覺得連靈魂也被他一口一口，嘖嘖有聲地給勾了出來，像抽水機一樣，徹徹底底地引索上來。

我沒想到他可以用唇片來吃得如此美味。

我兩手捧著他的臀，兩腳趴開，身體也給他劈開來了，讓一個陌生男人任意地服侍著。

那時候他已放肆地留駐我的乳頭之間，探尋著那隱祕的法門。從下盤的品茗般的細緻，到暴戾卻黏滯地吮吸著乳頭，他讓我捉摸不定……

我綻開來了，像是迎著朝陽的向日葵，像懷著夜風望月的曇花。聽著他唇際滑溜出來的音韻，他發出的聲響就形同電視機上美食節目的主持人：「嗯…好美味哦……」

如此首尾相接，翹臀擺尾的姿態維持了多久？我不知道，只覺得如同經歷了天崩地裂，又如天荒地老。一陣驚濤裂岸後，卻是如風過竹，如雲飛渡，似訴似說，到最後演變成神遊太虛的飄渺美感。

你什麼都不是了，你臣服於一根舌頭，兩張唇片，你牽腸掛肚的是樹冠裡懸巢的小鳥。

到後來用吮吸已滿足不了他的狂熱，他開始用牙齒喫起我的乳頭，每一喫都讓我欲仙欲死，但其實是一陣陣的痛感，讓我病態地呻叫起來，偏偏在未脫口腔期的男人耳中聽來，就以為你是為他打氣加油，更加用力地嚙咬起來。

這時我的身體真的像蛟龍一樣地翻騰，聲浪一浪浪地高，同時察覺到門扉從外被衝頂的力量越加強大，量是外人都想一窺究竟到底裡面發生什麼事情。我一方面要出力地用腳抵擋著那股偷窺的掀動力量，同時要兼顧著胸前吸、吮、咬、喫、嚙與磨一應俱全的刺痛感和快感。

我開始痙攣著，靈魂也顫抖了。

如果我的身體是一台琴，就需看男人怎樣調撥，好的人彈出的是美樂，孬的男人彈出的是噪音。而那時在他一團一縷的口舌之功下，室內室外都聽見我那帶韻的吼叫。

磨練了他的下半身，當他寫生般地用舌頭與嘴巴描繪著我的身體時，其實我也在回應著。他的身高與我相彷，而致有一種物理上最理想的契合。當他含著我的乳頭時，我恰好也可以不費勁地含弄著他。當他瘋狂地在嚙著我時，我也用牙齒蝕著他的乳頭，然後大抹大抹地用舌頭為他敷藥一般。然而，他長著的是兩枚近乎平而陷的乳頭，根本難以套啜起來，我只能將兩手往上推，擠出他的胸部，才能如願吹弄，再細細地琢磨著。

後來，我發覺舌尖觸到了一絲線狀物，伸舌一摸，才知是他乳頭上的體毛。這傢伙，原來並非順滑之輩。

後來，他已近乎以嚙咬的方式來對待我的一雙乳頭，這讓我越發激情昂叫──是心甘命抵地認命了，還是我以嘶叫來反抗這種咬乳的對待？但對方沒聽清我的意思，又更加出力地喫著，那種刺痛感讓我想起以前家中被老鼠咬過的舊物，千瘡百孔。

我不得不出言指示他，別咬別咬。瘋狂滿足慾望，還原人性潛藏的獸性時，不代表你需要變成一隻老鼠般來幹活的。我再指示他，舔著就可以了……

多虧這位陌生男孩多情多意的虔誠，我的軀殼繼續得寵。安頓好他的舌頭動作後，我開始再為他的下身進行捲舌活動。就這樣，我與他成了游龍翔鳳，在我倆的天地間翻騰滑翔，沒有尊高，沒有卑下，只有江海與彩霞。

後來，他成了我的弄潮兒，直至我揚波濺沫，醉倒方止。我架在門面的腳也鬆軟了下來，全身像癱倒下來的骨牌，有些酥，但身與心是和諧地，平伏在地。

完事後，在外頭再走一圈，歷經酣戰多時，我想該是時候告辭Alexander。我打算離去時，才晚上十一時許。那時訪客漸多，幾乎都擠滿在逼仄的儲物格通道上，動彈不得。

當我穿上衣服，梳了頭，攬鏡自照時，見到那奶油小生冒了出來。他依然是披著一條毛巾，像個乖巧的中學生，默默地站在我身邊，示意微笑著。

原來他的樣子長得不差，除了五官端正以外，氣質也很好。

我開口，非常破例地用粵語問：「還沒有回？」，因我想自己是遊人一名，開口後就是要聯繫，但我們接下來如何可以聯繫？

奶油小生望一望我，還是微笑不語，一臉含春。我不知道他是否聽得懂，因我感覺到他是大陸人，不諳粵語。

我再問一遍時，他又一溜煙跑掉了。

如今回想起來，我才發覺自己連他的聲音也沒有聽過，但對於他的臀頰、冰寒的皮膚，還有乳頭上的那根體毛，卻歷歷在目。

我想這就是三溫暖最讓人回味的一環吧，身份與身體，身份才是一個謎。

台北

T
P
E

狂野的寂寞

去到台北最豪華與最昂貴的三溫暖,我是先花了一小時來巡弋,卻一無所獲,像一片葉子,只能飄蕩。有些悲愴。接著我找了一間炮房,關上了門,裸著身體睡覺,比街邊的流浪漢好,至少不會被別人看到一個疲倦的人影如此孤清冷寂地獨眠⋯⋯

我做錯了什麼——該是因為沒攜帶髮膏來梳頭,以及沒有穿上白色的內褲,以致老半天的下午都在走廊裡做遊魂。

一覺醒來,走出房門時,才發覺真正的派對已開始了。那重垂簾遮蓋著的交誼廳,已有工作人員駐守,手中拿著一圈又一圈的螢光腕環,青色與橙色,格外醒目。人潮非常多,人人是全裸入場,入口之前必須先停足,讓工作人員套上腕環。

到底他們是玩著什麼把戲?

我沒有去估量,繼續在場外遊覽。但人影杳然,幾乎是如同死城,反之,在那暗黑部屋裡則是偶爾出現一兩隻可口垂涎的乳牛,到底他們是從何而來?

我一個人在外,像孤軍般抗爭著黑暗。由於紫色燈光效果,所有白色成為唯一,在炮房區外遊走之人,都是穿著白內褲,在漆黑中奇幻地晃蕩著異彩似的。我望著一片片上下蕩搖的臀部,心想我身上的黑色內褲吃了大虧!

我望著自己的手指,連指甲也成了唯一的白色,全身猶如被曬黑的焦屍,只有指甲、牙齒與眼白是可以肉眼觀察到的雪白。

我真的像一隻鬼一樣。

到底這是怎樣的燈光——難道我像是紫外線下被驗證出來的魔鬼?

後來在炮房區外，陸續傳來其他炮房的呻吟聲。其中一間傳出來的特別浪，特別高，幾乎是迭起而伏落，規律有致。那呻吟聲是悲和悽的，像哭喪，但又像悲中帶狂喜，那種嚎叫的淒厲，像是被推上斷頭台待宰的牲口，不甘命運的欺壓。

我走去那間炮房外徘徊，裡面到底是幹得如何激烈？我只聽見是一把浪叫聲，另一把是靜默的，但可以隱約聽見牆壁的碰擊響聲，是那位○號轟轟烈烈地套幹著一根堅挺有力的巨鵰嗎？他們是用著什麼姿勢？

這位只聞其聲，不見其人的炮兵，的確是一位善譜人類內心情慾的作曲家。我細心研究聆聽他的叫床聲，除了淫蕩，還有許多花樣。他不只是「啊…」聲的單音，還會摻雜著「咿」、「噢」等象聲詞，聲調有高低，快慢之下有節拍，節拍之下還會改成「副歌」，在換場時會有其他旋律出來。是否是每換一個姿勢，就換一種叫床法？是否是撞擊的力道強弱不一，就狂嘯出另一個調子來？他自己變成了一副樂器，任鋸任拉，任撥任打，乍高忽低地奏成變幻的樂章。

這○號在高潮迭起下，恐怕已翻江倒海，但無法想像其嗓子的肺活量之大，我真懷疑那位猛幹與能幹的一號是否會被震聾了？

聽著這股迴盪在偌大空間的叫春聲，像一串炮竹凌空轟然響起，霹靂啪啦地，人人都被撩撥起來，有一種喜慶卻哀愁的感覺。

一個人的狂歡，一群人的孤單。再望望自己，第一次看到自己像焦炭一樣的身體，我為什麼要呆在這裡？遠道而來，難道在這裡守株待兔？

於是，我決定將自己豁了出去。

●

我去置物櫃，脫下內褲，拎著小面巾，全裸趨步到暗黑部屋，被套上一個螢光腕圈，就闖關了。

像一條魚游入了深海。像迷航的太空船遊到另一個宇宙。這裡是全新與陌生的一個畛域。

在漆黑中，大部份是靜止的，除了背景音樂在振奮脈動。人人走動時，

腕上的螢光腕環青綠交錯、搖紅曳翠，成為唯一發亮的發光點，像幽黑森林裡狼犬的眼睛，閃燦燦地特別誘人。人群在黑暗中彷如靜止不動，但隨著偶發一閃的鐳光燈，就會暴露行蹤，那種斷續行跡的畫面，隨著鐳光燈照射的花樣，如同慢格播映的電影，一忽兒在這，一忽兒在那。

人人失去了黑影，卻變成了黑影。黑影只有淒迷的線條，只是勾勒出來的想像。但影子這最親密的伴侶都消失了，你就成了另一個黑洞，必須尋找另一個黑影來陪伴。

彷如世界只剩下青與綠、一號與○號、這是另一個新打造的天地與世界，被人標籤是一或是○，像電腦版的二進制系統。兩個號碼，雙重顏色，性慾的尋找不必解碼與加碼，不必猜度與探問，多麼簡單。

但另有者，則是橙綠螢光腕圈一起套，成為珍貴少數的一或○的兩棲雙修者。

你在這樣的黑暗下，只剩餘一具皮肉與外殼。或是高挺的大奶堡，或是低垂萎縮的草枝擺在下半身搖晃著。

一些人是索性不走動，只站在廳中央；一些人則會互相摸索，觸碰。帶著試探味的伸手。但有者靈敏地落荒而逃的壁虎，被碰觸後一溜煙似地消失了。有者則是無任歡迎開拓。

我在炮房區巡弋千百遍時看到的一個七三髮界線的高大中年叔叔，在黑暗的一隅獨立著，大剌剌地展露出下半身之盛景，辨識一下其手腕，原來是雙修老妖，挺著一根五吋搖擺的柳枝條，像水草一樣在岸邊自我搖曳。

之前炮房區冷清無物，如今則是肉林棒棍齊聚，有一種一觸即發的緊張氛圍。

暗廳兩側有兩張鐵鏈懸掛的吊床，沒有臥睡，是 BDSM 實用工具，還有一盆下垂吊掛的盆子，與吊床一樣，內裡裝有一堆新鮮待用的安全套，形同聖物，還被裝上幾個螢光圈，在半空中發亮著──多像高樓頂端在黑夜時亮起的紅燈，開示著來避防飛機低空飛過的危險。

這寓意著黑暗的風險，快樂與危險是並存的。

暗廳一側的牆則有潤滑劑的劑量按壓器，這都是安全措施，以防事到臨頭以身涉險。

我看到一個高大的洋人，該是全場唯一的一尊洋炮。來到黑暗區內仍是躲躲閃閃，一手捂著下半身。不標準的乳牛身材，也不讓人觸碰，只有在影影綽綽間看到他那並不特別偉挺之陽物。後來，我發覺他逕自走到暗廳最左側幽角的一張圓形床墊，趴下，化成了人肉插座，就待有緣人上陣插電。

暗廳的另一端則是四人巨大躺椅，已有一些人靜臥之上。有者是裸著，任由人把玩著下半身的武器。奇怪的是，一位標準型的乳牛，就如此躺著，躺著，下半身挺成一根如塑膠仿造的陽具，就任由他人撫摸或口交，形同神像一樣接受著芸芸蒼生的膜拜。他是當菩薩嗎？為何有如此優秀的條件，卻躺在這兒如同死屍般任由魚肉？

在廿坪大的部廳內，人群像潮汐般漲退，可能是群起，片刻後集體撤退，無名由，因為這是自由的走動，沒規律，是隨心的遊移。

左右逢源之下，我開始了一場場不知名的探索。之前不盼不顧的人，在此刻靠攏過來，張開嘴埋在我的胸前，舌頭打著圈，嘴唇啜得甜。首先是我與他，接著還有另一個他，湊成了三人行，我被逼到牆邊，三人互吮著，似乎你我他身上共同所持有的東西都是他人唇舌下的瑰寶，不可或缺。

漸漸地我覺得許多人黏了上來，全身都被摸透摸光了，之前一些睥睨而過的人，紛紛湊近來湊熱鬧。我的兩手哈著棒，一個個地招惹進來。這種感覺真奇異，想不到自己也可成為唐僧肉。而手中搓著不同的棒子，就形同點著不同類型的炮竹，點燃著，讓它們自己從微小而膨大，再著火。

奇怪的是，怎麼有人可以不修恥毛？我用著手指為他們運功時，他們那堆過長的恥毛摩擦著我的手腕，我幾乎以為我被套上了茸毛手套。我也不忘撈著一些路過的乳牛。往下一探，雖然是三寸釘，但在我巧手鑄造下，也磨成了劍。

之後，一些條件優秀的乳牛黏貼了上來，這種不設防的情況，是大拓乳牛後臀頰的良機，原來他前面光滑，但圓翹的臀部是滿佈茸毛，細細鬆鬆，卻像砂紙長在豆腐上。伸指探入菊花洞，竟是溫燙迎送的關

口。

這裡是忘我的動物園，人皮下的獸性，有最慈悲的溫柔撫摸，也有最兇殘的吞噬：吞得沒頂，啃得窸窣作響，或是吮得滋滋有味。有人一個動作，馬上蹲了下來、做了獸，做一隻馴化的畜牧，張口吞著男主人的根。

不必去炮房區那個只有幾毫米的鑰匙孔偷窺，眼前的一切，即是一場向性慾致敬的儀式。看著那些人吮吸咂吹的動作，愛撫著，或是把弄著一根根膨脹的肉棒子，就演活了腦中的想像畫面。

原來人家與你一樣，都是這樣吹簫的。有一位個子瘦小，卻原來是位奇兵，不成比例的大勺子般地掛在身上，浸入他人一口又一口的熱鍋湯裡，不停往不同的嘴裡送。

現場乳牛如雲，但什麼號碼，就是有什麼樣的位置，你選人，人也選你，空有乳牛肌肉也無奈。在那裡，裸身之下，即使是身高如何巍峨，若摸到的只是三寸釘，也是徒然。在這裡似乎只有一舉，即得天下。有硬挺，即是神氣，也可悅人。

我脫離了三人行，再晃蕩。在圓形床墊上，驀然驚見有一個身影伏趴著，覆蓋在另一個身體之上，在暗黑卻發著幽光的處境下，那身影下半身波浪般地翻動，沒有聲息，只有明顯起落的動作，被壓著的身體只是一具形體，像一座千年不動的山脈。抽送動作也並非特別激烈，或許是他在施展著溪水拍岸的斯文動作。

由於兩人手中的螢光圈已脫下來，所以若不細看，可真沒發覺是兩個已合二為一的肉體在性交，化成了黑暗的一部份。

那伏趴者疊著疊著，震顫著，未幾即撤兵。一個翻身，兩人解體，原來是兩隻乳牛。站立者可看見仍挺著一個戴著安全套的陽具，動作有些茫然，在尋找著失去的另一半；另一個卻瞬間失去了蹤跡，就這樣消隱而去。

圓形床墊上陸續上演著一場場的春宮戲。不知從何竄出的人，會跳到床上，然後就結合了。

先有觀音坐蓮，一號擺好蓮花座仰躺著，○號馬上上座，俐落地解開

腕環，兩人就像熄了的燈，隱沒在黑暗中。

○號稍微轉身，一手持棒，身軀徐徐降落，吞沒。沒了頂，你能看到
一號的砲台，就只是兩粒上下滾動的蛋蛋。如此輕易的結合，彷如天
造地設的一對榫卯。榫頭與卯眼如此便捷的連接與固定起來，然後成
了一架「土」型的人肉炮台。

望著這些如同演著啞劇的演員，沒有身份、只有身體，沒有臉孔，只
有皮相，他們只有最原初的慾望，凹與凸之間就是要找到契合而已。

漸漸地，圍攏者漸多，有者伸手去撫，他們像永恆了的塑像。但不及
五分鐘，兩人又解體，人數的總和壓力往往遠勝於兩個人結合的世界。

另有一對，則是急速撲上了床墊，然後以天蓋地之勢結合。但一號有
心無力，硬中帶軟，無法兼施闖關，即使○號如何放軟收納，始終無
法歸化一根徘徊在外的棒子。○號的兩腿抬起高舉，甚至將手指戳進
了花芯來收納，肉棒子結結實實地扎了進去，又掉落出來。

兩人做鳥獸散。圍觀者又散去，戲又唱完了。一號始終是人，不是春
宮戲演員，如此多人圍觀觸摸，如何能專注一攻？

是否人人都可在他人面前演春宮？這裡是人群前，是一個私密又公開
的場合，你卻得攤出自己情慾上、肉體上最私密的部份，當一隻影子，
做一隻鬼，在黑暗中你是否可以忘我，忘記自己的身份與三綱五常？

後來一堆裸男聚集在躺椅區了，我趨前暗忖，找到了一個最理想的位
置。

眼前所見，也是一個半俯身的身影，V字型的熊腰，正在狂插著，將
麾下的○號弓起身體來成了蝦子，他兩手架起○號外掛的腿，似乎孔
武有力，才架得住那兩條已上下晃搖的腿。兩人的連結就是下半身，
排山倒海地活塞著。

我在正面看，只看見這背影在下半身插送動作中微顫著，一號的兩腳
架起扎實的馬步，讓他自己定位。

更誇張的是，有一名圍觀者蹲了下來，將他套上螢光腕環的手腕挪近
一號兩腳之間，提燈籠一樣，發亮照明著兩人相接的一處。你只看到

一根幾近沒入的陽具，在一個呈三角形的凹陷裡，嵌著一個男人的陽物，當然還有一對因勃起猛縮的蛋蛋。

那「偉大」的提燈者，就近距離地看著兩人交接處，他更像拿起鏡頭，近距離拍攝著性交場面給旁人看。

這也照亮了我們的眼線。唱後庭花是委婉說詞，肛交是正名，但眼前一幕，則是兩個陌生人，一人旗舉大張，一人揮劍直衝。

你從背後來看，這一號先生的兩股就像一個三角形的隧道口岸，你只知道有一道火車已穿越這隧道口，再往裡穿越，再穿，看不到盡頭。

這是我第一次看人性交嗎？恐怕是。之前在三溫暖中，從門縫、從鑰匙孔裡窺看，只是片面，但眼前是真實的。真實卻又虛假——到底如何形容這種感受？就如你走進了名人蠟像館，卻看到這些仿造的蠟像在走動，那是假人，在我的意識中是不可能發生的情況，因為是有違認知與常識的。

在這片黑暗下，兩個人自願性交不是執行，而是互相交換著快感。我們一群人彷如走入Ａ片的拍攝現場，如此近距離地觀察。這就是不真實了。

我看不到那位仰躺、弓腰、兩腳高舉張開的○號。他是物體嗎？是野獸嗎？

這種動物性的原始讓我覺得匪夷所思的真切，但更燃起我的熱切，這就是性的迷惑之處，它是一件自然又神祕的事情，孕育也是如此。

兩個男人之間一起孕育的，是感官上的快感，而不是什麼新生命，在不可觸及的交接處，你會發覺自己的生命與另一個人的生命奇妙地結合。

彷如受到一股感召，我越走越近，似乎看得不足，我更要撫摸這兩具男體。我將掌心放在那位一號的圓臀上，像順勢撫著浪花，隨著他的動作起伏。掌心傳來的是滑嫩又溫燙的溫度，加上汗水的潤濕，兩片臀肉之下的每束纖維都在充著血，給予另一個人最大的衝擊力量。

那一號當然無視於我的撫觸，因為陸續有其他人也加入了。我爬上躺

椅，看著那○號。他的臉部表情是帶著酸楚的，可能是他弓腰的姿勢不良，以致臉部肌肉都被擠壓成有些走形了，而畢竟整個臀被提起來，迎納的卻只是一根短短的肉棒子，這種以小見大的扦格效應是讓人不得不屈服的。

○號閉著眼睛，讓人看不清他的長相如何。看到他的上半身，我終於能確定他是一個人，不是一具胴體而已。他只是默默地承受著後庭所降落下來的衝擊。一號則是不斷地猛攻，火力全開，沉浸在自己的狂熱的世界裡。

越來越多人圍攏過來了，一號只是猛力衝，忽然猛覺背後聚了那麼多的人，就換姿勢了。

他將那位○號的腿摺過來，只讓他一條腿搭在自己的肩上，○號就翻了過來，被側身進入。此時他面向著我，半硬軟的陽具，就一大串掛在我的眼前。一號每一衝，那根陽具連同兩枚蛋蛋就震盪一下。

我又伸手去摸索，反之是冷冷的。那是怎麼一回事？難道他痛得飆冷汗？他只是奄奄待斃地，用他微微的呼叫來訴說著被扎根後的快樂與痛苦。

我不認識這人，但我初識他即見到他表露出掙扎又渴望的表情，這是何等的奇異。他被支配著，但沒有自卑，因為他用了一個孔穴支配著一個男人覺得驕傲的陽具。

這時我才看清楚這高高在上的一號先生，原來是位身材中等的仁兄。他在先前問過我：「你要給我插嗎？」那時我嚇跑了，然而現在他給著我看一場免費秀。

看似是 V 型身材，其實只是伏壓時背肌顯現出來的張力，看似是雄武威猛，其實他是一個個子相當矮小之士。在黑暗中的錯覺，該是可以被原諒吧。

一號換了姿勢來抽插，彷如是一個只剩下 5% 電力的手機電池，不到片刻就耗盡了。他翻身倒了下來，除下陽具上的安全套丟掉，像看電影時迅速地換場，一根插得火烈的棒子瞬間還原了。他整個人疲乏地睡倒在我旁邊，我被擠到另一旁去──是的，我只是一個旁觀者。

戲還未結束，我看見另一個像朱德庸漫畫裡的男主角──那種頸項長長、身材塌拉的──跑了出來，就勢地擒了下去。○號仰躺著，兩腿都還未放下，又準備「迎新去舊」了。這位庸先生不見得雄偉，他只是老老實實地半蹲著，持棍進場，一眨眼功夫，那位已被開拓到一半的○號，已盡情吸納。

這就是性啊。一個接一個，一浪跟一浪。○號就像盤古開天前，是一個渾厚的整體，任由開發與佔據。

早前那位一號先生，在我身邊舉臂躺著，有些愜意；我頑皮地伸向他身體以南，像在地氈上找硬物，但卻摸到一顆縮小的膠皮擦。

真的，完全不起眼，血肉已瓦解的一副陽具，之前還在穿山越洞，如今是危危欲墜像枯葉。

我搓撚著，他看著自己之前所幹的男人任由第二個男人上著。我覺得自己像摸著一塊浸濕了的咖啡茶包，人走茶涼，連茶包也是冷的。

我撫著這無名氏冷卻下來的陽具，難以想像在五分鐘前，這是一把磨得正炙熱的利劍。雖然我知道這是合理的生理現象，遇冷即縮，加上他在性高潮後迅速冷卻，毛孔在極度擴張後急速在收縮，血液都從皮膚表皮退下去了。

我撚得興起，如同撚著佛珠鏈一般，詎料他轉過頭對我說，「你再弄起來，等下我要插爆你了。」就是一股禁不住的淫氣與俗氣。我止手。繼續讓這枯苗藏在它的冬天裡吧，我不要助它回春了。

這時候，那位後繼來者，也歷經不起這位超級○號的磨合，加上群眾的圍觀。他，也來到了高潮。我心想，他的抽插有到廿下嗎？

○號被梅開二度後，站了起來，丟下氣吁吁的庸先生。我看著他撥開人群的背影，原來是長得如此高大，我還可以清晰見到他兩塊豐厚的臀頰上，有刻劃分明的泳褲印。

主角走了，剩下的就沒戲看了。這場春宮秀又完結。

情愛與性愛，都像走進一座雄偉的神殿，你要情愛，便要瞻望與眷戀整座神殿；但若是性愛，你只是迷戀著神殿裡堅硬的石頭。但石頭只

是神殿的材料。在這一小坪的暗黑處，我們追求的只是一塊石頭而已吧，因為我們只要一場性，一場快速的高潮降臨。

定睛的一瞥，朦朧的激動，莫名的哀愁，轉身，離去。

滿懷

一趟台灣行讓我不得不在四十八小時內第二次到訪 Aniki，因為意猶未盡。在上班日晚上八時抵達時，未見人潮，經過識途老馬的簡介，我才知道台灣三溫暖的黃金時間是九時過後──這與泰國曼谷似乎有些不一樣，因為通常在下午五時後，曼谷的三溫暖已可見到上班族的蹤影。

難怪過去幾天尋訪台北其他三溫暖時如此冷清收場，原來我是早到了！

●

此次，我終於買了一個乖，攜帶了髮膏前往，本來出門時仍是漏帶了的，我特地折返回酒店重取，才出發。

抵達時，Aniki 只是三三兩兩的寥寥幾人。我沐浴後，重新梳好一個頭，而且是空著肚子不吃晚餐（以達到收腹之效）。

我直奔那廿坪的暗黑部屋，無需浪費時間在那矯情的炮房走廊上兜圈子。

沒有趴體，沒有人管，裡邊空空如也，畢竟不是週六，也不是黃金時間。了無生氣。但有一對重疊人影。一如之前，這種情況一定得「參觀」。

那時只見到一個背影，伏趴在另一人身上，該是幹著事情吧？再走近一步，近一步，我就加入了。觀棋者不語為君子，但在這種黑暗情況下，旁觀者與當局者沒有君子與小人之分，那股神祕的召喚，就是需要你去應答。

參觀，變成了參與。

漆黑中，見到那個伏趴者原來是在幹插，他挺起上半身時，讓我一窺

全貌，原來是一塊肉肉的滴油叉燒。一根尺碼適中的肉棒子磨得燙燙熱熱的，但並沒有濕潤的手感，我這才確定，他只是擺著姿勢而已。

那位仰躺的○號，看著我加入戰圍，也伸過手來摸索。豈料，滴油叉燒轉過身將我手到擒來，上下其手一番後對我耳語：要不要進房？

天降的機會，那麼我就不應錯過，這時不是什麼寧缺勿濫的清高了，而是直達靶心，省時省力。我點頭說 yes。我這程咬金就當了一個陌生人的小三，隨著他直奔外出，剩下那位不知所措的○號。

鎖進了炮房，與另一個人有了一個屬於自己的天地。這就是歸屬感的定義吧。我望著房裡的鏡子，有一種「啊終於」的鬆一口氣。

我們免去了應有的儀式，毛巾一放下，肉帛相見。倒在床上時，就還原成公平的地位——兩具肉體，兩束不相識的靈魂。

這時我才看清楚他，剪了一個當下最流行的那種覆額瀏海，看起來真的很年輕。他的身材就是渾厚的，那是青春的重量，脂肪堆積，但卻是結實沉穩的，不會鬆弛，撫上去，感覺就像蛋撻一般，膚質嫩滑，然而是實心的。

這就是年輕的本錢。相對下，我覺得自己有些蒼老。但其實大地就是蒼老的，我平躺著時，就化成了一塊大地，地表上當然不缺山脈與孤樹，還演繹著四季的轉變，他要夏天，我就火熱，他要春天，我就溫暖起來。

這傢伙真的皮光肉滑，不是標準的乳牛型，可是非常好擁抱的抱枕，況且這是一個有溫度的抱枕。

我的腿勾搭上了他的腰際，他肥沃的腰贅肉，滑得讓我的小腿肚都溜脫了下來。這讓我更加緊地勒住他，像藤蔓一樣。我兩手托住他那沉沉的後臀部，也如嬰兒般的滑嫩。

忘了多久沒有吃這種半肥瘦的「叉燒」。他們最有口感，韌度有餘，彈性十足。

重點就來到這叉燒的下半身了。如同大部份在暗黑部房裡接觸到的台灣老二，他也沒有修毛，是一座未開發的熱帶雨林。我們直接進入了

正題，我伸手檢驗他是否披甲上陣。報關合格，就可直接通關了。他將我的兩腿提了上來，傾身壓著，幾乎是不用擺正地，就像一條孤舟，晃著晃著，從大海裡進到了港灣，找到了泊位。

如此從容，讓我有些意外。然而那一霎那，我以為自己會是一戳即穿的汽球，但我感覺到身體像凹陷了進去，緊接著，反彈，非常具有韌性地將他完完全全地包容進去了。

我只感覺到多了一樣異物，在身體裡。有一種孕育的偉大情操——是的，即使是蚌殼吞了石頭進去，不是孵育，而是包容成一顆珍珠。

他被我狼吞虎嚥進去後，撤退，吐露了出來，接著再交出他自己。我開始移花接木。那種久違的熟悉感，會逼著你自己去要，是一種本能似的需要。

這種不大不小的接觸，恰如其分，沒有大起大落、暴漲暴落的起伏感，而是一種刀仔鋸大樹的拉拔，細細的，也是溫和的。他也沒有多花什麼技巧，就是碎步行走，有一種跑步機跑步的感覺——不停地奔跑，其實也只是在原地上加重和放輕腳步而已。

當我的下巴枕在他的肩上，他的背部漸漸地沁出汗來了，有些溫，感覺上是抱著一個開始溫熱的瓷器。我被他焗著，但也打開了自己。我的毛孔彷如可感應到他全身呼出來的熱氣，導熱了。我覺得自己像個熱鍋，煎著他那根生命瑰寶，它蹦了出去，又再跳進來。

他的衝刺，其實更像春天裡的抽芽，是生機勃發的，但也是細微的翻動。那種生命力如同一道道熱流般沖進來，慾望也開始發漲。

我的兩腿不自由主又得更開了。這似乎給了他更大的空間，他降落的力道更沉了，彷如跌進黑洞裡，難以自拔。

其實只是短短幾分鐘，他整個人就像沉淪的城市，頹圮、癱了下來。

「你很累嗎？」

「還好……」非常典型的中性回答，他答著：「我很早就來了，剛才沒人。」

我問：「嗯。你幾歲？」

「二十八。」他答。

聽到這數字，心下一驚。我曾經擁有過的歲數。那是何時流失的光陰？難怪他皮光肉滑。卅歲以前，你的青春還是無限的。

我們再聊著，他問我：「你不是台灣人嗎？」

露餡了。但我不介意，我的口音當然學不了台灣人。我說：「不是，我是馬來西亞人。」

他的聲音脆亮，口音卻是台灣偶像劇裡（或是一般台灣人的說話腔），有些黏黏地。也可能他累壞了，接著，他呼呼地睡去。

他的手搭在我身上，而我倆的睡姿有些纏綿似的，他兩腿扭著我的腰與腿，身體皮膚的覆蓋面更廣了。他的汗更淋漓了，連汗珠都是燙的，然而那種退潮時的快感與涼快，其實比射精那一刻更舒服。

兩個不認識的人，這樣覆蓋交纏著彼此，其實是一種完事後，帶著空靈卻放空的「成就感」。成就不是指什麼偉大的功業，只是慰藉了彼此的一丁點火花似的慾望。你成就了他，他圓滿了你。

他有些胖，不久就響起了呼嚕。這到底是疲憊到了什麼樣的程度？他的倦意彷如一座火山積壓太久，一爆發就是徹徹底底，即連地殼以下深層的內在都傾吐了出來，交付在一個陌生人身上。

他睡得很酣，從其呼吸及鼻鼾聲就可以感覺到那是沉至無邊無盡的降落。聽一個人的鼻鼾聲，其實是非常私密的一種接觸，因為那是個人的呼吸與健康的表現，都是非常生命的東西。

在漆黑中，一個進入過你身體的陌生人，在你身旁打著鼾聲。你不認識他，但你彷如諒解了他的鼻鼾聲，即使那是一種噪音。在他剛才辛勤地耕地後，如今這股悠悠響起的鼾聲，其實是他充份的休息。

未久，我轉換了睡姿。我的大腿原是被他夾捲著，也沉沉地倒了下來，就壓倒在他身上。

他也轉過了身，姿勢讓我享有更大的空間了。但我無法歇息，或許我確是習慣了孤枕獨眠。但現在枕上有兩個頭。我撫著他的手背，擦著，擦著。掌心總會有一種魔力，在遊撫間勾出最內在的想望。他漸漸地醒來，鼻鼾聲也減弱了。

他本來已涼了起來的身體，此時又溫暖了，我的手繼續往下移，找到了剛才我孕育而吐露出來的珍珠。真奇怪，那尖端是綿綿的，有些像在絨毛布上捏著一粒軟化的膠皮擦，又像一枚大毛球。那是海綿體形塑出來的實體與硬度，但帶有一種塑膠的特質。我用著掌心在他身體以南之處展開探索時，他彷如從夢的深礦裡爬了出來，醒來了，探出頭來。

然後，他將我推搡了下來，向他的下半身移近。要我玩槍？好吧，嘴砲是否打得響，就在唇邊與翻舌之間。一邊呼著熱氣，我含著他初醒的精華，像喝一口熱湯。漸漸地，他終於復甦，骨氣崢嶸地挺拔起來。然後他再翻身壓起了我。

我再拿起另一個安全套給。他遵命戴上，這次叩關更加順利。如果之前的起飛，是試駕飛機的話，現在他終於成了一隻真正長有翅膀的小鳥在滑翔了。再怎麼糟糕的鳥，都不需要飛機工程師來教牠飛翔的。

我感覺到他更加愜意了。我給了他一個天地，他就任由翱翔。或許成就了對方後最大的成就，就是我知道自己的內在，原來是別有洞天的，更能放任對方，也更放空自己。

我摟得他更緊了，腿肚磨著他的腰際，或是放在他的肩頭上。我撫著他的耳朵——別忘了男人的耳朵邊緣以及耳垂，是最容易被浪費的瑰麗。他偶爾會啜過來，咂在我的襟懷，那也是最魔術性的呼喚，總會把我內心潛行著的慾望，一一勾起來，浮昇，再昇華。

我開始蒸發著自己。幹到最高的境界就是忘我，忘我就是由固態轉成液態，再化成氣體。我也聽見自己發出傳奇式的呼叫與呻吟，奇異得像重新認識自己。原來內在躲著這樣一個會唱戲的角色，我是吟遊著我的快樂，讓抽送著的他也感覺到自己是被歌頌著。

他是老老實實，也結結實實地將我覆蓋著，非常保護性地，像一個蛹般纏著我緊緊。我的自我消失了。只有他下半身的抽送抽離的片刻，我才覺得有透氣的新輸入。

合體與解體之間，其實就是塑造與打破自己的拉鋸戰。

或許這讓他更加踏實吧。我想這年輕人，是喜歡傳統的方式，有幹勁。

片刻後，他將我翻轉過來了，我配合著。姿勢就是力量，我知道自己需要以不同的姿勢給自己力量。我兩手撐著床墊，撅起了後臀，他直挺過來，我們又緊緊相扣了。

他開始騎起來，首先是跪騎，之後是跨，再接著兩手扶著我腰際，將我的後半身高抬起來，開始要「移花接木」。我不能節節敗退，只能寸寸進攻，到最後我感覺到他已近乎半弓起身子，胸膛就伏在我的背部，像蹺蹺板一樣彈跳著。樹大招風，我感覺到他的勁道，開始像颳著風一樣呼嘯在我兩胯之間。

我雖然雨打殘荷般地承受著，但已感覺到自己完全怒放了。他像是一隻貪婪的蜂鳥，即使著最輕盈與小型的身子，但當他探進花芯採蜜時，我完全投誠了，只能任由他掠奪、吸咂一切。

我的臉就貼在床墊上，但下半身已不屬於自己了，像斷節的火車廂。我的一隻手往後伸，查訪著自己是否真的還連成一體，我找到那隧道口，一種非常微妙的感覺湧上心頭：撫著他拉鋸著我的那根陽具，披著安全套，自有一種滑溜的韌度在，但他的疾速穿梭，讓我實實在在地感受著自己彷如被創造了──一個屬於自己的器官。

這是一種妖異感覺，不屬於你的身外物，但如此自然與自在地在你自己的身體裡成為一部份。我持有了他，我佔有了他。我擁有了他的一部份。

我用兩指夾著他那根直挺挺的肉棒子，像個門檻般框住了他。這種玩法真有趣味，因為那像一個大道收費站一般，你想過關，就得跨過一個門檻。而他恰好是那麼地硬而堅、直而挺，即使是狹道夾雜，但他「嗖」一聲輕盈地擦過，之後再兜個圈往返，我的指縫間感受著他的速度。

後來我的腳架起來的馬步，也開始癱了。我讓自己慢慢地軟下來，伏趴在床墊上，我下沉時扶持著他，他送棒時也提挈著我，我們彼此給予著對方欠缺的規律。到後來，我服服貼貼地伏在床墊上時，他將我的兩腳合緊，直插了下來，開始像鋤地般不斷地猛鋤。

那種鋤法，我這塊沃土定會被他犁開，剖得深深地。我覺得我必要使出看家本領來，就是「恨別離」——在他抽出時，緊緊地收緊自己，將他的冠狀物扣一扣。這種提肛法，其實就像扭乾濕漉漉的衣服一樣，你是在榨著、擰著，勢必要對方的一切，涓滴歸公。

耍出壓箱功夫之餘，我覺得我也應該發揮自己的磨合功夫。我將他扳下來，他成了仰臥，旋即一個馬步，我跨了上去。A片裡必然會有四款標準姿勢：傳教士、狗仔式、觀音坐蓮，以及反方向的觀音坐蓮。我就是要完成這樣的一整套標準。

這種反客為主也是好事，我們需要體貼地讓這些下半身不停刺攻的士兵歇一歇。換了一個姿勢，快感就不同。而且，不是所有一號都可以在這種姿態裡維持古木參天，往往因充血逆流，打回原形。

二十八歲就是有這樣的士氣與鬥志，他經過二戰後，跌倒之後的反彈，依然欣欣向榮一枝獨秀。這樣的機會必須珍惜，我跨了上去，不是甕中捉鱉，而是「捉鱉進甕」，馬上就水到渠成。他仰頭，看似昏了過去，可能感受到另一種擠壓的快感。

慢慢地，我像一個浮懸在半空中的傘兵，緩緩降落。浮載浮沉對於我而言，有些不踏實，膝蓋都有些酸痛了，但整個人像被導電了一般，是另一種充盈之感。我也可以一覽無遺地看著胯下的這男子，原來就長成這個樣子。原來鳥瞰時是可以看得出格局，看到全相的。

他的臉鈍鈍的，即使是瘦也不能顯瘦。可能是嬰兒肥，也或是娃娃臉。這樣的臉孔，日後是否有不老的傳奇？

然而，我挫著他，鈍磨著他，怎麼樣也是有了一些挫折了。他不是折，而是不甘再忍受了，我伏身，兩手抓著他的手腕往上提，他的上半身就被我釘住了。我們的下半身相連在一起，像颱風一樣猛掃過去，將他身體上的精華資源一一颳走。

但顧及他只是「小湯匙」，並非「大勺子」，我只能密密地蹺著自己，免得他脫逃而出。因此我只能趴倒，借力後提，再壓下……他比之前第一次耐得更久了，算是一種進步，但還是敵不過我的雙重夾擊，他吼了一聲，再將我反轉過來。

又回到原時樣，莖不離身。他將我覆蓋，抽搐幾下，整個人再呼一聲，

沉了下來。他抽離了自己，我感到一陣失落；我們分割成兩個人，還原成兩個個體了。

接著他又再睡，此時的他縮得更微小了，像蝦子一樣，就弓在我的懷裡。梅開二度後，可能真的透支了他。待他再醒來時，我的手又伸了下去，想要耕作一番。他捂著我的手背說，「它累了。」

說得有些歉然。但很有誠意。而且，他那處果然已是一片頹敗了。

我們再閒聊一會，他說，他要回家了，因為來得太早，是時候歸返。我說好吧。之後我倆先後離開房間。

房外仍是一片淒迷，暗得像永遠醒不來的夢境。人影綽綽，走動著的幽魂，盡在蕩著。我淨了身體，重新感受到身體是屬於自己的。那種妖異的感覺再回來了──適才彷如解體，現在又靈慾合一的肉體，還原在自己的掌握之中。

我泡進浴池裡。一個人坐著。池裡的燈光變幻，紅、綠、藍等地幽幽地淡去，再亮起，像一曲無聲的旋律。我看著自己兩腳之間，在水中的映影，載浮載沉，感覺美妙，又看見自己的皮膚在水中沁出了一圈圈的泡泡，冉冉浮昇到水面。它們呼吸著，像是滿懷的慾望釋放後，存留下來的泡影。

痛爽無間

在繁忙的台北西門町行走著，重演著若干年前第一次來到彩虹會館的情景，那時還是我人生中第一次到訪台北。但此時此刻一個人獨行，卻有一種非常飄渺之感，還有空靈——在人煙繁囂的街區裡，突然間陷入無聲卻只有舊畫面的記憶裡。那是渺渺不可摸的況味。

終於找到了彩虹會館。摸了上去，繳了四百元台幣，交誼廳仍然是地板黑白相間、無人問津的空蕩空間。人人都說這是台北當紅的同志三溫暖，但仍是疏落冷清。

沖洗後，在彩虹的炮房區內，偌大的走廊彷如是自己與影子一起行走而已。無人、無生氣，像是荒蕪的田園。像情慾的冷藏室，一切都收斂起來。

但在炮房區轉了第二圈，看見一個較為上眼的男人。長得不高，似乎是乳牛，看起來還蠻勻溜的。在半暗中我看到他放光的雙眼，這是「黃金十五分鐘」的最好印證，看到獵物要馬上抓。二話不多說，我倆雙雙進了房間。關上了門，捻亮了半明的燈，我們就開始了姦情。

他解開了毛巾，厚沉沉的一串蹦跳出來，掉在我的掌心裡。好沉，好有斤兩——我心想，這麼大串的東西，尖端彷如刨光油過，特別亮。可真意外這個子不高的傢伙，竟然有這樣的傢伙。

而且，還是一把鐮刀！在華人，特別是袖珍形居多的華人中，這樣的尺碼算是異數。我賞玩得忘我了。他佇足著，更顯飛揚跋扈，那抗地心吸力的肉棒子，的確有驕恣的本事。

之後他將我扳倒在床墊上，兩人都是平躺了，雖說不再有高低之分，卻開始了攻防戰。我用舌頭唇片主攻，他如同碉堡般地固守著。我的手探討著他的身軀，其實不是乳牛，更像過時的乳牛，他的胸肌，已變成了肉，幾乎是贅肉。

但他有一對非常挺拔，如同小圖釘的乳頭，這人肯定是經驗老到的老妖，連乳頭的外層皮膚也被多年的吸呃、反覆的破壞與重建而固型起來。我的口忙著，他也要我的手不能閒下來，提起了我的手撫在他胸前，來一招十指彈琵琶，彈撥著他的兩枚釘子乳頭。

須臾，他抬起身子，大刺刺地半跪起來，橫跨在我的頸上，扣著，整個下半身像 3D 電影般送到我眼前來。他很慎重地扶持著自己。可能他的彎刀過於厚沉下垂，以致他必須有這種扶根的動作，小心翼翼地像交託著一樣信物給我。

信物，拿來就口接。

但原來他不是要我步步為營地銜接，我也不能如適才般含蘊著他。反之，他像一陣狂風般落地，再過境，橫刷得我滿口呼嘯。風雨就在乾坤裡，如翻江倒海，我幾乎被噎得透不過氣來。

他那冠狀帽刻劃分明的龜頭殺傷力很大，而且他是整個身體直接壓下來。在這種情況下，粗壯已不是玩物了。他狠狠地殺過來，我就狠狠地接著。我的鼻子像被一塊絨布捂了起來，開開合合。

在我要推開他時，他將我兩手往上舉、反扣著，然後更深沉地俯衝下去，不留餘地的，像一隻兇狠的鷹貼近海面，將游著的魚給啄食起來。

但我上半身受到支配，動彈不得。我越發屈從，他就更加殺氣重重地橫貫著我，我全身彷彿只剩下一張嘴是活的。而他的那一端，活得更充沛了，因為我感覺到他在我的口腔中膨大了。

漸漸地我有些窒息的感覺。他的手還扣在我的喉間。扼喉時讓我慌了，似快要失去了自己。難道這就是深喉帶來的性快感？但我慌得不斷掙扎，覺得自己如同一條在網中蹦跳求存的魚，沒了活水，也快斷了氣息。而且，我感到自己快要嘔吐了。

我使勁地擺脫著他的掣肘，沒想到他更起勁地扳著我的兩手。

天，我遇到暴徒了。

我心裡暗想，口裡呼救，「不要這樣…不要……」在他聽來，是否是欲迎還拒？

他彷如聽不進耳裡，不斷地給著我 Face Fuck。這人可真蠻牛啊。我的口腔像被牙醫的儀器硬硬地張開定型，酸麻感不斷侵過來。在他抽離時，我不自由主地闔起嘴來，他竟然捏著我的鼻子硬要我張開，然後直接再一挺送。

他不只是蠻牛，而且是活在 A 片裡的恐怖份子。糟糕，我知道自己陷入了魔掌。

我再用力推開他時，他才終於捨得離開了，跌坐在床墊的另一端。我喘著氣，有種逃過一劫的感覺。但這時我見他拿起了安全套。我還有機會逃脫嗎？但是那刻的自己像走在邊崖壁上，明知再踏出一步就掉入深淵，但就是尋死般地，如著了魔似地，繼續讓他宰制著。

但我還是要確保他並非赤手空拳地闖進來。在他大舉征討之前，我伸手一探其根部邊緣，確已披掛加持了。但他的動作很迅速，馬上再將我整個人翻身，趴在床墊上。我又失去自主權了，因為力量全都被收縛起來。可是最脆弱、嬌嫩的花蕊就開在別人眼前。然而眼前是惜花人嗎？

我看不到他，只感覺到他一寸寸地逼近來，當那重量越來越明顯時，我覺得自己像一瓣榴槤，被狠毒地用刀一劈，剖了開來，即使如何堅硬地抵擋也是徒然。因為他整個頭已破殼而入，猶如千軍萬馬擠向獨木橋，我開始麻燒，痛感如潰散的蟻巢散開來，無微不到，亂逃亂奔的刺痛嵌入了骨子裡，就因為體內多了一副血肉。

如此被爆菊，情何以堪？我將他硬褪出來，腰骨轉著，反撫著他的圓徑，硬如柴、堅如骨，老天爺真的沒有疼惜我這可憐人，怎麼賜予我這麼難啃的骨頭棒？

但他還是硬硬地再一試，我的肚子壓在床墊上，馬上運氣，深呼吸，釋放著自己的壓力，也鬆綁著自己的筋肉。寸步留心，但花心已綻開來了，他一個刺殺。就全根納入了。

那時候，我想像著自己是一件衣服，就穿戴著他，緊緊地、結結實實地包裹著他。但這男人看起來並沒意識到，他穿錯了衣服。

當他壓在我身上時，我彷如被戴上了手銬，動彈不得，他兩條腳攀勾在我的腳踝上，其勁起於腳跟，主於腰間，強蠻有力的身體重重地壓

著我的背部，形同另一副腳鐐，接著兩膝猛力撇開我的兩股之間，形同開大閘，橫行而入。

我怪叫起來，仰頭長嘯。別說是奴顏眉骨，我覺得我成了一匹獸，任由他鞭策著。但他比我更獸性，只是刺了一下，馬上抽送起來。我忙喊止，用著適才的語調，哀懇地求饒著，但他還是不聽使喚，那種刺痛感讓我全身再度緊繃。我說，「別動、別動」，那種放大的感覺讓我覺得自己被撐破了，這種折磨是自己找的吧。

他果然靜止了片刻，但只是幾秒鐘，就又開始蠕動，或許他感覺到我的緊扣而讓他不得不掙脫，以致疾速地抽挺起來。我的兩手開始亂抓，像要抓住什麼似地好讓自己不會碎裂開來。

那種費力使勁的掙扎，讓我開始沁出了汗來，全身漸漸鋪上了一層霧。他在我的背上也滑溜起來，千絲萬縷的勾纏，他的汗水更淋漓，像一把火燙的熨斗。我一直弓著身體，或是扭曲著肢體，頂與抗，但他那根鐮刀嵌了進來，就彷如扣緊了我的機括。

怎麼會特別疼痛？是不是他形狀的問題？加上用狗趴姿勢，更是觸攪到平時不會發掘與開拓的禁區。我看不見他的辭色，但我一浪浪的吟叫聲，是凄厲的，震動四壁，卻沒想到這更讓他發熱，更為亢奮，刺殺得更賣力。

有時不明白這些粗壯之輩，明明已讓人挨棍受鞭，早已掌握大局，宰制了對方，怎麼還需要如此暴力地狂飆？這傢伙是否內心裡有自卑感？

他大概嫌後趴姿勢過於平淡了吧，將我後臀一把提起，我全副後庭就再高撅起來。他開始將我貫串。我被行刑的感覺更強烈了。

他的力道越強，我也與他抗衡著。但他看起來除了喜歡攻城掠池來征服，還要殺個片甲不留。他將我的兩手反扣，用兩臂糾結著我，我拔腰後仰，形同一張弓箭。

漸漸地，我彷彿覺得不需要反抗了，但也無法享受。我就放棄了力道，被他挫得軟了下來，慢慢地又恢復之前的姿勢，伏在床墊上。他繼續俯襲，我則落低。他在我的耳邊咬著咬著，突然間一個措手不及，又來那種洪水猛攻閘門的姿勢，一撞，我再沉了下來，我覺得自己像被暴風雨打落的孤舟，如今沉跌在更深的海底。

我的抗禦又反彈了，這時我真的出力推開他。我們如同肉搏一樣扯推著。我出力地將他擊退後，身體已爬到床墊外，但又一把被他抓了回來，我不斷地喝止著他：「不要這樣！」但他快刀斬亂麻般地又鑽了進來，甚至夾緊我的兩腿，讓他有更深厚的夾迫感——天，這種施暴最痛苦的是身不由己夾雜著生理上的疼痛。我的頭已掉在床墊以外了，仍承受著他由後而導傳過來的痛感。

後來我嚷叫著時，身體扭動得更激烈了。這時我才聽見他吐出一句粵語出來──「他不是台灣人嗎？」

我馬上用粵語叫他停下來──「別再這樣粗魯！」，這時他才真正煞車！

原來之前他聽不明白華語！真是邪門，一個馬來西亞人，一個香港人，這麼遠來到台灣竟然都碰上異鄉人。那還是我第一晚到台北，吃的第一餐竟然是外省菜。

我不斷地斥責著他，怎麼這樣粗暴，將我折磨得快死了。他非常驚訝聽著我說粵語，看起來似乎有些不習慣吧。他第一句就問：「你是哪裡來的人？」

「中國。」

「中國哪裡？怎麼你的廣東話的腔調這麼怪？」

「我學回來的啊！」

我不知道為何我要推說自己來自中國。那一刻是一種心力交瘁的感覺，不想再解釋來自馬來西亞或是哪裡。因為我與他的肉體還在結合著，黏貼著我的後端，像一條尾巴，而馬來西亞這國家，是否是我撇不掉，卻不肯承認的一根尾巴？

當我守動不妄動時，才感覺到他的深沉圓活。感覺好多了，喘著氣，這才發覺我的身體已快融化似的，適才的反抗真的太費力了。

他之後掉了出來，繳械了倒在一旁，但仍未完事。他拔掉安全套，一個咕嚕地滾到了我的身邊，用標準的港式粵語說，「要不要沖個涼？再來幹過！我要屌（幹）爆你！」

我喘著氣，全身像一鑊沸騰的熱湯。他釜底抽薪後，這鑊湯還在翻滾著，我撫著那一根躲在我釜底下燒著的柴木，薪火不滅。我要趁機收蓄適才潑散出去的力氣，全身都浸濕透了，那一份抗爭的力量真是血汗交易。

良久，我們才一起雙雙步離炮房，我有一種逃出生天的感覺，活了過來。

被這樣地「實幹」後，我在花灑下一邊沖洗著自己，檢驗著自己被爆菊後的情況，猶幸情況良好。

●

我在沐浴間沖洗後，元氣好像突然回復過來，一切甦醒了；之前的疼痛就消失殆盡了。

繞了一個圈回來後，重生後的自己。那時我希望會有另一場棋逢敵手，可是當時彩虹仍然是一個慾望電冰箱，除了冷，更是冷清。炮房區裡只有一些奇形怪狀的男人，例如一些朱德庸漫畫裡的男主角：長頸鹿與駱駝的綜合體化身。

有些失落地在炮房區繞行時，又碰到了這位香港大叔。我們兩人再交換眼神，在那短短一秒鐘的交會時，借著光，我才看清楚原來他長有一副娃娃臉，只是已過氣了，昔日的秀氣化成了一種難以言喻的蒼涼感，彷如一幅蒙了霧的山水景。

但外貌長得是這樣又怎樣？剛才見面不到一秒鐘，便風風火火地廝殺了半小時，像上戰場，是不理對方的相貌就撲殺了，我們彷如知道彼此再找下去，也是白耗時光，所以有一種兌現著先前承諾的默契，溜入最靠近的房裡。

那時的我，已知道這位香港大叔的風格。他扮演的是那種侵入者，以棒獨尊，就是要讓人跪拜敬禮。我們重覆著之前的過程，一切像排好的公式，但公式化後，一切膜拜頂禮、匍匐唔吸都只是儀式而已。

他又仰躺著，讓人服侍。這是不是典型的香港人形態？我無法一竹竿打翻整條船，但他這種姿勢其實反映出他是一個悶蛋與枯燥的傢伙而已。但他躺著，還是任由我掌握著他的命脈。

一根柳枝條在手，就需巧手來打造成鐵杵了。他天生是一副巨大寬楦頭，不消一會兒，他的「巨靴」就成形可套穿了。他又如同適才那般，扣著我的喉，就是恨不得要我整個人像一條張開血盆大口的蟒蛇一般地，將他活活地吞下肚子裡。

但我不是這樣兇殘的動物，而且，他也沒有如此長得綽綽有餘的尺碼，卻有著一副填不完的自大感。

此次我學了乖，不像之前任由他宰割，就用手施展著頂著力，拒絕讓他如此粗暴地蹂躪我的兩唇。我們又用著那種拉扯、鎮壓的手段，你推我擠，你拴我抗。

當他又如剛才那樣將我扳過來時，我馬上就位，恭候光臨。做好安全措施後，他接著就是刺辣辣地靠了近來，我開始用廣東話發號施令，該快時就就他加一加長鞭，該慢時就喝止著他，他開始在我耳邊飆著髒話，髒得我都無法寫出來，或許他覺得要淫穢才能滿足那股慾望，那麼，我就開始演吧！

那一刻，我才相信高潮可以演出來的，演得有人會相信。男人的高潮只是在射精那一刻，那是處決自己慾望的一種悲壯。但當做一號的為你做牛做馬時，即使偽裝的呻吟便可以如此輕易地可讓他埋頭苦幹。

他並攏著我的兩腿，讓我趴著。我無法回望，但感覺到自己兩瓣的飽滿被撥開，突然間壑溝就脹滿起來了。

「夾實我！（夾緊我！）」他鉗著自己，鼓蓬蓬地拍動叩了進來。他雷霆電閃著，但經過之前一戰，這一役，讓我如同沉底完全舒展開來的茶葉，酣出了味道來，而且，痛與爽之間已是無間地更替著。

這時的我比之前更靈活矯健了，全身彷如裝上了軸承與彈簧，機關算盡，任由他披堅執銳地攻上來。

他伏在我背後，酣戰了幾回後，橫枝逸出，翻跌下來睡在我身旁，「你怎麼啦？」我問。

「要休息一回兒。太爽了。」他說著。我翻過身，望一望那像吃了敗仗的落水狗臉孔。但他的裸體像火燙一般地，給我熨熱了。我撫著他那根彎翹的棒子，驚覺是真空的，意味著剛才他是赤手空拳與我肉搏？

我大驚，怎麼可以這樣？我抓著他的把柄，「你剛才沒戴套？」

「沒有⋯⋯」他喘嘘嘘地。

「你怎麼可以這樣不安全？」我怒罵著，但心裡惴惴不安。

「騙你的。你看⋯⋯」他將我引去他大腿側一條萎縮的安全套，瑟縮著的一項活證據。再看不遠處安全套的拆封，我才心安一些。但仍度過了一片驚魂，覺得應該要好好地教訓他一番。

我鑽了下去，饞著他那根東西，就將他灌進口裡，他赤著自己最脆弱的一環，過沒多久，青杏半熟，有酸有甜，經過我的舌尖與唇片轉彎抹角一番催熟，就開始裊裊婷婷香氛起來。磨磨蹭蹭了一會兒，我嘴饞著他，他也饑餓了，就將我再壓倒。

我們像有心有靈犀似地，他也如著我的願了。我說，我要仰躺，他依著我的話，將我翻了過來，我將下半身環成了讓他停泊的安全港灣，兩腿套環著他的腰，他真的就此定錨了，不再起暴風浪雨。

這時我才體會「姿勢就是力量」這句話的美妙。仰躺抬腿時，是四肢並用，可掴得對方牢牢緊緊地，自己就處於優勢，但若是被逼趴下或撅臀，兩手便要支撐上半身。對方若是像這位香港大叔般如此粗暴，就是雨打殘荷的淒涼而已。

所以處於這樣的姿勢，我倆緊緊地熨貼著，我已像春天的土地，休耕了一個冬季，現在喧騰著，像海綿一樣吸納著他。以柔制剛後，漸漸地就不再去與他那根棒子裡頭的剛勁抵抗，而是化掉他的勁道，猛吸著他。

我聽到他急與重的喘息，像一台笨重又發出沉濁吼聲的羅厘（Lorry，貨櫃車）。他可以走得快，但不能再像適才那樣橫衝直撞，因為他無論撞衝到哪裡，都給我吸納走了。

他不能像之前那樣別著我了。我得意地學著浪。

這是反芻的力量吧！人總是要反芻著，咀嚼著外在輸入的賜予。之前，我是活吞剝脫地將他噬進去，現在我是含弄著他，就像跑進蚌裡的小石頭，定能蘊含著成為自己的珍珠。

我有意別開臉，不讓臉部有直接的接觸。我深怕那種接吻。與一個陌生人接吻，比套幹他更叫我抗拒。但我倆的下半身是糾結在一塊的。人與人之間，就是這種合體吧，只能有部份相嵌融合，絕不能完全合體。

撫著他的腰身，那是四十歲，甚至是五十歲以上的肉質觸感吧？仍有一些滑溜，但已沒有那種回彈、喧騰的韌力，多了一份沃腴感覺──油滋滋的。

我的兩手再左右開弓，撥弄著他兩枚硬挺著的乳頭，他命著我扭緊一些，我照做，他似乎爽到了飛天，更賣力衝刺。

那時我倆如皮燃火，汗氣再散開來，又濕又熱。熱潮來時，床墊更是不透汗。我開始真正享受到他的巨碩。嘶吼著我墮落的快樂時，我問他：「你爽嗎？」

我緊一陣，他緩一陣，他搖著頭說，「唔爽。咁樣的姿勢唔爽。（不爽，這樣的姿勢不爽。）」

原來他就是喜歡狗仔勢而已。我說我不要，因為他的彎鉤鐮刀，折磨死人了。我說，不如再換姿勢，我要騎上來。他又說，「唔得唔得，（海綿體的）血會倒流，你一坐我就軟了。」

無條件的奉獻，不只要看對方的意願，還要看對方的力量。在加加減減後，我才發覺他與對手的公式就是這樣而已。

我感到有些飽滯與膩了。熟了，就是這樣的下場，沒有新鮮感了，就像解開的衣服可以任丟在一旁了。我恍神著，也有些呆愣，不知他幾時從我身上滾下了，倒在一旁。

我們聊了幾句，他說他接下來留在台北的日子會去哪些三溫暖。我聽著聽著……一切就結束了，帶著汗水離去時，一切就蒸發與沖洗掉了。

第二天早上我在酒店房盥洗，對鏡自照，驚覺手臂上竟有一塊瘀青，不疼、不痛，我心想一定是被他擠壓成瘀的。肉體上的印記，提醒自己的就是原來昨夜一宵，並非是夢一場。我已演過了一場浪騷的戲碼。

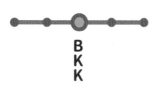

BKK

暹羅男生

在 Mania 三溫暖來了一場硬戰後，我沖了個涼，好整以暇，似已完成了「使命」，無慾無求重新回到迷宮樓層去。

走到電視機範圍時，有張秀氣的臉孔對著我微笑。首先吸引我目光的是，這張臉孔嵌著一對大眼睛，是那種日本漫畫的人物般的烏黑眼睛。我覺得他的樣子有些像范逸臣之類的，就是一對星目奪眼。

然而，他是一個瘦骨嶙峋的小男生，形態有些伶仃，微駝著背。他整個配套看起來就像一個不出門的秀才。

我也友善地向他微笑。他跟隨著我時，我對他搖著手示意說「不」。這樣的方式是最直截了當。他開口對我說泰語，我再一次搖頭，用英語說：「我不說泰語。」

他恍然大悟，漾起了一彎笑意：「What is your nationality?」

有趣。他竟然說起英語來了。而且，還可用上 nationality 這字眼，可見他的英語比一般人不錯吧！只是，當我們問起一個人從哪兒來時，不會馬上就唐突地問：你是什麼國籍？

我坦言相告。然後，我們展開了對談。我依稀記得他的問題，還好我可以明白他的英語。他說，他今年二十二歲。

「OK，你可真是年輕。」我說。

他很靦腆地笑了起來。他的笑意是帶著一些嫵媚，然而他是那樣地青澀。「你呢？你幾歲？」

「我比你大近十歲。」

他瞪大了眼睛望著我。可能他不懂得反應，但是他很努力地想去表達。

我再問：「你剛畢業？或是在工作？你的英文說得不錯。」

「我在大學裡修的。我剛畢業。」

「哦，那你是畢業自朱拉隆孔大學嗎？」

「喔，你怎麼知道？」他顯得很驚訝。

「因為，我只知道泰國的這間大學。」

他又微笑了。

●

我們過後聊了起來。他告訴我，他在大學裡是主修泰語，副修英語。剛畢業出來工作，如今在一間出版社工作。

「你畢業自泰國的名牌大學，一定很容易找到工作吧！」我說。

「才不。我們每年都有四千名大學生畢業。找工不容易。」

四千個大學生畢業？與馬來西亞每年逾二十間「野雞」大學生產出的低職能、空心畢業生相比起來，不算是多吧！而且，2008 年的《泰晤士報》教育增刊將朱拉隆孔大學列為全球第一百六十六名優秀的大學，甚至比馬來亞大學的排名還高！

「進這間大學不容易吧！」我說。

「是的，我們得經過考試……」他說得語焉不詳，我也不知道他在說著什麼。

「那為什麼你選修泰語？」

「泰語是一個美麗的語言。」他說。「You alone?」

我聽到他問我是否「Alone」時，覺得可真是玩味。在不及一小時前，一個美國的 ABC 問我同樣的問題，而我卻用「I come here alone.」來回答，英語不是我的生活語言，馬上就穿幫了。

然而，面前這位地地道道的泰國青年時，英語也不是他的首要溝通語言，所以他也是用同樣的字眼來問我。

這次我就活學活用，「Yes, I am here by myself.」（是的，我自己來。）

他又顯露出那種不可置信的樣子出來。像一隻小白兔，溫馴與單純。「你有去哪兒玩嗎？」

「以前去過那些廟寺了⋯在你大學附近是否是有一間國家博物館？要怎樣搭車去？」我問。

他說，「為什麼你要去這間博物館？」

「為什麼？」

「因為沒有人會去了。我們有很多不同類型的博物館⋯⋯」

「例如？」

「我們有多媒體博物館、還有藝術博物館⋯⋯」

「所以那間國家博物館是不再受歡迎的博物館？」

「是的。」

我們相視而笑。他笑我的無知，我笑他的單純。那時火花已燒起來了。但我再望一望他的身體，是那種不經雕塑、似是未成長的男孩軀殼，然而在肚臍下長了一絲絲細卷的毛髮，印證著他的下半身可已不是男孩身了，而是經過青春磨練的斤兩肉。

他仍十分親暱地撫著我，但白花花的燈光下，我們完全是暴露於他人眼光之下。他問我，有沒有去過樓上的露天庭院？要不要上去坐坐？

Why not？我就與他一起上樓了。

在花叢中，我們想找一張避世的凳子坐下，他是那樣地舉棋不定，就是不知要挑哪一張。我發覺到他的顧慮就是要找一張可躲藏，又可以遁隱任何人目光的凳子。

庭院沒有亮燈，夜風習習，抬頭只有曼谷漫天光害下產生的迷幻白光。我在暹羅的夜空之下，與一個曼谷男孩享受著夜光。

「我還未問你叫什麼名字？」我說。

「Top。」

「Top 真的是你的名字？」我按捺著自己的笑意。

「只是一個簡稱。」

「喔，那你是一個 top 嗎？」

他又是羞怯地笑著。沒有答案。我伸手去摸摸他的毛巾下，還是軟綿綿的一片。他沒有拒絕。

我猜他是一個處男。所以我又追問：「你還未與人一起睡過？」

他支支吾吾地，然後說，「這問題太……我們泰國人沒有這樣直接問的。」

「喔，對不起。」

「你來了很久嗎？剛才你對我說『不』是……？」

「因為我已 cum（射精）了三次。所以有些累了，沒有力再玩了。」

「三次？」

「是啊！唔，怎麼樣？」

他瞪大了眼睛。他的眼睛真的又黑又亮，在明昧不清的情況下也可以看得分明。「但是你剛才說，你不懂得說泰語……你怎樣與人家一起玩？」

他的問題真的很可笑，我 90% 肯定他是一名處男，「就不必說話啊。我們用肢體語言。」

他還是覺得無法相信。我的舉止對他來說，看起來是不可思議的。

「你呢？你不能這樣嗎？」

「我只能與我喜歡的人，才能有性愛。」

「哈，那麼你喜歡我嗎？」我問。

「可是你已經『出』了。」

我只能歉意地笑一笑，這時我才發覺他長著一對飛毛腿。

「哇，你真的很 hairy 啊！」

他又顯得不好意思了。「不……只是腿而已。」

我們隨便聊著不著邊際的話題。他教我幾個泰文單字，因為我想知道怎樣在街邊的攤販點一些小吃，例如炒麵、雞飯等。

他興致勃勃地教導著我。我照唸著出來，他很受鼓舞。

（然後現在我忘得一乾二淨了，只記得炒麵應該是 padthai 吧！）

靜默下來沒多久，他開始倒在我的身上了。「你平時喜歡做些什麼？」我問他。

「我喜歡在家，睡覺、有時打羽球。」

「平時沒有去逛街啊等等的嗎？」

「沒有，平時在市區工作時都逛到膩了。」

「那也常來這 sauna 嗎？」

「有時有來。」

「都有 play 嗎？」

「很少。我只喜歡與我喜歡的人在一起。」

我心裡想告訴他，如果他來三溫暖是要尋找真愛的話，那恐怕需要一個世紀的努力了，除非緣份真的撞上來。

「你家人知道你是同志嗎？」這是典型的話題，也是最能闖入你心扉的提問，就像用一隻硬陽具去肏人一樣，是直接了當的。

「不，我家人不知道。」他接著補充，他家裡還有一個弟弟。

我們聊著聊著，他的身體靠得更近了，像要覆蓋住我了。我們一面調情著，口動手也動。雖然他並非是我最理想的那一杯茶，可是這種靠近的感覺很溫馨。

接著，就無聲勝有聲了。

我將他的毛巾掀開，欣見他已一枝獨秀。你說二十二歲，就是二十二歲。血氣方剛，芳華正茂。他的身體是稚嫩的，卻是那般地細緻。在一堆雜草般的田園中，他的身上顯露出一株奇葩，等待我去擷取。

我撫著他的性器官。特別是他的龜頭，他敏感地瑟縮了一下，微微地呻吟著。像一隻寵物般地可愛，卻脆弱。

我一邊把玩著，熟悉著他那副工具擴張後的肌理與質感，勾勒著它的形狀。那還是不壞的形體。沒料到剛才是一堆軟綿，如今已一發不可收拾。

然後，我就俯身下去，將它狠狠地吞沒了。

面對著一個如此脆弱的青春靈魂，我肆無忌憚地將他翻山越嶺，將他的包皮也給扯下來，讓他的真面目坦蕩蕩地裸露出來。

在朦朧的光線下，我看到他仰頭吟息著，扭轉著身體，我一邊撫著那副青春無敵的軀殼，如此地滑爽與深具彈性，這就是年輕的飽沃與豐腴，那是你在二十多歲時才享有的特權。

他堅拔不韌，只是我不知如何建議他，應適時修飾一下他的體毛。但，這才叫野生和原始吧！

看來他真的是久無甘露，全身的精力與慾望，積壓在一根突暴的陽具上。我感受著他那股澎湃的慾念，一觸即發。這是一根等待發射上空的火箭，我是否要將他擊落在我的唇下？

我用舌尖探索著他的敏感端點，與他的表情亦步亦趨。他過後將兩手放在我的頭上，按著我滑動的規律來扶撐著。他已投入其中了。

後來，沒多久，他接過我口中的任務，用他的五指來承接最後一哩的工程。

我看著一幅玉體，相識不到一小時，在我面前奔放著壓抑的靈魂。他將自己潑灑得滿腹，淋漓盡致。在暹羅的夜空下，我看不到他的奶白色，只有一幅柔情似水。

像接力賽一樣，輪到他為我完成任務。他倒在我胸前猛鑽，只是他舌尖的運轉靈活不足。後來我衝向最後終點，終於也到站了。

我倆氣喘喘地倒在凳子上。

「要不要一起去吃東西？」他問。

好啊！

「雞飯？」他問。

●

我們一起沖涼，然後到更衣室換好衣服。他沒有梳頭，滿頭就濕漉漉地，帶著一種頹廢的味道。穿著一件 T 恤與長褲，就像還未畢業的學生一樣。

我們一起穿過那條異味交雜的後巷，他一邊走，一邊將他的掌心搭在我的頸背，而非搭在我的肩上。

那種感覺有些奇怪，我像他懷裡的貓咪一樣。當你把玩與呵護著小寵物時，通常都是撫著其頸項的。

而他是比我還年少的一個少年，卻用一個長輩般的姿勢撫著我。那可

真是一種奇異的矛盾。

我們一邊聊著。有時我需再三地向他確認他說些什麼，而他已經很努力向我表達著他要述說的意思。

我們在 Liberty Square 前的路邊找著雞飯攤。但是不見蹤影。他顯得很失落地對我說：「喔，現在已關了。」

但再走幾步路，才知道原來還未打烊。我們找個位子坐下。他為我點了一客白斬雞的雞飯，我聽著他對著攤販點時說的泰語，速度快得我也抓不到。

泰語真的是一種細細軟軟的語言，語調是輕盈婉轉，但帶著一種嬌嗲，總之聽起來會覺得很舒服。他說泰語時是截然不同的一個人。

當然啊，他就是一個泰國人。

我們吃著雞飯。在近凌晨時分吃雞飯對我來說是很罕見的事情，畢竟這對我的健身成效來說是有負面影響的。然而，就是來旅行，管他呢！

我說，「很好吃！」

「是啊？你們那邊有雞飯吃嗎？」他問。

「有啊。」

我問他是否有到過哪個國家旅行。他說：柬埔寨、寮國與北馬（馬來半島北部）。

北馬哪裡呢？

他卻搔破頭腦，一直唸不出那地方名字。我想該是吉蘭丹等之類的邊陲地點。我自己也沒有去過那兒呢！

「你呢？」他反問我。

「香港、中國、台灣、新加坡、印尼、澳洲等吧！」我說。

「那邊有沒有這裡的雞飯好吃？」他問我。這道問題真的很可愛。

我只有順應當時的氣氛：「都是泰國的最好！」

他看到我將所有雞皮都剝下放在一旁時，就好奇地問我：「你不吃？」

「是啊。這會造成肥胖。」

「你應該告訴我的。」他說。

「為什麼？」

「我可以告訴那小販，那麼他就可以先給你去掉這些雞皮。」

我看他大口大口地吃著雞飯，附上的辣椒醬意猶未盡又再添加，到最後把整個小碟子的醬倒在飯裡頭拌著。「你喜歡吃辣呵！」

「Yeah。」他說。

後來我們聊到泰王蒲美蓬，還有朱拉隆孔大學的由來。他說，這座大學是紀念偉大的拉瑪五世，他為泰國子民帶來了自來水、電等的現代化成就，皇恩浩蕩。

陛下駕崩後，在 1911 年時人民捐款來紀念他。全國募捐籌獲一大筆款項，建造了一座拉瑪五世騎馬紀念碑（就位於 The Royal Plaza），多餘的款項（多達九十八萬餘泰銖）來建造這座大學。

「那是一筆很大筆的數目。你可以想像人民多麼地愛戴這位泰王，還有多餘的錢來建大學。」他帶著一種神馳的語調述說著前朝往事。我一邊望著街邊那些雜亂、駁接無章的電線桿，這的確是一度的「現代化」。

不過，一個大學生可以說出他的母校的典故，我覺得是很了不起的事情。至少如果你問我，我以前唸的那間可算是歷史悠久的本地大學到底由何而來，對不起，我是個白痴，我不知道。

不是我不愛我的母校，而是我不知道它有愛我多少，而馬來西亞這個國家又愛我多少？

「你有想過再繼續深造嗎？」我問。

「有，但在這裡唸碩士要花很多錢。四年就要花兩百萬泰銖。」

「你是指 2 million？」我覺得這是天方夜譚。「這未免太過高了吧！」

他也有些疑惑了，然後他用泰語屈指數著數著，「不，是二十萬泰銖。是二十萬……」

我鬆了一口氣，這等於馬幣約兩萬令吉吧。

「所以我要先儲蓄，要好好工作儲蓄後才再去唸碩士。」他說。

我喜歡這種書生，有志氣，然後想到自己的進修計畫早泡湯了。

我們又談著泰王的獨子。我曾聽聞一位老馬說過，這位未來的繼承人是位同志。我道出我的疑惑。

「你哪裡聽來的？」他聽了後比我更疑惑。「他有幾個妻子…我想你的朋友聽錯了。不可能……」

那時已接近凌晨十一時四十五分了。我還想趕去 Go Go Bar 看表演。我們的「宵夜」也結束了。

他問我第二天有什麼節目？我說，我可能要去乍都節 (Chuk Tuk Chuk) 市集逛逛。他說，「不如我們一起逛？我也要去。」

「唔…很難吧…那兒很大……」我推辭著。我知道，我們那一夕，只是萍水相逢，不應有接踵而來的見面。我要灑脫地及時砍斷接下來的一切紐帶糾纏。

他接下來的話，迄今讓我印象很深刻。他說：「I can APPOINT you one o'clock。」

「appoint」？

我當時覆述他的談話：「You meant, you want to make an appointment with me at 1pm?」（你的意思是，你想與我約一點鐘見面？）

「Yeah Yeah。」他猛地點頭。我就笑了起來了。

他說，如果我有手機的話，就很容易聯絡了。

可是，我始終都沒有將我的手機號碼說出來，我坦言電話收費會很昂貴。

於是，就來到曲終人散了。我作東請客，他對我說「謝謝」時，彬彬有禮。

臨別前，他拿出一張一百泰銖紙鈔給我，翻過來後對我說，「這就是拉瑪五世的肖像。」

我才發覺到原來這紙鈔是印著備受尊敬的百年泰王。

來到是隆（Silom）街的街角時，我直走，他轉右走。他說，他會乘搭計程車回家。我們在街角分道揚鑣。

「Goodbye。」

我望著他有些瑟縮的背影，背著背囊，在凌晨時分仍人潮洶湧的街頭，拖曳著落寞的身影。在不斷流徙的街景中，我以旅人的姿態，張望著他逐漸消失。

在記憶裡，這將是一個蒼涼又美好的相遇。我可能會漸漸忘記他的樣子，但現在吃著白斬雞雞飯時會想到他，下次再訪泰國時，我也會看看一百塊泰銖的紙鈔，還有經過曼谷時看著朱拉隆孔大學，會憶想起這場邂逅。

當然，還有，他放在我後頸上的掌心溫度。

原來那麼粗

那一年的曼谷之旅，最有意趣的就是來到一間三溫暖—— Stud。但當我們抵達時，才知道遠在曼谷另一端的另一間三溫暖正好新開張，所有的人潮都淹湧到那兒去了。

我們的「獵春隊」領隊對我感嘆：「上回我們來時，Stud 真的有很多很棒的人啊！當時三樓還是剝光豬區，那真的是很好玩的……」

他的形容詞，是試圖帶給我一個「肉戰場」的盛況，然而我怎麼也無法將我所目睹的一切與他的語境勾連起來。因為此時非彼時，Stud 只留我一幅冷清。我們抵達時，裡頭的人影應該不超過十人。

你可以想像那種淒惶，在空置的桌椅與房間裡，滲透著的只有死寂。

●

在沙漠裡，即使是一滴水也是珍貴的，而饑渴的人，總是不理會是否合口味。

在漫步中，我還是與一個皮膚黝黑的泰國人走進了房裡。我甚至沒看清他的樣子，只知道他是一個四十餘歲的中年漢子，不過不失的身材，同時感受到他身上散發出來的野氣。

我當然是七上八落地，追求最純粹的相契。

在明昧不清的燈光下，他開始在我身上巡遊。用他的嘴，用他的唇，但我拒絕接吻。於是他就往下伸展了。

當時我只感到一陣辣痛，特別是當他的鬍根划過我的肌膚時。我起初是一陣顫慄，後來他的吻越來越熾狂，那硬札的鬍根竟成了一把鬃刷，粗笨地在我的胸膛、腹肌上橫衝直撞起來。像是一把火般地燒著，痛

的感覺開始傳導、蔓延散佈到我的全身。

我嘗試用兩掌推開他的臉，連掌心也可以被他滿臉鬍渣刺痛。我終於忍受不了，叫嚷著出力推開他，「我很痛，你的鬍子弄痛我了！」

我拿起毛巾就離開，拈亮燈光後，他一臉無辜地撫著腮，用生硬的英語對我連聲抱歉。

我看著他的臉，無法清楚地看到那堆如雜茅草般的鬍渣，原來他短而粗的鬍子都泛著灰白，藏匿在黝黑的膚色裡就幾乎隱形了！難怪我跟著他進房時沒有瞧清楚。

一個人的年紀越大，他的鬍子往往就越剃越粗硬的。

為什麼這人如此粗陋地不修飾自己一下？我覺得自己被一個落寞的拾荒老頭沾了一般，回想起來還會全身起疙瘩寒顫。

●

我脫離苦境。再回到有人的地方，到三溫暖的酒吧餐館裡用過一餐簡陋的自助餐後，幾個人就圍著毛巾，唱起卡拉 OK 來了。

而我就成為卡拉 OK 的聽眾。怎料他鄉遇故知，發覺眼前有位乳牛真面善。探問之下，才知是我在吉隆坡健身院中常遇到的傢伙，他身材肌肉是輪廓分明的。

平時根本沒有打過招呼，可是竟來到曼谷談天相識。赤膊的他與我聊起健身心得，看起來友善，但有些微醺，就說起了真心話來。千叮萬囑地教我不要對家人出櫃，還談起與他一起超過十年的男朋友如何相處，都是非常嚴肅，卻交淺言深的課題。

平日在健身院中看到這位陽剛水牛，總是不苟言笑的一臉殺氣。像他這般的人是不少的，而我並沒有興趣去探知他們是否是同志。

然而在那兒沒有啞鈴的錘鍊，只有酒杯與歌聲的騷動，陽剛水牛在酒過三杯後漸生媚氣。後來他在酒吧裡亂騰亂叫，我們知道他的酒精發作，可是不知道原來酒精在一個人的體內可以發酵，就像烘焙機裡的麵粉一樣，發酵飽漲成一個情慾麵包。

片刻，就不見了他的蹤影。我們繼續在無聊地吃喝著，聽著台上支離破碎的卡拉 OK 伴唱聲。

我發覺他的不存在後，就離開酒吧，也順便碰碰運氣──或許有其他新訪客恰好入門，可以順道「撈」一個……

我上到頂樓的迷宮陣，空無一人環境下冷氣顯得格外刺骨寒冷。然後順著迷宮旁的房間走著，每間房間都是空曠曠地，除了一間……

那間房門是閉上的，可是底下的門縫透著光線。我就靠過去，那門嵌著一道半身長的直透玻璃片，然而門內已貼上白紙遮蔽住裡邊的情景，一切就無法透視了。

然而，慢著──

我看到了那張白紙的下端被翻摺而上，只要在門外跪下來，裡邊就可一覽無遺，而正好房裡是亮著燈的。

我就看到了一個男體仰臥著，正在享受另一排骨身型的男人的輕巧舌吞，在張吐蠕動的影綽之間，只看得見一個俯身側背影，還有一對八字型的大腿，中央是一柱擎天的肉柱，被一雙唇吹搓呵吸著。

儘管是隔著一層玻璃，仍可以清楚看到那男人的肉柱絕對是超大碼的粗線條，長度與粗度絕對是人上人，天賦的本錢非常優渥！

在隱約的呻吟聲中，見到那仰臥男人抬起臉來，正是那陽剛瑪莉！

我倒是有些措手不及，原來這傢伙是身懷巨物之輩！

陽剛瑪莉的表情是完全沉淫在一種歡愉中，以他平時練瑜珈得來的身段，兩手舉撐著自己叉開的八字型大腿，而那位排骨精仁兄，已準備就緒舉槍挺進了。

排骨精仁兄的傢伙，也是一尊嚇人的「大砲」。我看到他的身材不過是洗衣板般地平削，然而下身的龐然巨大，完全是不對稱的比例。

這真的是一場大砲對大砲的轟炸！我沒有想到陽剛瑪莉是一個○號，而他只在霎眼間，馬上成了一塊海綿，完全吸納得不留痕跡！（當然

我注意到他咬緊牙關的樣子）

在那瘦傢伙有疾有徐的迎送動作下，陽剛瑪莉似乎是濃纖合度，吞吐有方。我除了看到瘦傢伙的「杵」在杵捅著，也清楚看到了陽剛瑪莉的屁眼如一個活閱凹春般地收放自如……

當時就像看著一齣五級片，卻是荷槍實彈，沒有欺場的表演。而表演者，是一名熟悉的臉孔，在十分鐘前視你如知交一般的人。

然而只在轉瞬間，所有的內涵都捅了出來。你不只見證他另一張你預想不到的臉孔，摸清他的思維與主張想法，即連身體中最隱密的那一環，也一併展現出來。我的雙眼突然像X光掃瞄器一樣，那麼具體地透視一個人。

當時視覺和聽覺上的衝擊，除了讓我感到亢奮，也感到一陣驚駭。

這是很荒唐的事吧！你可以那樣迅速地看到一切，一切你不應、之前不會也不能看的東西。而一切都因偷窺而起。

那瘦傢伙後來停下動作，顯然已發完子彈。他不是砲台，而是個「快槍手」！瘦傢伙俯身為陽剛瑪莉口交一陣後，射精完事。我才如夢初醒地，倉卒離去。

然後我重返酒吧，未幾陽剛瑪莉就現身了，若無其事般地走動。我望著他裹在毛巾下的兩瓣臀肉上下滾動著，心底裡就湧起一陣驚濤駭浪。像一盤倒翻的水彩色盤，亂七八糟。

所以，我告訴自己，最好不要以局外人的身份看到「熟人」在床上的另一面，除非你是參與者。認識一個人，真的不必這樣透徹——只需粗略就行了。

飛鷹

在「天堂」(Heaven)三溫暖裡，披一條毛巾走動，就是最自在的天堂。那是我第二圈的巡場了，所見的都大概摸清了人影，不外是東坡肉、滴油叉燒，距離我的標準實在太遠──我心想，我要求的標準並不太高啊，怎麼都沒有一個看上眼。事實上那時我已做了快一小時的「遊魂」了吧！

我也不能計較什麼了。在三溫暖裡待了一個小時許仍在外面流浪，已意味你的男人宇宙就是如此，而且那時其實只有七成滿的人潮，除非之後陸續添入新客源，否則就是在同一批「老朽」中打滾了。

我覺得我是交白卷了──但有一種怡然自得的心態。反正這只是到達曼谷的第一天，我的機會還是陸續有來。

九成在場者都是滴油叉燒，大部份的年紀都是長者。當時環顧四周，只有一兩個我估計是體重少過六十公斤的瘦傢伙，其中一個還是長得相當精壯的年輕乳牛。他們我都不奢望，真的只是如遊魂般飛逝而過。

然而，世事奇妙之處就在此。

本來我以為無望了。然而我再次無心地穿梭著迷宮時，突然就被一隻手拉了過去。

他一拉住我，我倆互盯片刻，我知道我是屬於他的了。

●

他就是那位精壯乳牛，練得一身精幹有力，有一股壓抑的動力裏藏在他的肌肉之下，而他那股活力就像輻射般擴散出來。在漆黑中，我看到他蓄著小鬍子，那種深輪廓的樣子，有些像年輕時的張震。我馬上摸骨般揉一揉他的肌肉：臂肌是球形的圓壯有力，腹肌則是平坦如田壟般──天，這就是我這麼多年來所說的乳牛！

他當時是站在較接近迷宮門口的廂房外，其實已借助著迷宮外的燈光，在門扉閃動時掃瞄著眼前的有緣人。之前繞圈子看到他幾次，他都無動於衷，而我也沒有駐留腳步，怎知他會如此寵幸我？

他拉了我進房，我有些被擺佈似地——因也是像中頭彩般地醉了，呆站在那兒。我在及膝高、鋪著墊被的床沿坐下，除下他的毛巾，看到他的肚臍側接近愛的把手的部位，有一隻飛鷹紋身，恰好位在泳褲線之下。如果穿起泳褲來，可能就會看到那對張揚的雙翼。

他授以之柄，那麼我就當仁不讓了。

飛鷹男生不待我繼續探索，先將房門嵌上的玻璃小視窗，用他的毛巾掛垂而上。他赤身轉向我時，也將我的毛巾除下來，反手就捻亮了燈，之後將我的毛巾如國旗般地張開來，覆掛在牆燈。

整個廂房就形成了一股明昧不清的氛圍，只依稀看得到彼此的眉目與輪廓，線條交織著兩個陌生人的形體，沒有尊卑與高低，只有觸感與心的感覺。

看著他張掛毛巾的做法，我暗忖：「張燈結彩」不愧是絕招！由於牆燈是暗紅色的，經他一如此鋪張，廂房成了「紅燈區」。他的手法如此熟稔，我知道自己是碰上一匹識途老馬了。

有別於一般的尋芳客通常都摸黑做事，他要留一些餘地、挽著一些燈光來幹事，我知道，我所迎戰的，該是一名自大狂，他需要見到對方，見到一些形體，才能激發慾望，讓佔有慾更加地明確。

這種心態就等於是不願吃燭光晚餐，而特別需要在白光燈照明下吃晚餐。燭光搖曳不清，但白光燈照得一清二楚，無所遁形，這種佔有慾是特別強的，因為你可在光線下吃得井井有條，看清食物的紋理，毫無神祕感，是一種掌握細節的強勢。

飛鷹男生顯然有這種傾向。

我的腦袋裡對著他的小動作千迴百轉，迅速地做了一些心理分析。之後，我知道自己要扮演什麼樣的角色了。

我張口就含著他。他若當我是獵物，我也可以做獵人。獵人看到獵物

時，往往就得瞄準咽喉，一口咬下來。那麼在當時雙方赤裸的情況下，他那一管仍未挺勃的工具，就是他的罩門，是我務必先攻克之地。

飛鷹男生的小弟弟，是沒有包皮的。我像碰到一根瓷製的雪茄一般，唇片一接觸他的龜頭，就是一股滑卻相當冷的感覺。但舌頭是感覺味道的，唇與舌交纏下，我用溫度溫暖著他。

如此難得地碰上一位自動請纓的乳牛，我當然一邊對他上下其手。我的掌心撫著他那結實的軀殼，覺得他是游泳出來的身材，加上健身院的琢磨。體脂率超低的他真有一種瓷器的感覺，身形有些虛幻，扎實同時卻很滑嫩，幾乎不像人體皮膚。

飛鷹開始昂揚展翅起來，在我的張闔間幻化成一隻填海的精衛鳥。我這時才發覺他的一莖棒子，起初還是空心筒子，但幾回吹奏下幻化成錚錚鐵骨，真的像一枝蘑菇筆，不會太粗大，亦不會過於纖細，恰恰好的圓徑，握起來時就像扎根吧——有力，而且是具生命力的。

兩手亂撫，唇舌間的專注力就減少，我偶爾掉失口中的雪茄管，飛鷹就會提起，狠狠地侵入。我發覺他非常享受這種侵入性的動作，就故意弄掉，從唇邊滑落，再捲舌啜唇，將他挑起來。

飛鷹不經我這樣搗弄，翻過身，換了主導權。

他將我平放在墊被上，儼然是個熟悉的炮手。他架好炮位，我馬上知道自己要做些什麼。由於未遇到飛鷹前有位「有心人」在乾柴烈火時，偏偏不披甲上陣，三溫暖也未提供安全套及潤滑油，相逢一炮豈能無套？我事後便將嘿咻的配備：安全套和潤滑油隨身攜帶。

如今果然可派用上場了。

飛鷹就轉身拿起了一瓶潤滑劑，套上了安全套，將自己塗抹起來，我動用著「自家便當」，為自己部署處理一番，先用著中指塗抹自己，全根納入……

飛鷹這時就飛撲上來了——果然是兇猛的隼科類飛禽。他的肉棍完全是直刺，不留餘地地殺了進來。我的嘴型變成了一個 O 字形，夾雜著一句呻吟。

天啊，那不是我處理過最棘手的尺碼，為什麼如此難過關？

或許我的姿勢不夠奔放，只好向上挺起臀部，一如《素女經》裡的「龜騰」體位，將雙膝提起彎至胸前，飛鷹也需聳高後臀來撲殺。

那時我才想：是了，就是因為他那傲然屹立，百折不撓的形體，是無法轉彎與迴轉的。面對這種鋼硬，自己不能硬碰，而且只能使柔。

我告訴自己，遠道而來，如今有客前來，我一定要「倒屣相迎」！所以，慢慢地才呼一口氣，徐徐地想像著自己像紀錄片裡含苞待放的花芯，然後逐瓣盛放……這種「包含」的功夫，關鍵是在氣息吐納之際。

就這樣，我「得寸進尺」，飛鷹開始對我「入木三分」，到最後我完全吞沒了他。

我的身上銜接了一個乳牛的家傳之寶。那刻，有些超現實般地掠過一個念頭：我終於將乳牛手到擒來。那種虛榮心像他的陽具一樣灌滿著我，心理上、身體是結結實實地充沛著一股實在的感覺。

飛鷹這時開始激烈動作起來，施展起重錘，一捶又一捶地叩擊著，但我的背部皮膚緊貼著塑料墊被，彷如被真空吸納了般，黏住了難以挪移半分。

我只有抬臀相迎，以減少他往下俯衝時的撞力。猶幸他並非龐然巨物，只是一管莖子，我縮減了幅度，他就不能直搗黃龍了。

如此弓蜷著身體，不一會兒，我的背部皮膚猶如被解除了黏膜，被他衝得移動起來，我終於稍有自由，就更加運勁，挺著我的腰椎，將臀部抬高遠離墊被。飛鷹不得不應合著我的姿勢。湊合過來，伏地挺身，但往後蹬起兩腿，腰部彎成一個弓形，如同做著早操俯身伸展動作。

我俯眼看著他的兩腿張開借力，像吸盤般地，下肢繼而使勁地橫衝直撞過來。

仰臥著的我看著他，儼然是一隻張翼撲殺的飛鷹，每一棍，每一刺都是雄肆渾厚的，他那根並非巨碩的肉棒子遠離時，我感覺到身體與身體、肉與肉之間有一絲空隙傳來一絲冰涼，然而不消一秒就被他的身體伏蓋過來，縫合著，又感受到那溫度，還有他那兇猛的肉棒子傳導

過來的麻感。

一分鐘、兩分鐘、五分鐘……每分鐘的搗杵有超過三十下，他成了人肉打樁機，我卻成了覆巢之卵，快被他敲得支離破碎了。

我以為他真的是一隻填海的精衛鳥，他卻在我的身體之上翻濤倒浪，迂迴百折。在抵禦著他樹幹撞城門的蠻勁時，我只能兩手壓著自己的大腿，盡量平放叉開成一字馬，兩腿像南極與北極一樣，互相拉扯，但已快壓垮自己的胸膛了。

那種筋骨上的疼痛，其實比收納著飛鷹的每一棍砸舂更讓人發麻。這就是做愛最玩味的部份：不是對方的輸入讓你感到痛，而是在扭曲著迎合著異物時，身體那種不習慣的痛。

後來，我的腰力也不能如此一再支持著，我鬆弛了下來，臀部就再落地，但還是要嘗試高抬起腿來，彎曲雙膝，讓膝蓋向胸部方向收緊，完全被他深植。飛鷹把手壓在我的股間，一邊借力再攻城池。

（是的，這就是平日多做「平躺屈膝」姿勢的腹部運動的好處，你可以強化腰部的柔軟度及彈力，更可以「迎棒納棍」。）

我像被震碎裂開的地球表殼，心想：是的，我已裂開成深淵了，你要墜入，就墜入我的無底洞吧！

可是飛鷹永遠都不會探到我的最深處。或許他不夠雄偉，不能以耍鞭子式的方式來施展雄風，或許也因為他知道自己長度上的極限，才用蠻橫苦操的勁力來狂捅。

這時的我索性將兩腿放開，就擱在飛鷹的肩上，小腿肚已感到他的頸背微微地沁著汗。當兩腿扣著他的脖子時，他不得不再湊過來伏壓得我更貼。但飛鷹顯然是一個腰板子很硬的人，他絕不低頭，他將我撩扣著他頸背的腿張開，只是讓我擱淺在他的肩膀上。我的下半身從一個小 v 變成了一個大 V，但後庭能更加舒張，貼近他外擺內動的下半身。而且他每一份撞擊，我都能感受到他的恥骨肌。

我一邊浪叫著。不喊不痛快。那時我才想起：我應該要撫摸清楚他的肌肉。我的掌心探向了他的胸膛，抵著時，想感受那是怎樣的兩爿胸肌啊──該是異常渾厚和凹凸有致，但事實上，我得到的只是平板的

感覺。但為何之前在視覺上是可以看到分明的胸大肌和胸小肌的？觸覺上卻只有骨感，不甚豐厚，更甚享受。

這種「天地式」的姿勢，可讓人看清楚居上者的臉孔──如果照明清楚。但那時我們在昏天暗地的廂房內，背光的飛鷹完全隱沒了臉孔，我只能像打手印般地撫著、摸著他的胸膛，有點像盲人摸象去尋幽探祕，告訴自己：這是胸肌、這是臂膀……

為何他的形態在第一眼感覺如此驚艷，撫觸起來卻是如此平凡？我感覺自己走在貧瘠的龜裂田塊。再往下探，那是他王字形的腹肌，腹肌上的腱劃分明，沒有一絲肥肉，反之形同鐵皮崢嶸般反刺到自己。然而他每次的抽送，就可感受到腱劃上一絲的震蕩，像迴音，那是力道的迴音，而他正將那力道源源不絕地輸出給我。

我再細細地找著他的乳頭，想要再用搓捻、像捻佛珠那般，讓自己的靈慾再昇華，然而飛鷹的乳頭也不見得有何凸挺，我像捏著一把細碎的黑芝麻。

這樣的摸索，讓我在吞吐含蘊著他時所感受到的痛感與麻痺，因分心而消退了。兩手不斷地實驗著乳牛的身材與質感，但我的小腿肚也貼到他的肩背上，感覺到越來越濕涼了。

看來飛鷹正瘋狂地飆汗。

我覺得我該祭出壓箱功夫了，趁他每次抽身引退時，下半身暗中施勁起來，如同花謝般，收緊著後庭的瓣膜，讓他在抽離未再送推之前，得到一種被罩扯著的感覺。但當他挺進來時，卻要春暖花開。

挺抽之間，我就讓這隻飛鷹過度著花開花謝的四季。在一放一收之間，飛鷹一定感受到我在施著詭計，但這就是我要刺激他的肉棒子的方法，那麼他便不會那麼放肆地在我的身體上耍野。

但飛鷹彷如識穿了，果然是「色」途老馬。片刻已就翩若驚鴻，終於換姿勢，兩隻手放在我的腰際扭轉，我整個人乾坤一翻，俯身半跪在墊被上。我被他用手掰開兩片蘋果臀，感覺到自己像是一朵向日葵，朝陽而開，展露無遺。

飛鷹這時攀到我的身後，然後就附身。我感覺到他下半身的恥毛像一

塊沾濕的毛巾，接著鋪了上來。那時的我已完全舒展，飛鷹也並不狠猛地插入，而是順水推舟般地，推送著他的肉桿子進來。

如磁吸一般，你不會感受到有何凸物或收納，你已與對方真正的合體了。

這時候我才知道，飛鷹的看家本領，就是「棍術」。

他是先來一個蟬附之勢，就是輕盈地披掛著。我掉頭望著他，其實是半蹲著，但像蛤蟆般張著兩腿。他像一張被子般附著在我身上，輕飄地，卻是棍棍有力。

這時的他，在推送進來時不是之前的雄悍，而是一種奔放、瀟灑。又或是我已適應了他的尺碼，底蘊已深厚起來，完全可裹藏住他的野性了。

但飛鷹是那種九十度的筆挺，每一次的挺送，其實是一次下蹲的動作，抽拉出來時像槓桿一般，將我硬撬起來。我恨不得全副骨架被他撬跳而起。這種挺又硬的強勢，就像鑽洞一般，會讓你擴大與撐開。

所以他每一次拔離，我的靈魂就被牽引外出，然後他猛迅地又將我四散的飛魂，一股腦地推塞進去。

我讓他騎乘著良久，這位齊天大聖終於騰雲般飄飄然起來。我兩膝開始泥軟，漸漸地趴下，抵抗不了他活塞的棍術，只好伏身，讓他專心地發炮。我覺得已被他推到牆角了，就用手掌抵著牆面，來抵銷他背後衝過來的力道。事實上我已將自己掏了出來，已有一敗塗地之狀了。

我那時已呼喊得聲嘶力歇，但奇怪的是，我就是沒聽見飛鷹發出半句浪叫，連呻吟喘息也幾乎無可所聞。還是我已自個兒昇華起來，什麼也聽不見了？

我像一艘擱淺的小舟，但看來這並不合飛鷹的意。他是那種昂揚鬥志的炮手，馬上將我提起來，鷹爪扣了我的腰際，然後手往前一伸，捂住了我前方的禁區，要開始「移花接木」一招。我馬上意會，只有再挺直兩膝，我的引擎換了後退檔，時速五十公里就往後退。

磅。磅。磅。磅。

我開始澎湃起來，浪叫一聲聲。你要做戲，我也奉陪。

飛鷹意猶未足。他一手伸前來捻弄我的乳頭，另一手抓住了我的頭髮，一扯，我人仰馬未翻，仰起了頸，他從後再衝撞過來，我整副皮囊震晃了一下。如果側視這幅性愛姿態，我的身體是呈下凹線的，已形成了一弧新月，後庭一陣麻、一陣辣，暈漾開來。

或許飛鷹想像著自己是抓著座騎的長鬃，所以快馬加鞭。他的動作越來越狂野，彷如要筋疲力盡為止。他是否已變成了一頭人馬獸？

那時我已忘我了，頭頂頂著墊被，就像彎腰往後望。我看到飛鷹的單腿落地支著身軀，另一條腿橫架在及膝高的墊床，我看不到他的擺動，但我結結實實地感覺到他在我身體裡的杵動。

我用手往後攬住飛鷹橫架成「ㄱ」形的大腿，一邊借力為自己定位，以築堤一般防衛著他火炮全開的攻襲。我們互相扣得更緊、更貼了，他有些吃力地捅插，但每一次的操，其大腿肌肉就有一股悶響似的大爆炸。

我撫著那大腿，竟是如此飽滿、茁壯，腿的股四頭肌和股二頭肌之間，有那種粗豪與筋肉相承的質感，讓我想像到跳出水面的海豚背，是水光淋漓，閃閃發亮。

這畫面突然很性感。我好像騎在海豚背上逍遙在海闊天空裡，但怎麼他的大腿比他的性器官給我更大、更情色的想像力？

我不知道。可能當時我已完全嵌融著他的肉根子，我想要得更多，我想將他整個人吞併下去。

我們像做著一對體操運動手，雖然連體，但默契十足地交換與配合著彼此的姿勢。我另一隻腿也不自由主地抬起來，因為這樣我可以將手伸得更後更遠，以抱攬得他更多的肌肉。

就這樣我的腿抬高起來，飛鷹將它架疊在他那隻橫架的腿之上，然後繼續抽插。

其實那時我已像一張被折合起來的紙盒般荒誕，但這種錯位交疊的姿勢，卻有一種試驗性的未知與探險式的追求。我在挑戰著自己生理上

的極限，一方面接受著飛鷹給我的千錘百鍊。

我們各自單腳支撐，我半跪在床上，半掀開我的身體；他站立在我身後，一腿立地借力，一腿提起搭在床墊上。這種姿勢其實難度很高，腿力尤其要足。我這時一邊巡撫著他的胸膛，一邊接受著他的寵幸。

而飛鷹可能覺得此動作拉幅不廣，復將我打橫置放著。我側躺下來，整個人都歪了，就像一個被折平後的盒子，平扁起來。飛鷹猶架起另一隻腿，將我的兩腿合攏側放，形成一個 S 字，接著斜聳側身而入。

我再次驚呼。那角度又有另一種快感，我像一塊被他側面搽塗牛油的麵包，身體每處都被他著跡過。在此之前我未發覺自己也可以用如此的角度去收納他人──我開始覺得這一副身體啊，像個百寶箱般地變幻無窮。

我撫著飛鷹的一身肌肉。素昧平生，現在我在套幹著他平日躲藏在胯裡的工具。沒有對話，他卻聽到我平日都不會如此發聲的聲音。我們從陌生中認識著彼此的氣息、汗水、觸感與紋理。

我們就這樣幹著，到最後飛鷹還是最喜歡狗仔式，他又將我提起來，讓我屈膝跪地，又將我的雙臂向前伸直──這是一個奴隸的姿態啊！但我做了慾望的奴才，而飛鷹繼續施展出驚人的肌力，猛挺狂戳。

最後的最後，他拔了出來，我看見那玩具意味般的陽具，已呈疲態了。他隨手將吉袋一扔，露出一枝強弩之末。

不知為何，我總覺得這種在操勞過後的肉鞭子，最需要溫情的鼓勵與打氣。飛鷹站立著，我俯首一探，將他點滴著的尖端放進口中。他那一枚開始融化的龜頭，真的像糖果般軟化起來，有些韌，也有些甜。

原本是雄糾糾的肉管子，到最後如同軟棉的棒糖一樣時，你便知道自己的成就感在哪裡。

然後我抓住了他的兩腿，感受著他的腿肌的飽滿度。這時我才發覺，他的汗水已從一開初的頸項，流到了胸膛、腹肌，如今已沾溼了兩腿之間。我的成就感更大了。

迪可

「淨身」完畢，我又是光亮亮的一條好漢了。再重新配備所需，增添了兩個「吉袋」及潤滑劑，我重新出發。

我回到迷宮，元氣已恢復。走著走著，又成了一抹幽魂。在黑暗中展露著我的色相，也物色著下一位。重繞到適才與飛鷹貪歡的炮房時，已不存有一絲痕跡。工作人員很快地已抹乾淨一切，彷如什麼也沒發生過。

在三溫暖的好處就是：你從炮房出來後，就是下一位，大家互不拖欠。

繞了不知多久，走到廊道時，看到一個熟悉的身影。他是一個長得相當壯實的漢子，比我矮，但肯定是重量級人物，像個小壯士。我望著他，他也回望，然後我趨近一間半開著門的炮房，閃躲了進去，他也迅速地隨著我進房。

這是創紀錄的一次吧，沒有先撫觸的示意，沒有什麼明顯動作的暗示，我只是停下腳步，兩向望，彼此就成了有緣人。

這次，輪到我鎖上門。

小壯士也非常配合，又是將毛巾懸掛在門上，原來門扉另有乾坤，是內嵌著一塊透明玻璃鏡。但他不是就如此掛著，而是熟稔地將毛巾塞在門扉的隙縫裡。

看來我又遇到另一位識途老馬。

但我也補充著他的動作，先捻亮燈，然後調暗，直至隱隱約約。我再望他一眼，是個華人樣子。皮膚白皙，而且是中年了，難怪體態有些福泰。

在幽黑的房裡，我們赤裸相對，我伸手一探他的實力到底有多豐厚。不得了，一抓，就是盈手一把的，像一卷象鼻。我不知道他是否在黑暗中看到我的微笑，但我有些不可置信地掂量著，怎麼這小壯士是臥虎藏龍之輩？真是有眼不識泰山。

我像摸骨師般按壓著他的體型。他該是屬於熊與乳牛之間，半成品的乳牛。可以明顯地感受到他的肌肉，是躲藏在脂肪層以下。然而他有一個快跌出來的肚腩。但你怎麼會想像到如此龐大的圓滾肚腩之下，竟然還有一根傲骨爭鋒頭？

他的下半身的尺碼可真是大，而且形體是圓弧彎的鐮刀。他給我的整體感覺就像一架挖泥機，那邊大得像怪手的機械手臂般伸了出來。

那麼，就為他取個名字──「迪可」（Digger）好了。

但這讓我愛不釋手，這種情況下要怎樣表達示好？

迪可的鐮刀怪手，在口中很有嚼勁。這種大勺子式的棒子，最會灌我喝迷湯。他索性一手支著我的下額，一手頂著我的頭顱，然後就晃動著下半身，往我口中送達拔離。

在 plugged 與 unplugged 之間，我的口腔像被過著電一樣地，開始麻痺。我必須反客為主，所以使出了技藝絕活，將他天翻地覆地絞弄。唇片欲縱還擒，舌頭則是攀沿、抬舉、撿拾等等地兜轉著。總之，讓迪可覺得忽起忽落，溫度與濕度若即若離的感覺，那麼就會癮爽了。

果然，這招讓迪可很受落，他認為我是在享受著。事實上我是像小孩子玩著玩具一般地，將他把弄在股掌之間。

我又調皮地用兩根手指夾著他的枝棒，像舔著冰棒般一口一口地吮著。男人的器官最好玩的就是這一處，外露的一個柱狀，你要如何舞弄都行，只要發揮多一些想像力。

我開始聽見迪可發出的喘息聲。他該是享受到、感應到我的想像力。我刻意抬眼望著他，讓他看見我吞吐有方，再加上一些配音助陣，除了畫面感，更有戲劇感。這些配音是需要能挑起食慾，就像可樂廣告中最玩味的環節，氣泡上揚的「啊……」單音節拉音，那是一種挑起人內心最深沉潛意識的呼喚。又或者你吃起麵條時，窸窣有聲一條線

滑順地吸著，用聲音完成儀式。

我統統都派用上場，明示著迪可說：我很歡欣地在·吃·著·你。

然後我又嘗試全根沒入，來一招深喉。巨鵰男人最喜歡這招，因為可以感受到口腔的溫度，更有一種被包抄緊裹的感覺。

之後迪可坐在床墊上，也拉了我上床，我們就像紙盒箱摺合起來，互扣成一個立體肉盒子。迪可整個人掉頭覆蓋在我身上，來了一回 69 之式。他像插秧般地，將他那根長而碩壯的肉棒子深耕在我的口裡，我幾乎被扣喉了。

我並不知道即使是一個挺著小肚子的人，用這樣的動作也並不會給在下方的我感到壓力，因為迪可並沒有將下半身完全墜下來。他那東西太長了，他就像在給一口井縋下繩子，慢慢地縋，直探到井底。

當時我的唇片與他最私密的地方，是焦不離孟，孟不離焦。他探著我的底線，我扣著他的極限。迪可非常輕巧地在抽送著，我想他慣於給人臉插吧——所以異常靈活。

後來，我將迪可輕輕推開，讓他坐在床墊上，然後又再品嘗著他的陽氣精魂所在。我嘗試用手一握，或許剛才他又被我泵大了些，我像環抱大樹般，掌心虎口根本扣不完他全根的圓徑，而且，他的龜頭還長了一截出來……

我的手掌與手指可不小，至少張開五指放在琴鍵上，可以橫跨八個琴鍵、一個八度 (octave)，但迪可在我握拳時仍可感到掌心異常的撐漲，這時我才發覺，他的根部是如此地粗漲。

橫看側視，這件巨物可真是稀世，特別是對於一個亞洲人而言。

而我，那時擁有了整個世界，而且我要他走入我的世界——但我準備好了嗎？

我成了一個仰躺著的肉靶。

迪可摸清了我的靶心。此時我突然一絲迷惑的感覺來襲——怎麼迪可如此相像？像一個之前也是在 Heaven 幹過的男人——迷你漢堡包！

那是 2009 年，還是 2008？是他嗎？因為他倆都是身懷巨鵰之輩，而且形狀上也很相像。

但我記不起他的樣子，而眼前身上這位也看不清樣貌。迪可已就緒擺陣，將我兩腿叉開。我的下肢被屈摺起來，成了一個 M 字壓在胸口上，他就在這 M 字正中心用指頭探溫著，但我的腦袋卻是運轉著，翻轉著自己的記憶篋……是他嗎？

兩人是同一人嗎？

基本上當時我的上半身與下半身，都同樣被翻底。那股拔河式的拉扯感，讓我不由自主地呼叫起來。我要從過去釋放，我要擁抱現在。

就這樣，我感覺到迪可已滑進我的身軀，我的生命裡。一挺，我飽實地撐開來。我的記憶箱裡從此多了一樣異物。

我沒想到他如流水般的蜿蜒與靈活，就湧入我的身體內。但我沒忘記做最後的確查工作，確定他是戴著套子進來。

我的腦袋一糾結起來，身體也僵硬了，我感覺到他的脫離，身軀遠遠的末端覺得多出了一個缺口。

這時我才告訴自己：要專注。對，上床是要專注的，像做功課一樣的。

我再檢視前置的準備工作，重複著之前的作業，擠一抹潤滑劑，滋潤了指頭，然後為自己做好開門儀式。

我與迪可是互相有默契地，他在外持械守候著，就緒迎門撞進來，然後我知道自己 OK 了，就拉針引線地，伸手引著他的精力的延伸，進到我的身體。

我發覺之前被飛鷹一輪激烈的撲殺後，我的禁區原像溜冰場一樣，乾涸硬實，但現在乾冰也潤濕透了，滑亮亮地透著危險的暗光──是的，你要在快融解的冰天雪地上溜冰是很痛快，但也可隨時絆倒。

這時候，迪可已被我的身體，一吋、兩吋、三吋地蝕掉了。

我吃住了他。

我養住了他。

迪可開始掙扎，他不願停留太久，他開始抽離了，然後再闖了進來。漸漸地，他勇猛地活塞起來。

他狡猾地襲來，我則敏捷地包抄，他要逃脫，我則擒拿，在擒與縱之間，迪可呻吟著，喘息著，他沒想到他會遇到像我這樣一個可以酣戰，而不是予取予求的對手。

我的兩腳夾著迪可的肩膀，也用手撫著他的肌肉。與之前飛鷹的感覺是迥然不同的。迪可的是飽實，有一種充實的感覺，飛鷹的就像摸著一頭長頸鹿的長頸，感覺瘦削。迪可分明是有鍛鍊過身體，那是彈手的質感。

即使穿上衣服的話，迪可的體態肯定是輸人的，但為什麼當他伏在我的身上，連接著我時，感覺如此美好與美妙？這時候的我，不介意他是一塊滴油叉燒，不在乎他長得是否兇神惡煞，在他兩手扳下我遊巡在他身上肌肉的兩手時，我被制伏了，但在我倆連體一線時，若隱若現，我被粗暴又溫柔地呵護著。

我的兩腳從他肩上掉落了下來，一垂，我橫陳的身體下半部，該是夾得迪可更緊了，他呻吟起來，我這時將兩腳屈膝，夾著他的腰桿，隨著他下半部一波又一波的浪濤，搖晃起來。

一個人的外貌真的那麼重要嗎？如果他在黑暗中、在我身上施展出奇妙的魔力，讓我舒服服地享受著，那麼我還苛求什麼？為什麼我總會拒絕那些其貌不揚、甚至像標本般的男人？

那一刻，我專心與另一個可能相識，亦可能是陌生人的中年男人合體交歡著。我們做著愛人在床上會做的事情，除了接吻，還有撫摸、磨擦、擁抱，都是戀人的親密動作。

迪可喜歡像日本 A 片男優的動作，就是挺直腰桿，兩手張大抓著我的兩腳，形成一個「十」字。他像我的十字架，神聖地在我身上耕作著。

或許是他的粗大，限制了他激烈的動作，他只是撐得我飽飽地，但感覺到仍不充實。怎麼會這樣？（是我太饑餓？還是我撐得太寬了？）

但又或許是這樣，加上他長度上佔了優勢，動作拉幅很大。他像打網球般地開球，球彈跳了上來，我像那粒微小但富具彈性的網球一樣，被他一擊拍下來，整個人彈跳開去，而每一拍都是用力的，我只能做出最大的反彈。

我緊緊攀附著迪可肉肉的身軀，如此才不會像一艘快被暴風浪捲走的小舟。但我的身軀其實已被他每一下的俯衝撞得遠遠地，到後來我的頭頂已頂在了那木板牆上。我一邊翻手護著頭，一邊高呼著——姦情隨著那澎澎作響的敲擊聲傳到炮房外。

迪可的手勢這時粗暴得像擀麵杖般，用一雙大手搓撚著我的胸肌，或許他想感應他的衝力所對我造成的波濤蕩漾的效應，可是他一邊搓，又一邊擠壓，我平日雖稍有鍛鍊，卻沒有這樣豐厚的脂肪給他來搓啊！

如果我是那些巨乳輩，這樣被擠壓，並不是良好的感受。我想，那些A片女優、豪乳之輩，被抽送時男方只一味滿足著手感去搓揉，其實對女方來說是否真正的享受？但女優卻要作狀地鶯啼呻吟。

所以這叫「表演」。

或許迪可也在表演著他的控制慾。他要兩手掌握著我，下半身與我緊緊相通，一緊一放地感受著那股熱與麻。我突然回想起，2009年碰到的那位迷你漢堡包並沒有耍出這種粗暴揉抓手勢啊，那麼眼前這對我活塞動作的，肯定不是他了。

我再摸索著他的胸肌，才發覺他胸廓間長著細細幼幼的胸毛，真是熊氣啊。而迷你漢堡包，我記得當時他是光淨亮滑的。

所以，我告訴自己：OK，這是另一個男人，一個用其長鵰在幹著我的新漢子。

迪可繼續地狠幹著，百折不撓，卻是雄肆的。可能是體質胖，他的汗飆得特別多，我感覺到他全身已是汗流浹背，連頸項也濕漉漉的。撫著一個陌生男人的汗水，接受著他每一下幽微的撞擊，那是非常玩味的心靈激蕩。

這時我的小腿肚，已滑到他的頸項，晃蕩晃蕩地拭擦著他的汗。我像撫著一個快融化的火熱雪人，他已快融解在我身上了。

我忘了他是幾時脫下安全套的，但那時我已虛脫，裡裡外外地完全釋放了自己，讓自己在肚皮上漫染了一塊晶瑩的地圖。我就這樣癱在墊被上，動也不想動。我撫一撫著他那根仍充著血的器官時——意猶未盡啊。他對我「剝繭抽絲」了這麼久，如今我已被剝得精光，抽得乾乾淨淨了，難道就這樣結束？

但沒多久，迪可又摸到床沿的安全套了，這是我僅存的了。他再度啟動了那隻炮艇，潛入了我的深海中。

這一次迪可梅開二度（但我已是第 N 度了），我與他的肢體動作默契卻更勝之前。我掌握到他的韻律，他的氣息，他那氣喘喘的節奏。我撫著他的耳背，一個遺忘許久的絕招，然後摩娑著他的背部，感到如此滑嫩。怎麼一個中年男人存留著如嬰兒般滑溜的皮膚？

他的汗水已滴到我的身上了，而迪可不論如何地漲大粗厚，已像一隻穿在腳上的鞋子。我感覺不到那鞋子了，只覺得他在我的身體裡、生命裡，如此地自然，屬於一體。

這就是性愛高潮時的幻覺。你含孕著一個男人平時不見得光的身體器官，激出你腦裡一種擁有的幸福感。這是在三溫暖遇著優良對手時的天堂。

迪可喘息的吼聲，像天上的雷般，沉沉隆隆地。他是天，我就是地了，清清楚楚聽見他一節又一節的沉喘。

這時我們已沒有再來什麼花樣，他老老實實地包覆著我，所有的精力依著地心吸力而墜聚在一個尖端般地，引導匯入我的身體。像一台打樁機，不停地敲入。我只能像唸著心法般，七分緊、三分放，栓住他，又放走他，讓他像一隻遠在天邊的風箏，之後再收線牢牢地綁住他。

第一次是肉慾的結合，第二次則是靈肉的契合。人體的撫觸包含著神祕又魔術般的力量，每一塊每一點，都是相通般地奇妙。

我與迪可互導交換著體溫，他後來索性將下巴頂放在我的臉頰與肩膀之間，下半身像浪濤般地起伏，而我——翻江倒海。

他頂著一個小肚腩，但那又怎樣；他可能穿起衣服不好看，但肉帛相見至肉戰時，我什麼也沒感覺到。我只默默地含育著他，從起初的鯁

塞之感，到迎刃有餘，最重要的不是我們在健身院苦心塑造，或是苦行僧般戒食所成的身軀與肌肉，而是一條懂事的硬棒子。

多麼地諷刺。要求自己這麼多，要求別人外表那麼多，在黑暗中，我卻閉著眼睛，喊著假音，趴開兩腳緊箝著一個不是我平時肉眼判斷所要的人物。

後來迪可又倒在床上了，剝下那安全套，他一手側著臉，側著身看著我。像一個無邪無痴的小孩，就這樣兩相望。我根本不想開口說話，也不想去探聽他說話的聲音。望著他，在幽幽暗暗的房間裡，我只感受到他燐燐的目光，像隻被馴化的野獸。

我的手往下探，探到迪可的裸身。那兒在硬仗之後，顯現衰敗之象。我沒想到他會衰敗到如此微不足道。像一根小苗，軟綿綿的；怎麼掂量都想像不到猛發茁壯的盛象。

迪可接著半閉著眼睛，似在冥想。其實我已是滿水位了，再來我就會外溢成洪了。

我再用力地望著這男人，用力地想去記得他。他將我摟進他的懷裡，我像陷入了海洋，聞到了他淡淡鹹鹹的汗水味，也被他沾得更溼了。他全身沁出一層膜般的汗水、汗水線縱流橫洩，水珠沿著他的胸肌滴落，有些像夜裡的露珠；有些像斷線的珍珠。

我頑皮地伸出舌頭，舐著他的乳頭，然後一手揉著他已軟成一團的工具。其實我只是胡鬧地戲弄著。

但沒想到，迪可當真了。

他非常地敏感，我只是稍微出手，不消一會兒，我感覺到手中握持之物已起了變化，像恐怖片裡的怪物，會突然變形膨大起來。

我口離其胸襟，再往下一探，迪可已從一枚幼苗化成一棵大樹了。我又驚又喜，他已恢復了原狀。我需要再給他獎勵。

我兩三口就把迪可擒了過來。先來一場 69 式，首尾相接、相濡而沫，那是一場清新的經歷，因為之前都是苦幹而忘了前奏的感覺，現在如同倒帶般，我重新經歷著那種立體的口感。

我整根納入，讓他飽飽實實地感受著我的溫度，讓他溫中帶涼，爽中帶勁。

我以為就是這樣了。但沒想到，迪可認真起來、已箭在弦上。那我又得架起弓來？若是這樣，已是第三次了。

可是，我們的安全套用完了。

那時我一度猶豫，是否要走出房外，下樓到儲物格拿？但我不想中斷雅興。我示意著安全套已耗盡。迪可意會，然後，他開始物盡其用，迎戰我的口技。

他索性整個人站起來，立在我眼前，對我快馬加鞭；之後又蹲坐下來、拉我湊過去，又或者倒吊著自己，像一座雄偉的鑽油台壓在我的臉上，然後小心翼翼地下放勘察，直至我緊緊地含著他。

我還記得那時背景音樂是九○年代的過氣流行曲，Toni Braxton 的 <Breath Again>，強勁的鑼鼓韻律敲響整間炮房，真是諷刺的應景，因為那時我真的難以呼吸。

直至那首歌唱完，再接一首歌時，我還是默默地吮吸，舔、呵、撩、吞、啜、喫，加上音效樣樣齊來。那是漫長的「過程」，我的時間感建立在了一首歌的長度，以驗證我進行多久了。我過渡著，如他在我的唇片中穿梭著。

但那時，我開始感到酸麻。兩唇與舌頭、張口撐開，像躺在牙醫椅般的感覺，而迪可持續地抽送，有一陣子我索性開著口，允許他溫順地遊離。

受不了時，我口即離棒，趁機再吸一口氣，像浮潛在水裡太久終要換氣，而後我再潛下去。他那根粗厚肥大的棍子，像是氧氣筒般供我求生。

後來，我覺我的滿水位又到了，快成為缺堤的水壩，應該要放堤了。抓著他，我一奔千里浪花齊躍。高呼喘著氣，但迪可仍像彈簧般振振有力。我再定睛看著那根彎弧的鐮刀物，殺氣仍騰騰，迪可有些無奈地看著我：怎麼辦？

但我已決定劃下休止符了。我已得到了我要的東西。撫著他濕漉漉的軀殼，再來一口肉棒香吻，然後就轉身離去走進浴室。

在花灑下，我沖洗著自己，撫著自己的肉體，覺得煥然一新。

新加坡

S
G

燈籠男人

在南端島國，你可在地鐵站、街頭等感受到一個個「燈籠男人」飄然而過，他們像一盞盞熾情盛開的燈籠──你只能感受到他們的光，但感應不到他們的熱。因為不少新加坡男人對外形打扮有要求，因對肌肉的琢磨雕飾而格外明亮，但即使是眼神接觸起來，都是冷冷的。

可是，在毛巾俱樂部（曾是新加坡首屈一指的同志三溫暖），這些男人剝得寸縷不掛時，他們就會成為一塊塊的 hot meat 了。的確，這間 sauna 裡有很多牛一般的男人。他們是健身中心下生產的「乳牛」，而不是運動場上鍛鍊出來的「水牛」。乳牛與水牛有什麼分別？

有：一個是擠奶的，一個是勞作的。

在 sauna 裡，乳牛或水牛都是用來做展覽的，特別是你脫剩一條毛巾時，只要豐隆、雄渾的肌肉，就是本錢了。我站在暗淡燈光下的走廊時，光影曖昧地鋪攀在這些乳牛身上，他們對摺的胸肌，讓凹槽更低陷，也讓凸隆更飽漲，像開屏孔雀。

後來，我被告知那晚是以「Stocky Night」為主題，所以一大堆的乳牛男人蜂擁而至。我走去每個房間裡頭查視一下，發現真的有安全套和潤滑劑 dispenser（配壓罐），十分周到。可是，這些南端島國的男人，是否真的有那麼周到？

我第一個碰上的也是一個乳牛族吧。我跟著他步進房內時才發覺，他並不是真正的肌肉男，而是游泳鍛鍊出來的。可是，我看不清他的樣子。只看到那髮型是當時最流行的雞冠頭。

話沒說，彼此就進入正題一起勞作。我似乎不需多做什麼，只是在摸索與測量著他的身裁。但國歌還未吹奏，他已開始「升旗禮」。

可是，原來他有的是一把下彎型「鐮刀」。所以姿態方面無法有多大

的變動，因為他將是「騎虎難下」。所以就只有推車吧，他只能「趴趴走」而已。

相對的，我可以變換出不同角度的「停車位」，他只能順著一個方向「泊車」。

沒有聽到他怎樣呼喊，他已經抖動了幾下。我沒有計算時間，可是感覺上看起來是不用倒數的。他已終結了。可是，他卻在「抖落」時，用指頭掐扣著我的大腿內側，但還捨不得抽離。他「入戲太深」了。

當時真的改換成我呼喊，因為他的指頭按捏的力量，竟然比「後門穿鑿」來得更痛！所以我也嘶叫著。他以為我在分享著他射精的高潮，捏得我更出力。真糟糕，我馬上推開了他。

後來，大家一起去沖涼，我隨著他去 Jacuzzi（按摩浴池）泡一泡，大家才有說起話來。在暮色四合的露天 Jacuzzi 中，他向我透露他的真實年齡，三十五歲。

他的華語沾上南端島國標準的「秀氣」口音，聽來有些矯情。他在說話時，單眼皮的眼睛翻動十分靈巧，眼角眉梢揮不去一股花旦氣。我想他穿上衣服後，是一個非常典型的陽剛美紅妝。

後來這位美紅妝對我說，他是大馬人，來到南端島國生活已十五年了，有男朋友同住，來這兒卻是與另一位朋友同行。他說不打算回大馬了。我的南端島國第一場「拉闊（Live）交流」，還是找回我的「同鄉」，那麼我們那場勞作，充其量是同鄉聚會。我後來折返回暗道裡站，裡頭的男人像夜市場般熱鬧與擁擠，但還不至於寸步難行般地肉貼肉。

很快地，一名如舉重手般精悍的男生趨前來了，這次我是先搜身一般先以觸覺測量他的肌肉。雖然他長得比我矮，但這次我真遇上一名肌肉男了。不過他微漲的小腹告訴我，他是一個半途鬆懈下來的健身狂。燈光還是太暗了。每個人都還原成只剩下形體與觸感。我隨著他進房後，他拈亮了一下房燈，樣貌是過目即忘。

非常例例的動作，一進房就關門，然後解下毛巾。

我抓住他的肉棒子，真的十分筆挺堅硬！可惜就像一截磨損的蠟筆，好像斷去了半截──我的握感就像是，抓住一個人的拇指，粗而短。

可是他那般地暴脹，像一朵凍藏的蘑菇！怎麼會那般地不切實與失去天然的味道呢？我片刻後即找到了答案。原來他是扣環的。我撫著蘑菇根底的扣環，扣得十分地緊呢。我覺得他像在為自己施著刑。可是，他卻昂然地站立著。

我無法硬對硬，他怎樣都有工具備身。所以就「軟著陸」，用舌尖行走我的江湖。像抽著半截香菸，吞雲吐霧。但舌尖與唇片觸到的，只是沒有跳動的肉棒子。

「味如嚼蠟」在那時是恰好其份的形容詞，因為他整個人都被那扣環鎖得牢牢不生動的。我像含著蠟筆──那種感覺很怪，你像與一種化學物質接觸，不屬於人類血肉的。可是，那偏偏是一根由血脈筋管與細胞形成的肉棒子。

後來，他將我扳過來，讓我用背對著他，我重覆著那位美紅妝對我安排的姿勢。而他就這樣衝了進來。

我起初有些懼怕：那樣粗壯的蘑菇會怎樣犁過來呢？但另一邊廂，他只是那地硬挺，但是要探深井也不能用短筆而已啊？我又替他擔心了。

所以我不得不靈活地扎穩各種馬步。他很快地進來了，我像被插了電掣一樣，全身翻滾著電流。原來大頭兒，是有一種爆發力的。

基於他的先天局限，他只能磨著磨著，動作幅度不大。他還嗶啪地拍打著我，像是玩著 SM 一樣尋找自己的快感，或許他嫌我不夠奔放。

他拍一下，我就彈離他遠一些。然而當他衝來時，我便頂撞回去⋯⋯他以為自己在打壁球嗎？只有他的「球拍」能動，其實我是以打網球的方式與他對打的。

後來，扣環先生抽身而退，我又像被抽掉電掣的電視機，頓時陷入一片黑。我問他，你結束了嗎？

他有些尷尬地說，「不⋯我覺得很痛。我戴了三個 cock ring。我要出去解下一個。」

變成我「暈倒」了。他竟然要戴三個環。他的堅硬，是形塑出來的。

兩層毛巾繞著他的下半腰後，堅硬復而不見，即使堅硬，也因短絀而隱沒了。像燈籠一樣，當燒剩燭芯快熄滅時，光與熱都消失了，一切就只剩下外衣。

加州乾杯

新加坡的加州健身中心烏櫛路分行在未搬遷之前，若你在星期五傍晚下班時分，走進更衣室，那種畫面是前所未見的視覺衝擊——一行行的衣櫃格前擠滿了乳牛在寬衣解帶，他們擠在窄小的間格中，放眼望去，一尊尊半裸的身體，各自機械化地將自己蛻變成另一個健兒們。但只要再細心地看著一些乳牛的動作，或是他們所使用的發光發亮的鮮辣辣提袋時，即知道那是一頭花旦乳牛。

事實上，這些乳牛與吉隆坡的並無差別，只是倍增地繁衍而充斥在眼前，而整個更衣室的長方形格局設計，恰好鋪陳出這種畫面。我特地挑到那一列衣格的末端，沿途中與不少乳牛擦身而過，感覺上像走在三溫暖的廊道一般，只是在明亮的照明下，這些乳牛的肌肉線條與身體肌理是纖毫畢露的。

可是，他們的銅皮筋骨之下，是否包裹著一團躍動的慾火？

所以，我將自己的身體解禁，在更衣間前讓自己只圍一條毛巾，然後步進了淋浴間參觀。原來淋浴間的格局也是 L 字形，每個淋浴間都是以一張塑膠浴簾遮掩，只有走到末端時，才設有蒸氣房及烤箱。

真的是另有乾坤。

我打開了烤箱的木門，撲面而來，有個男生站在木門後佇立著。我嚇了一跳，沒有料到會有人站在該處與開門者有如此直接的照面。

我當然打量他一番。這漢子是一隻練得精瘦，全身肌肉收緊的乳牛，當我的目光再往低遊移時，發覺他已挺著一根硬翹翹的肉棒子，在半包裹的包皮中，露出一朵充血的蘑菇。

他沒有絲毫忸怩，就望著我曖昧地笑一笑。

這種視覺洗禮相當讓我駭然——第一次造訪新加坡加州健身中心、抱著純粹參觀的心態，然而不到十分鐘內，就在烤箱裡看到一隻對我開屏的男人。

這隻孔雀可能孤芳自賞太久了，他就只是這樣緊繃著下體瞟向我。他的肉棍不是大碼，然而過於孤翹，不像器官，而像一件沒有生命體的物體。

我坐了下來，桑拿房裡空無一人，溫度不會過熱，我的毛巾還是包裹著。他對我使了一個眼色，然後往自己的下半身一看，示意我走過去。我明白他的意思，搖頭說，「太多人了。」

這隻孔雀說，「不要緊，每個人都是這樣的。」

我的眉頭挑了一下——每個人都這樣？這裡是什麼地方啊？是縱慾的三溫暖嗎？

他走過來坐在我身旁，依然綻放著引以為豪的畛域。我放縱地望了一眼，是一個可以掌握的尺碼，不算驚人。我暗想他不必一直以沾沾自喜的眼神與我對望，因為我是不會誇讚他的。

「不怕給別人看到嗎？」我問。

「他們都習慣了。」他說著時，我瞧見木門的透明玻璃上恰好有一個人頭掠過，我不知道那陌生人在那視角上是否會看到一個全裸的男人在把玩著他的陽具。可是那陌生人並沒有逗留，在 0.01 秒內消失了。

我隨著他步出烤箱，然後，再嗖地一聲，溜進了淋浴間裡，當時還有一個半裸著的乳牛恰好踏步在沖涼廊道上，他沒有見到我是溜進一個已被人佔用的淋浴間裡。

我們將彼此的毛巾取走，肉帛相見。

他是皮骨包的乳牛，但兩爿胸廓張狂可見，還是硬梆梆的。他用心地將浴簾貼緊週邊的圍牆，接著扭開花灑頭，水珠滴滴地落在乾柴烈火上。

裡頭還是熊熊地燃燒起來了。

這是一隻自私的孔雀，他昂首仰身站立著，完全沒有給予我互動，只是粗暴地搓揉著。所以我就草草了事，在不到一分鐘內，他的張狂跋扈經不起我一根舌頭和兩片唇的攻勢，就軟化下來了。

我為他開了香檳。當它迸射噴發出來時，力度看似相當澎湃，我馬上轉身避過──當然啊，開香檳的人往往只會想到怎樣射人，有些像惡作劇，而我在人家開香檳時一定會退避三舍。

我的香檳還未開，更不會與他一起「乾杯」，我想它應該留在一個更值得慶祝的對象上。

所以，大家各自分開，他行色匆匆地離去，只留下我一個人。

原來在五分鐘內可以看到一個之前完全不認識的男人赤裸裸地在你面前抽搐著陰莖以痛快地射精和表露出性慾高潮最真實的一面是這樣的一回事。

──是這樣一氣呵成的過程。

然而不論在異國還是在本土，同志們是否都覺得自己可以如此理所當然地發洩自己？

當然我明白這種獵人心態，他們只要射中獵物，就已達到目的，只是我覺得可以見到獵人掩飾下的真實的一面，也是一種很娛樂性的消費。

●

我重回到烤箱與蒸氣房之間遊離。在烤箱中，我看到一個梨子型身材的滴油叉燒叔叔，我們對望著，他的目光放在我身上，狠狠地不肯離開。

這塊滴油叉燒長著一對非常烏黑的眼睛，很像傳統日本漫畫中的主角模樣。那對眼睛霸佔了整張臉孔，但他巨型的體態讓他整個人看起來有些戇。

即使有第三者在場，他還是有意無意地將自己的毛巾拉開，露出漆黑一團的下半身，恰好他的坐姿角度是開山見山地映入我的眼簾裡。

我知道他要什麼。

後來，當烤箱裡剩下我與他時，他索性將兩腿之間的東西展露出來。我看著他那根兀自充氣的肉棒子，到最後，像擺脫地心引力上揚的香腸。他升空了。

你看過條狀形的氣球懸浮在半空嗎？你會覺得那是充氣、輕盈，而不是實心、沉甸甸的。

他遠遠地望著，我一笑，回報著他。他用英語問我：「你的怎樣了？已脹大了嗎？」

「還沒。我需要更多的刺激。」我說。

這時有人走進來，他將自己的氣球收起來。但他還是照發問：「什麼樣？」他故意省略了賓語。

我沒有做答。

後來第三者又跑開了，我們繼續聊天。他沒有避諱地對我獻寶著。

「你常來這兒？」我問他。

「有時。」

「你真的很大膽。」我說著。話中有話。

「這沒什麼，我看過有兩個一起走進去淋浴間內呢！」

「那他們有沒有做什麼事情？」

「我不知道。但我也絕對不會這樣做。」

「你剛才也很公開地對我展示你的下體啊。」

他微微一笑。那是商人型的狡點笑容。

「你有幾個孩子？」我問。我有預感他已成家立室。

「四個。」

「哇,你一定不能使壞。因為你得做四個孩子的爸。」

「所以我沒有與男人做過進一步的動作。我只用手。」

「就用手而已?」

「是的,你呢?」

「我嘗試任何可能性。」

「那你得小心照顧自己。」他問了我一句很奇怪的話。「為什麼你要嘗試?」

「你這問題等於問我為什麼要吃飯。」

「喔,我明白…這是……」

「Needs（需求）。」我答。

「不,這是 Urge（衝動）。」他自以為是很滿意地,給了我這樣的一個答案。

這時,又有另一個人走進來了。我望了他一眼,乍看來像一個外國人。他知道我望著他,對我友善地一笑。

我這時感到自己已全身乾涸,所以外出淋了一身,再回來。滴油叉燒叔叔已消失了。我不知道他是否找到了獵物。

我在桑拿房外舉頭望時,發覺貼著一個告示牌:「Lewd behaviors are strictly prohibited within this area。」（此範圍內嚴禁猥褻行為）

真的很有趣味,告示牌還補充:若任何人逮到這些所謂的猥褻行為,就應向管理層投報,在有必要時會交由警方處理。

這真是此地無銀三百兩的告示。

我重新回到桑拿房裡。那個長得一臉外國人輪廓的是一頭乳牛,不過有些禿頭了,我再仔細打量他時,才發覺他是亞洲人。

禿頭乳牛正襟危坐地,一臉狷介、坐姿板直,神聖不可侵犯。他還將一條毛巾緊緊地包裹著下半身直至肚臍,將他的六塊腹肌幾乎遮蓋了一半。

這是一個保守派,多可惜啊。然而我還是偷偷地瞟向他,他的身材比例練得均勻,一雙飛毛腿滑落著淋淋的水珠,添了一份性感。

他是不是同志呢?我望著他時,他大多時候都是閉目養神,對週遭事情不為所動。當一個人閉目時,就是熄掉了基達的掃瞄。

我交替地穿梭在蒸氣房和烤箱。這時出現在眼前的半裸男身,都是乳牛型,視覺上開始習以為常了。但是心裡會不斷地想,為何新加坡的乳牛如此平民化?

我還是不想錯過那位禿頭乳牛。我心想他在青春無敵時肯定是萬人迷。但或許事實上,他還只是一個年輕的小伙子。

後來,我看到他走進了淋浴間內,於是我逼近在浴簾前。他在半掩的浴簾裡,已裸著一副發達肌肉的軀殼,與我目光交集。

我看到了他那股渴求的眼神,如此熟悉。我把心一橫,在少於一秒的時間內,我將自己第二次推進了淋浴間內。

我一閃進,禿頭乳牛馬上合作地拉好浴簾,再調度合適力度的花灑,水聲花啦啦,這樣外人就知道裡頭有人在淋浴而不會貿然打擾了。

他一絲不掛地站在我面前。

天啊,這是一頭完美的乳牛!古銅色的膚色、滑溜的肌膚,還有比例均勻的肌肉,若在吉隆坡,這是罕有品種,可是當有一具裸裎的軀殼擺在面前時,我當時有些不可置信。

我放縱地用指頭去體驗肌肉的質感。用手托量著他浮凸出來的胸肌,還有那一圷如田隴般的腹肌,感覺有些夢幻,直至手指一直往下遊走,抓住了他唯一的把柄,我才從赤熱中感受真實的存在。

我望見他膚色上三角形的內褲印，看來他是游泳鍛鍊出如此運動家的身材。所以他的下半身，應該是遷就泳褲所需，而剃得光禿禿的。

視覺對比上，就像在沙漠裡看到一根旗杆一樣了。

他的整體是修長型的，連肉根子也是秀氣地顫跳著，近乎是顫危危地，沒有暴筋露脈地張狂著……我們開始了最緊密的肢體交流。

我要求他也蹲下來。看著他的頭顱在我下半身擺動時，望著他的髮絲順著水珠流勢斑駁地貼在頭顱，像一張幾何圖案。他非常努力地盡著本份，至少我覺得他也是平等主義者。

後來我將他整個人扳身過來，前半身貼近牆壁，讓花灑淋漓地犁過他一身倒三角的背肌與臀肌，水痕像亂蛇一樣攀爬著，在燈光下特別迷惑。我再拈了一把他圓翹的臀肌，指掌間的斤兩原來是那樣地彈性。

接著，我淘氣地想要探花了——掰開，再伸手摘花芯。那是一朵半綻放的菊花眼。

我聽見他悶哼了一聲，這聲響在花啦啦的水聲中消隱去，之後又聽見他斷斷續續氣若遊絲地在哼著。他已完全放鬆了自己。

但他壓抑了聲量表達著自己的官感。

我在背後摟著他，另一隻手圈環著他的倒三角形身體，在這樣窄小的空間和沒有配備的情況下，什麼也不能做。但是我的兩手發揮了按圖索驥的功能，像盲人摸象般在他的身體地圖上探索，尋芳探幽地摸索著……他將兩手張開貼在牆上，像個在街頭被降伏的嫌犯，有些無助，但他挺起後半身磨蹭著時，卻那樣地誘惑。

我才發覺原來從背後摟著一個如此精瘦的男體是如此地具體與幸福，我以為自己在跳著舞。

然後，我終於開了香檳了。迸放而出，毫無保留地。洶湧得讓我不能自己而含住了他的肩肌。

我們過後在花灑下沖洗，接著比手語示意誰先步出。我看著他從柔軟的浴簾偷瞥打探外頭的情況時，姿勢非常熟稔，完全是一個行家所為。

超越想像
跨越自我侷限

UNICORN帶給你的是一種嶄新的生活態度

在忙碌的生活中，我們容易忘了自己的獨一無二，
常常為了別人奔波辛苦，卻忽略了應該要對自己更
好，讓生活更精采。改變的第一步，不妨就從改變
身體曲線開始吧。

以下的9折優惠碼，是我們第一次見面的心意！

7LoOPL

·即日起至2015.12.31，限使用一次·

Unicorn 獨角獸

EXCEED
YOUR IMAGINATION

unicorn

竟然可以在一個如此陌生的情境下，接觸到三具裸體——我不得不認同這是一個加州天堂。

後來，我到外頭辦正經事：好好做一場肌肉舉重運動，一小時半我再回來沖洗時，發覺這位禿頭乳牛還是圍著毛巾在淋浴間裡走動著。

難道在一個半小時內，他就是半裸著身體在烤箱與蒸氣房內走動？

我們微笑示意著，上演著一套心神意會的默劇：「還未吃飽嗎？」「是啊，還在等待著下一個。」

當然，真正的答案是無人可知的，我畢竟沒有與他在言語上交流，但是，具體與巨體的交流都已進行了。

如果在健身中心也如此肉慾橫流，唔，我想，島國人民還需要三溫暖嗎？

星島孔雀

在加州健身中心做了四十五分鐘的「遊魂野鬼」，就在蒸氣房、烤箱來回遊蕩，又到沐浴間去淋濕身體，一遍又一遍，連皮膚都起皺了。在這健身院的「後花園」裡待了這樣久，都一無所獲，而且並沒有新的客流出現，為何遠道而來到訪，昔日剽悍又雄偉的乳牛卻都消失了？我打算最後一擊，再去巡迴出場。給自己試一試運氣。

哪料，運氣就在這時降臨了。我在蒸氣房裡突然看到一個新臉孔出現了。該是在我進去沐浴間淋身時駕到的。

我一看到他的手臂時，就知道這是一隻兇猛的乳牛了。僅僅看手臂的粗度，幾乎就是我的大腿了，尤其他是一手支著身體，斜倚在長石凳上。

我看見他的髮型，是九○年代末鄭伊健的那種，又或者當今很流行的瀏海遮額的那種，總之就是那種有風吹來時該會很飄逸的髮型。

但我看得出他的年紀不小了，該是三十五歲以上。但你想想，還留著七三分界線長瀏海的髮型，好聽是「復古」，俗一些說法就是「老土」。

不過他的身材就是我心目中招牌的「新加坡乳牛」了。

魁梧、偉岸，而且他的胸肌，至少有五十吋，儘管是坐著的，但胸肌是如此地渾厚，還未至于是「朵蓮」（胸肌垮垂，取自粵語諧音「墮奶」），非常寬厚，像兩片高原般，層次起伏分明。

僅是坐姿已是如此龐巨，可真是不得了。

他的胸肌巨碩得在側看時，那剪影像一粒剖開一半的木瓜，是有飽滿的弧形的。是如何鑄就成這樣豐厚胸肌的呢？如果站起來的話，就形同一輛轎車的車頭燈一樣地耀人了。

不過胸肌最重要的是形狀，僅是厚重，也不是完美分數。它們需要是方形、上胸與下胸是平行的，而胸臂連接處宜有飛翼之狀，那就是典型的美胸了。

這乳牛望了我一眼，我又望著他一眼。由於他的坐位較低，所以抬眼望起我來時，是相當地明顯了。那是一個照會的訊息。

我就是盯著他看，耍出我在吉隆坡的那一套。但我想同志的那一套放諸四海皆準。面對這些乳牛，我這「牧童」是會「馴牛」的。吹起簫來，所有牛都要乖乖地回籠。

他只是披著一條毛巾。當時蒸氣房裡還有其他兩三人，但那一刻在我眼中，都是「二打碌」（粵語，形容人的份量不夠）的配角了。我的眼中只有他。

他又望了我第二眼，打量著我的身材，不及一秒的時光裡，我想他知道他要些什麼。但我不確定他要的是我的什麼。

我細細地「鑑賞」著他的身材。看了胸部，就需要看腹肌了。那是另一個健美的高門檻。他是坐著的，然而非常慶幸的，他的腹肌並沒有凸出明顯的贅肉來，只是恰恰好打了一個褶痕，那是無可避免的。也就是說，他的脂肪度控制得非常好。他該是一個非常 obsessed（執著）膳食結構的乳牛。

他的肱三頭肌可說是粗壯，壯得以致肱二頭肌之間的輪廓已不復明顯。

可是，可以確定的是，他是一個相當高大的人。

在蒸氣迷濛下，我還可以意識到他的古銅色皮膚，可能是人造曬黑，又或是在沙灘海水裡的成果。

他望了我第三眼後，就拿起了毛巾，逕自跑了出去。他一站起來，就給了我一種頂天立地的感覺了，真是一個高大威猛的男主角。像電影螢幕一樣跑出來的人物──在新加坡，一個健身中心的蒸氣房裡。

你的男主角跑出你的螢幕了，你還等什麼？

第三眼後，我就隨著這正宗乳牛跑了出去，滿足了我的探索慾。

走過 L 字型格局的沐浴間，我看到他藏身在半掩著浴簾的沐浴間裡。就那樣站著，不動聲色，也不乖張，可是那守候的姿勢很誘人與傲人的，有一些孤芳自賞的意味。

他還是包裹著毛巾的。

你看，新加坡人就是對這些野戰很有經驗。在吉隆坡，如果在這樣的情況下，孔雀通常會掩上浴簾，然後鬼祟地又在裡面翻掩，釋放著他在裡面守候的訊息。有時你的腳步遲了，跟不上他的步伐，就猜不著他到底會在哪一間沐浴間了。

但這隻孔雀乳牛並沒有這樣刁難，他落落大方地佇立在那兒，彷如也摸清了我的心思。那個姿勢就是釋出訊息：放馬過來！

我跑進了他的沐浴間，他忙拉上浴簾，將我們收納在這窄窄的沐浴間裡。我沒有想到在最後要放棄時，在新加坡找到了我的 porn moment（色情時光）。

●

他長得真是高大，我想有超過六呎高吧！身材就是那種海報上的男人一般的，台型已佔完優勢了。

但這發達的肌肉外披著的是一層古銅色，不似一些乳白色的肌膚像 albino（白化症）一般的。古銅色原來也可以這樣誘人，像巧克力。他身上所有的體毛都剃得乾乾淨淨，只有一些淡淡的印記。我想他該是在泳池出入之人，泳池往往要將人家最大面積的肌膚顯露出來，然而三角褲週遭的毛髮，則不容一絲差錯。

沒有奶白色，只有古銅色，因而他像水牛多過乳牛。他的胸肌在站起來時就不覺得如此豐厚了，而且掛在站立的軀殼上，顯得相當地均衡。

他並沒有真正地望我一眼。但我的手已向他的毛巾探去，他並沒有拒絕。

然後我解下了他的毛巾，自己也赤裸相裎。我的目標就只有他的下半身，因為我期待著雄偉的翹首問候。

然而迎面而來的是一根割過包皮、淨潔但直垂綿綿的三兩肉。並不壯觀，也還沒有「壯舉」。他有些呆然，那種情況突然讓我想起那些 gay for pay 的色情電影，直佬通常寬衣解帶後也都是萎靡不振的。

難道他是直佬？

當然不是，我想他是一個「有 ego（自我）的孔雀」。

看到那副未泵氣的「器材」時，我才明白為何有時男人的那話兒會叫做「小弟弟」。在一副牛高馬大的身材下，比例上就失準了。

但即使是如此地垂軟，我仍覺得它含蘊著一股魔力，讓我著魔、著迷著追尋著下去。

●

我相信嘴巴是可以帶來奇跡與變化的。我不是說客，也不是政客，但我只是使用著唇舌運動，演繹著一段無聲的口藝，你就可以感受到那種漸入佳境的轉變。

其實它是根相當長而細的東西，似乎很久都沒碰上這樣的貨色了。然而細細地蘊含著，咀嚼起來時別有意趣。

與這樣潔淨的傢伙交手，其實也是一種較勁。你耍的是蠻勁，而他回報你的是韌勁。漸漸地，你會感受到一個男人在你的掌握中、口腔裡頂天立地。

沒有包皮的陽具特別淨朗，像吹著一口簫，往往可以奏鳴出動聽的旋律。我依稀間聽見他在微微地呻吟著，但他努力地壓抑著自己。

我感覺到口腔中已漸漸飽漲起來了，像吹漲一個汽球一樣。但我還是感覺不到他的雄偉，因為他只是一個 M 碼而已。

他已開始將他的兩手放在我的後腦勺，以他的節奏鼓動著我。隨著他的回應，我知道我已吻合他的需求了。

在這樣屈膝求歡時，可以做一些小動作來增添一些情趣。譬如，你可想像著這是一束清洗過的頭髮，輕輕地撫順著，抓起，然後放開。不

過只是你換了工具，要改用你的嘴唇來進行，叼起它，含弄著，然後再放開，讓它彷如唏噓一聲地無意掉下來，然後你要很努力地再叼起來，改為細細地把持著。

又或許，你可以將兩掌合成杯形，套在他的根部，然後想像自己像梁朝偉在《花樣年華》最後一幕中對著樹洞說話，你是對著一只觸角說著話，舌頭就是你的語音，喉間的吞嚥聲就是你的話語。

他看起來十分喜歡這種「掉落又拾獲」的把戲，後來也索性把持著自己的根部，於是就顯得相當地挺翹了。心理上的大男人主義馬上表現在了這種持械的行為上，他就是這樣握著，然後再送了給我。

沒多久，我又將注意力轉去他全身的肌肉，那才是他的精華所在，沒有這些肌肉，我會闖進來與他共處嗎？這些肌肉都是我要、我夢想可佔有的。此刻就在我的指掌之間。

我遊撫著他的手臂、感受著肱二頭肌與肱三頭肌之間的刻度，那是紮實、精緻的弧形，飽滿，豐實。我再看看他的乳頭，濕暈一片，深棕色，並不是特別誘人，但看起來是「含蓄」的。

於是我又彈跳起來，朝著他的乳頭出發攻擊。我第一次發覺原來在一個寬厚的胸肌上含乳暢啜，是很寫意的事情，因為你連唇片都可以感受到那種震盪。那是肌肉群抽搐時的震感，十分有趣。

當我往北進攻時，有一刻忽略了守住他的南方之軀，他覺得落空了，動手自己來添灶加熱，我便往他抽動著的手的那一側，含住那一端的乳頭。你可以看得出肌肉群之間的連貫性是多麼地美妙，那種韻律是有節奏地，如骨牌效應一樣。那種撼動感如一陣陣洶湧波濤似地衝來撞去。

然後我又滑了下來，將他當做是我的鋼管，跳起曼妙的鋼管舞。因為我發覺他自己動手只是加熱，但不能加樂。

我重拾他的歡樂時，將他飽和地全盤佔據。他只是仰頭長嘯，但聽不見嘯聲。

他的堅硬度略為退減了，但對於這樣的「流逝」我是可以力挽狂瀾的。這時我的兩手再遊撫到他腰際的「愛的把手」（Love Handle），捏了一下，

又再用兩手環抱著他的臀部。

那是一個圓渾但結實的臀部呢！

當他再度膨脹起來時，我覺得應該再耍出另一招來了。他的臀部將是我的另一個新樂園。

我用手沿著他的蛋蛋，像尋著回家的途徑，找到了他的後庭大門。

我也發覺原來他在完全伸張時，蛋蛋已縮成了一團，可見他全身的力量都借用在那一根東西裡。像吸管一樣，我索求著我需要的東西。

當我的手指滑到他的後門，慢慢地想直捅而上，意外的是，他並沒有拒絕，也沒有推開我。

我便膽大心細地，用一根指頭插了上去。我感受到一股非常強烈的壓迫感，一個環狀似的夾合感，那種燙熱與溫度開始蔓延到我的指尖。此時此刻真是神奇極了——因為我的指頭竟然在另一個不相識的男人最深幽的地方，尋幽探祕！

（也許一個男人的心如此深藏而難以捉摸，但當你撫著他的臀瓣而刺探進去時，就像找到了他的心門，一個不隨便打開的門扉。）

他看起來是相當緊張的吧，然後我頑皮的指頭讓他更加跳躍起來，因為他越發硬梆了。

我再用力往上一捅，接著抽送著指頭。我已感受到他的放鬆，而且更加滑順了。

一邊指交著他時，我再用拇指按摩著他的蛋蛋下部，如同拉著一把手鎗的扣扳，扣拉著他。

他照單全收。

然後我再用另一隻手拈弄著他的乳頭，他彷如全身都被我支配，因為下半身的前後都遭攻陷，連上半身的敏感帶也失守。

然而他壓抑著那種快感，因為我甚至感覺到他幾度捏緊著肛門，緊緊

地夾擊著我。

我的手指動作更快速與兇猛了，當時的心情是緊張與刺激萬分──平時只是在電影中看到的畫面，如今在我的眼前上演，而且如此真實──我不再是觀眾，而是參與者。

我挑戰著他的極限，定住我的指頭，然後嘗試地再伸入中指，與食指一起往上探。我感覺到他毫無敵意，反之任由我處置。

所以，不消一秒鐘，我已是像畫著神符般的以食指與中指，伸到了一個深處。那股壓迫感更重了，我只是重重地被「包圍」著。

他稍微張開大腿，讓自己在收納我的幾根手指時更有彈性。而我的其他指尖已感受到在迅捷的動作下，他的臀瓣已是一波接一波地撼搖著。

然而我的兩指動作不能只是上下墜升，那似乎太單調了。於是我想像著手持一把鑰匙般，一個旋轉，轉動著我的手腕，他的後門像突然間被扭開了一樣。我不知道我這大膽的動作為他帶來多大的快感，可是當我抬眼望著他時，他是咬著牙齒，閉著眼睛地強忍著。

一個魁梧大漢落得如此無助、困頓，你看著他的全身肌肉已緊繃得冒出汗來，看似鐵皮銅殼，然而他是有溫度的，有纖穠合度的一面，有密中有疏、硬中有軟的一面。

他是如此地具有伸縮性，當我的兩指嘗試在那溫熱的洞穴伸張叉開來時，他是慢慢擴張開來，一吋又一吋地將我噬蝕。

直至沒頂。

然後我又退出，晃動著……我的手指動作多變，雖不知道他可以承受得多大的衝力，但每一次退出我就更用力地直衝而上。

整個過程將我推到了沸點，可以將一隻乳牛如此多樣化地舞動著。他下半身的韌度更強了，直挺挺地暴凸在我的口裡。但我已被這隻孔雀弄得熱情奔放起來。

我站了起來，讓自己洩洪般地奔放著。他看著我，也一邊搓撚著他的寶貝。

搓著搓著，半分鐘了，他似乎沒動靜，我一邊耍著其他動作為他做一做啦啦隊，包括呃吸著他含蓄的乳頭等等，但都無效。

到最後，我想我必須要接受原來他擁有的是一枝 crystallized dick（結晶屌，意指只硬不射／難射的陽具）。我比著口型，噤聲問：「你不要 cum 嗎？」

他有些歉然地笑了一笑，我看到他臉上的皺紋在堆起笑顏時，如此深刻。

他打算退出去。他舉起手來時拿毛巾時，連腋下也是刮得乾乾淨淨的。像一個嬰兒，沒有毛髮，一切純潔潔淨。偏偏他的全身練就得威猛鋼強。

你看，往往我們要在完事後，才看到一些奇怪的東西，之後批判性、清醒意識統統都回來了。

●

他示意著他先出去，然後從容不迫地掀起了浴簾一角來看看情況，就到對面的淋浴間去了。

後來我一直在想，他是否是嗑藥太多，所以較為遲鈍，還是我的技術還有待磨練？四年前在這間健身中心有了那一次的探肛之旅，未料到此次又是步後塵。

但也沒什麼關係吧！至少我已如此短暫地擁有過他了。我最後一眼看到他時，他已在更衣室裡一身運動裝，綁著鞋帶。原來這才是他真正的運動，剛才的只是熱身吧！

幸而我已熱了一回了。

小卡

從三溫暖一間酣戰已久的炮房步出來，猶如重出江湖卻發覺時代變遷，門外已人影幢幢。沐浴間也熱鬧不已，花灑下一具具男體，我看著這些裸身男人，盯著哪些是可觀之巨根。

沖完涼一轉身，碰到一個高瘦的小伙子。他的體型雖是不錯，但明眼人知道，他沒有健身；有先天條件，但後天不努力，遲早會成為會挺出一個茶壺肚子來。

他望著我時，目光裡爆發著獸性，有一股強烈的慾望。我看著他的臉，有一些青春痘，眼睛是有些瞇，而且，兩唇厚厚的，整體上像卡通人物。

好吧，那就叫他小卡。

他那時是用毛巾擦拭著身體，晃蕩著一大串龐然大物，我眼睛一亮。這家伙，真的是「禾稈蓋珍珠」（形容「鋒芒內斂」）。本來想撇下他，但那一副形體太有誘惑力了。

他竟然拉著我的手，直奔去炮房區裡，老天，我連頭髮都還未上髮膠，「妝」都還未上好，就以素人之態，被人撿去了，這是什麼運呢？

小卡拉著我的手巡視炮房區，他的掌心如此地溫熱，即使他剛從花灑下走來，而我則因室溫驟變，體內適應不來而起了寒顫，感覺在震抖著。

可是炮房區看起來都「滿座」了，他拉我到一隅，嘴巴就要湊過來，我別過臉躲過。但我的手，直探他下圍，一把抓住他那一大串的東西，質感不錯。

後來終於找到一間炮房，一開門，就是一張墊背大的面積而已，是一間狹而長的小廂房，其實更像「棺材」房，空間不大。

小卡馬上鎖上門，捻亮燈，還是最明亮的亮度。白刺刺的照明讓我有些昏眩。如此近距離的觀察下，我看到他一臉就是餓鬼投胎的模樣，呼吸急促，目光有些渙散，迷離。

小卡開口：「有人肏過你了嗎？」他用英語問，聲音是非常渾厚的，加上他有些戇呆的樣子，整個形象就是「渾渾噩噩」。

然後，他扯下了身上的毛巾，也將我的剝去。他長長的手繞過我的腰部，直捅入我的最幽深處。其實是勘測我是否已做好準備。

我將小卡的下半身一把抓，整串拎起來。他有一根彎垂的工具，線條粗，頭部渾鈍，如同鐵鎚般厚而重。這也是為什麼他看起來是高舉、但彎駝。

長度方面，原來並非十分驚人，只是因為他長得相當高，使粗線條的巨體視覺比例上看來相當均稱，才有一種「龐然大物」的感覺。但如果是個別分開來看的話，其實那是一副相當普通尺寸的工具。

我檢視著他的身材，胸部平坦，沒經過舉重的鍛造與賁漲，人又高，胸部特別乾瘪，但兩個乳頭棕色，帶著一些剔透，如同小餅塊般散發呼喚：「來，吃我吧！」

如此狹窄的空間，近在毫釐的接觸，燈光明亮，彷彿可感應到燈泡散發的熱能，加上他的體溫，如同在蒸籠裡蒸著的小籠包。

小卡的工具看起來已挺起七成了，但仍像漏風的輪胎，不宜跑遠程。我想要做一些「泵氣」（粵語，比喻增胎壓）作業時，他推開了我，我訝異地抬頭望著他。

背著光的他，輪廓昏暗，但高高在上。我聽見他說：「你有愛滋嗎？你有驗過嗎？」

我怔忡片刻，沒想到有此一問。是否要驗明正身？「我是 negative（陰性）。你呢？」我是不甘示弱反問。

小卡像放下心事一樣，鬆了一口氣說，「我也是 negative。」

他將我整個人提上來，然後用他的大手，像把葵扇爪般地往我身上摸

探起來。這裡揉，那裡捏，最後兩大把地烙印在我的臀部，搓揉捏一起來，再拍一巴、「啪」一聲，熱辣辣之感像滋滋作響的熱窩澆上油一樣，我逼得整個身體依附在他的懷裡。這時感受到他更是熱血賁張了，整個人如同發燒般，溫度通過他滑而溜的肌膚傳導過來。

突然我又感覺到後庭一陣鼓漲，原來他的指頭已在那兒徘徊。我們磨蹭著，我要在他小餅塊般的乳頭耍一些把戲，他又推開了我。但他讓我的手繼續穩攥著他那根已掛垂脹大的工具。

他在我耳邊用粗渾的聲音說：「你要我操你嗎？」

我點頭示意，小卡就抽出安全套，從牆上的 dispenser 擠了些潤滑液，他仰躺在墊被上，示意我跨坐下來。

拈著他巍然的巨物，我張了兩腿橫跨過去，擔心有些不適應。那種感覺總像去鞋店試鞋子，硬擠猛塞，怎樣才能讓自己舒服？

我感覺觸到花蕊了，緩緩地，我讓自己燦爛地綻放，但還是無法交集，一個失手，整大根就掉落下來。

小卡只是閉著眼睛，聚精會神。而我得更費周章地，動作更大，馬步扎得更寬才能容納，於是我浮升上來，對準目標來探索自己的底線，感覺對位後，連點成線。

一公分、一公分地吃了下去，我感覺到那擠爆的感覺，他失了「分寸」，我得了「尺度」，直至他直挺挺地將我貫穿後，我忍不住狂嘷起來，因為我已全根納入，那種感覺真「棒」。

小卡開始推搡著我的下盤，即使我仍享受著片刻的充盈感覺。於是我旋搖著，如同磨著一個肉杵般，讓他攪動著我的靈魂。他也仰頸，閉上眼睛，一對厚唇微啟，神馳似地感受著我施展內部擠夾交雜的暗勁。

這種左推右磨，我完全覆蓋著他，他在內裡則「發奮」頑抗。我大力地挫跌下來，他就高聲吭叫，我使勁地提拔勾扯，他下半身就感受著藕不斷但絲連的快感。

看著這戇伙子銷魂的模樣，我更努力地做著腿部運動，忽而俯身攀爬在他的平胸上，轉身又倏地直挺腰，用半蹲之勢拔地而起。漸漸地小

132

卡怪叫起，形同一頭困獸。我已感覺不到他在我體內的異己之感，那種瞬間即來的患得患失，在呻吟中，在迷幻中過渡這一切。

後來他狂拍著我的後臀，霹啪作響，但也真的打疼了我，痛與刺辣之感蔓延起來，比後庭連續不斷地井噴式的捅刺更疼。我咿咿呀呀地像一張快要肢解的搖椅，晃動得更厲害，哦叫得斷續但節奏有序，都隨著他的一刺一抽來配合。

我真的忍不住那種痛，止住了他的手勢：「Stop it.」從一頭被奴役的馬，變回一個人。他當我是快馬，那我要當他成長鞭。

我繼續旋搖、晃動，小卡像響著悶雷的大地，沉吟著，一邊說著夢話般：「YAY, that's right, moan like a girl, yay...」（耶，對，叫得像女人那樣……耶……）

什麼？要我像個女子般呻吟？

看來他享受我這種吟叫，於是，我將我的 KEY 拉高一個階，或許這樣才能詮釋出銷魂吧。但在我看不見的地方，有一種泉涌般的快意，如同動感噴泉一般地，力道時爾強，時爾弱，攪動擾亂著。

而我最喜歡活活地將他擒住，然後出力去輾、收緊，再放鬆，讓他完全沒頂，見不到天日。他只是井底裡的一個困蛙，要掙脫束縛來求生。

小卡怪叫得更厲害，他看來喜歡我佯裝出來的女音，而他更像 A 片裡的男主角，像操縱了大局的將軍，快馬加鞭，勇往直前地刺殺。

可是一直由我來橫跨，「觀音坐蓮式」雖有凌駕之感，但還是會膩歪的，況且空間是長而狹窄的，我的兩腿即使叉開，也無法自如地伸展，加上膝蓋也需承受體重，我漸漸地犁不下去了。

那種累，後門不斷承受著他的頂與撞，我還得繼續婀娜地搖曳，腰肢擺動，下盤則牢守橫擺。我的叫聲似有若無地訴著心意，似乎激發了小卡的獸性。

我演得更賣力，他就更加投入他自導自演的 A 片男優角色，喃喃地說著：「Yes, that's right, yes, you're mine!」（對，就是這樣，對，你是我的！）

我將他兩手提起，攀到他的頭上，反扣著他。他更喜歡這種不自由，旋即我感覺到後庭又是一陣猛烈的衝刺，因為他已將兩腿屈起借力，出力使勁地往上撬。我聽見他的蛋蛋拂動空氣，振蕩著空氣份子的迴響，我感覺到自己的底牌有一股毛茸茸的毛意輾過，更可以感覺到他在膨脹中，那股熱意熨著我。

我開始放浪形骸起來，鬆開他那對投降的手，然後整個人就趴倒在他胸前。他的嘴巴湊上來，往我的胸膛上吸。

我覺得小卡真的當我是個雌的來幹。

我這時又聽到他問：「你幾歲？」

當時我還是深深地「箝制」著他。「三十多。」我斷斷續續地完成這一句話。

「哦…哦……」

「你呢？」我問。

「二十七歲。」

「你玩過幾個了？」小卡問：「你很緊唷。」

「今晚嗎？你是第二個。而你的比較大。」

他喜歡我的吹捧。事實上哈棒時，需要言語上的讚美。他馬上用力猛攻頂住了我，再多殺幾回。

我也反擊，讓他節節挫退：「你有沒有男朋友？你都喜歡這樣嗎？」

「嗯，喜歡……我的女朋友都沒……你這樣緊……」

「女朋友？」我心裡疑惑著，難怪他當我是個女的來對待。「你是 BI（bi-sexual，雙性戀）？」

他沒有做答。我繼續套幹著他，「你多久幹你女朋友一次？」

「一個星期兩次。」

「你幾時開始幹男人的？」我又提起後臀，再壓倒了他，一種飽實感直逼咽喉。

「當兵的時候（註：新加坡男子需服兵役）…我忍不住……」

「在營裡嗎？」

我開始逼供式地反問他，稍微轉身，伸手直探他兩枚蛋蛋，溫熱的，有生命力的，或許就像他的記憶仍活生生地上映著服兵役時的男男故事。

「嗯……在營裡。」

「你喜歡幹嗎？」

「喜歡……」小卡開始呻吟。

後來我們翻身，轉戰其他姿勢，包括推車、狗仔式。我站立起來，他就順勢導入，破關再殺幾棍，寬猛相濟。他的棒術似乎有些遲鈍了，拉幅不大，只是猛然撞擊，可能是他的粗大之故，也可能也是我們需要再添潤滑劑，總之就像坐著坎坷的滑梯。我的靈慾彷彿被震得支離破碎，一副軀殼快被抖散了。

我像是聽見他在我耳畔說：「Your hole is sealed。」（你的洞被封了。）

但我聽不清楚，整層炮房播著強勁的電子音樂，幾乎掩蓋了他的聲音。我又問一次。

小卡這時說，「Your hole is for sale（你的洞是待售的）……but it's mine now.（但現在它屬於我了）」

這時我才摸清他的思路，原來在他的狂想世界中，他是一個掌握大權的權力狂。所以對著一個陌生男體，他先將我幻想是女人，再幻想我是一個性工作者，與我交易。

我感受著他熾熱的體溫，他又將我推倒跪在地上，從後再闖關，這時

我知道他是以爬樹猴姿勢攀附在我的後背。

偏偏小卡那根茁壯的傢伙是下彎型的，以致鉤向我時，造成的感覺就如同被搣、被刮，我忍不住怪叫起來——這種鉤狀體在這種方式下，最易降服我，當他全根盡沒又難捨難分時，那根東西一拖一拉，把我整個後院給毀了似地，是摧枯拉朽之感。

接著小卡將我提起，我整個人又站了起來，依附在牆沿，那兒有釘著大捲筒的廁紙。由於廁房是狹長形，我只能彎翹起後臀，微微躬身，加上他的身高與我懸殊，他溜身到我背後時一挺，我整個人又彷如被撬起來了，那種快感更淋漓。但我的活動空間並不大，一手要支撐後面連綿不絕的衝力，另一隻手則要貪婪地抓著他的後臀肌肉，感應著那股刺探力量所牽引出的腱力。

這種往上引的衝力，讓我不自由主地彈跳，而且腳跟不著地似的，有些虛浮。後面勁道往前推，我順勢震晃一下，而後落下來時，就會全面地覆沒他至頂，我才覺得踏實一些。

就這樣抽送著，不知過了許久，我的嗓子也乾而澀了。小卡已成為一頭隱身在我背後的獸，我已不覺得他的兇悍，反之我覺得自己已成一個無窮無底的黑洞。

直至尾梢一鬆，我才知道他脫離了我。聽到他說：「你要其他一號來幹你嗎？我去找給你。」

我有些茫然。或許我在酖著他那銷魂的衝刺時，胃口已經大開了，突然喊停我是不願意的。然而我還是答應了：「好。」

他將門掩上，轉身離去。但他說，「你別關上門。等下我進來。」

我就這樣半天吊，站在牆邊，想著適才的一切。現在是孤身一人，剛才則是合體交歡。我在冒著一場不知道接下來會是怎樣的險，或是一場怎麼樣的歡愉。但我得這樣晾著多久呢？就如同熱騰騰的炒飯放在強風底下，半晌就會涼了。

我馬上將房裡的燈捻暗，不讓外人發現門虛掩著。不久即有一個裸身男人走進來，問：「你要按摩嗎？」他的口音是典型的新加坡華語，有些像逐桌兜售奇貨雜品的江湖推銷員。

我瞧了一瞧他的樣子與身材，斷然拒絕。他也知情識趣離去。我以為他不會回來了。

後來，小卡重新現身，但獨自一人，我鬆一口氣。在這麼狹窄的空間，我要完全霸佔他。

他對我說，他找不到人。又是那副戀戀的表情。

但未幾，我聽到他把頭伸到虛掩的門外，對著不知名的人士說話。我認出那把華語腔。原來是剛才那位傢伙。

小卡將他拉了進來。

這時認真地打量：是一個小禿頭，且看起來有一把年紀的老頭子了。他的樣貌看起來是有些猥褻，但開口說起話來，又帶著一種媚氣的溫柔。

他圍著一條毛巾，還好身體不會太胖，否則三具肉體擠在這樣的廂房，勉強了大家。

怎麼小卡會邀請這樣的人入局？我不明白。但我沒權利說不。當時我半跪著在墊被上，小卡和老頭子都是站立著，似乎在準備要挪出什麼空間。

在好奇心的驅使下，我解開了老頭子的毛巾。他一裸，我的眼前出現一堆毛球似的下半身，如同被夷為平地的「災區」，我別過眼不看。

老頭子自備了一瓶看似油狀物的小瓶子，倒了一些摩在掌心，就緒按摩。而小卡挺著一大串的肉莖子，不知做什麼似地，只是站著。我趁他不備，耍起狐狸叼小雞的那一招，張口就吃了下去。本來小卡之前是拒絕讓我吹簫的，豈料他冷不防地被引君入甕，難能脫身了。

他要推開我的肩頭，但只消一秒鐘，他就拒絕抗拒了。因為我的舌頭已發揮了神奇的力量，鎮壓了他。

這是幹了幾回後，第一次用唇舌體驗小卡的大砲，格外有滋有味。小卡說得怎樣凜然，也鬥不過我的一張唇一條舌。

然而我的好景不常，老頭子任由我為小卡吹了一陣簫後，要求小卡伏趴下來。小卡拔掉我口中的「人肉插頭」，乖乖地伏臥在墊被上，準備接受這老頭子的按摩。

老頭子蹲下來，開始指壓著小卡的肩、背。小卡其實也算是寬肩窄腰的，背肌滑嫩，閃閃發亮。這時候的我，成了一個局外人在旁觀，有些像脫竅而出的靈魂，漂浮在半空中，收看一切本與自己相關的肉體的全貌。

老頭的手勢看起來很專業，也很享受，熟稔地在小卡的肩背上順勢而捏，還耐心地問小卡，「舒服嗎？」

小卡看起來是完全放鬆的，狀態像是快要入眠了，微微地呻吟著。我蹲在他的身後，有些淘氣地扒開他的兩片厚臀，看到了他的小屁眼，如深淵裡的一朵幽蘭，遠看有花形輪廓，讓人情不自禁地去探索。

小卡不大喜歡被探菊，他拂開了我的手，繼續在老頭子的按摩下呻吟。

老頭子一邊做著他的正經事，一邊對我說：「等下幫他按摩前面，再一邊按摩他的後面，他一定會很舒服。」

然後，老頭讓小卡翻身仰臥。這時已看到小卡膨脹到另個讓我意外的程度，原來，小卡竟然有這麼粗碩？剛才我是怎樣在身體裡養活了這頭怪獸？

小卡仍閉著眼睛，老頭子已在他的胸前上下其手，一滑，就抓住了他的把柄。

小卡的那話兒是彎彎翹翹的，頭部彎垂如同一個駝背的怪俠，威勢不必施展，已自然散發。老頭子伸手一抓，手掌已覆蓋著，只見他手勢靈活地扭轉，像捲起袖子一樣往上捲，手腕運轉得非常暢順優雅。我彷如看到他手背下那股蠢蠢欲動的爆發力量。

「你要這樣按，他會很爽。力道要剛剛好，不要太大力。」

在幽暗中，老頭子像傳授心得給徒弟一樣，對我說著奇妙的語言。本來激情的氛圍，卻添了一種莊嚴神聖的治學氣息。他的口吻像是一錘定音的威權，不容我逆反或質詢。

之後我看到老頭子的拇指如按著按鈕般的，摩挲著小卡的龜頭，旋即再朝下撫，其餘四指則看似輕鬆地揉撚著他那根碩大的肉棒子。我不知道那是怎麼樣的力道，可是暗暗觀察著小卡的表情，卻知道那是恰到好處的勁力。

「你不能太大力，要輕輕地按。」老頭子的話開始像下迷咒般的，給我起了一種昏沉的感覺。在他那對巧手之下，小卡的肉杵子在他的手中忽隱忽現，性的誘惑更是忽孕忽滅，尤其那龜頭是油亮地晶光閃動，讓我神馳。

老頭子的手勢並非純然地單一方向，而是扭動著手腕來翻雲覆雨。我一時摸不清他的運功紋路，但聽到小卡咿啊吟叫時，我知道老頭子擊中了要害。

「你看到他這樣時，就在這裡按摩多一點。」

老頭子撮合起五指，拈著了小卡圓鈍的龜頭，不斷地向上拔尖，穿插著拇指頭打圈般摩著小卡的冠狀線，小卡的敏感帶看起來充份開發了，整個人像被電了一般地彈跳不已，聲音叫得淒迷，還帶著一份求饒。

在馬來文中，有一種按摩叫做「urut batin」（靈慾按摩）。早有聽聞，但未親睹，不知我當時所見，是否就是其中一招？

看著小卡如一條離水的活魚，整個人痙攣般地翻騰，但又苦於被囚，他的那話兒被套牢了，更見奇魅。

「好大條。」我不禁發出了讚美。

老頭這時更像童話故事裡的巫婆，一面施展著巫術，聲音帶著一種邈遠而空靈的感覺。他應合著我：「他這麼大條，可以做很多的招式，有些人的很小，按摩起來時就要遷就。」

我想老頭子摸棒無數，閱歷不淺，因此小卡的該是屬於鵰輩的。難怪剛才我那幾炮是炮聲轟隆。一想到便讓我心頭一熱，心如鹿撞。

看著那油亮發光的棒子硬得像一根乾柴，我越發覺得自己像一頭餓鬼。我必須開口了，因為已經按捺不住，「我要……」

老頭子問：「你要按摩嗎？」

我搖頭，指著小卡那兒：「我要『它』為我按摩。」

老頭子點頭微笑，喚著小卡爬起來。他如同被擺佈的工具遵命。老頭閃身到了我的身後，半跪著，讓出他的大腿讓我的頭枕上。

「你來插他。」老頭子變成了指揮，指示著小卡行動。小卡沒有做聲，跑到我的面前來，一邊提起我的兩腿，一邊下跪蒞臨於我。

我兩腿一張，忘了自我。但沒有忘記的是，之前與小卡與興旺旺地燃了幾回慾火，傳教式姿勢這一招都沒用上，皆因小卡的一尊砲無法對準。

所以，此時是回歸傳統，我是有些期待，忐忑不安，但又是亢奮難捺。

枕在老頭子的大腿時，驀然覺得後頸有冰點般的寒意：原來是老頭子的家傳之寶觸著了我的脖子。怎麼會如此寒？形同一塊快融化的冰塊，這是歲月的殘忍對待嗎？

有第三者在，往往就會分心。這不是好事，一心不能二用，當我的意識回到自己的身體來時，已感覺到小卡的大砲完全納入我的體內。

莊子說過，「梁麗（屋子的棟樑）可以衝城，但不可以窒穴。」但這時，小卡卻在窒著我的穴，還好那不是死穴，他已一吋吋地整根吃了進來。

而且那特別地疼，因為小卡的傢伙經過按摩後，硬挺得更堅牢，我不禁要提起後臀來迎接，兩腿張得更開，不消一會兒，我將小卡吃得淨光。

小卡之前是因為硬度不足加上形狀奇特，以致三番四次都無法搭通與我身體的橋樑，如今開通了，他就開始發狂起來，像隻脫韁野馬般快蹄奔跑。

苦得我啊，四肢百骸都被他的奔馳搞得七上八落了。老頭子在我後面扶持著我。這時，我聽見他對小卡說：

「你不要這樣快地插，要慢慢地插，這樣你會硬久一點。」

小卡果然放慢了節奏，放棄了剛才那般的狂抽猛鞭。他的抽送頻率減低後，力量反而就轉移到我的身體裡，我結結實實地感受到他的每一次的撼動。

小卡以一種巨艦航海的姿勢來停泊，我不得不積累更深厚的底蘊來撐起他。

老頭子的一句話，我與小卡的互動模式馬上扭轉了局勢。之前小卡是以一種驕兵之態來出擊，以致第一輪大戰他都是率先出兵，大開殺戒，現在他持棒向我施以「拉鋸」手段，我開始覺得分崩離析。

小卡似乎感悟到放慢抽送的好處，他闖過了我的關口，索性整根直納，用下半身抵著我的底線，之後再循序地撤退。那股力量太強大，我感覺到自己像一枚快被撐破的汽球了。

「你看，這是否爽一點？要慢慢來，你就會感受到他那麼地緊……」

老頭子的話此時傳來，我已開始神魂顛倒了。之前老頭子缺席，我們是乾柴烈火，現在則是情迷銷魂，彷彿是昇華後的結合。

或許小卡就是年輕，自有難以自制的血氣方剛，而男人這種猛獸，勝就勝在體能的爆發力，特別是恃「材」傲物的一號，往往就只有衝勁，但沒有耐力。

我被操得嗷嗷吼叫，感覺到身體除了發熱，更像有千道萬道的水流流過。我知道那是熱血奔騰的表象，或許就是因為後庭那兒呼叫著「江湖救急」，全身的熱血就湧向那兒給氧氣、給精力，這就是性愛高潮時的生理變化吧！

這時小卡將我翻轉過來，以狗仔式來搶佔，他依循著老頭子授的那一招，不再發狂猛抽，反之像深山寺裡的古鐘，每回撞鐘敲擊，迴音不絕，我渾身震蕩。

小卡已領悟開竅，但我則是名符其實地被「開竅」。 他不再是靈活靈現的閃去自如，卻是沉穩剛健地進退有度。叩關闖入後，就駐留幾秒，之後再衝。

我開始覺得難以招架。

這時老頭子不知跑到哪兒去，直至我感覺到後庭多了一條硬物塞了進來。如此鬼祟，我馬上知道那是老頭子的指頭也要來湊熱鬧。我馬上推開這攪局的指頭，如此強撬開花絕不自然，我必須專心迎接真正的貴客蒞臨。

漸漸地，我兩腿泥軟，膝蓋也撐不了後面連綿而來的撞擊，索性如馬失了前蹄般趴在墊被上。當我應聲而倒時，依附在我身後的小卡也順勢滑落，如同墜入深淵。我感受到他的俯首衝力飛墜而下，整個人驚魂高呼，因為真正覺得墜入深淵的是我，他像一記將我打捶到了地底下。

我扭過腰肢，轉過頭望向小卡。他趴開兩腿，橫跨在我的後臀，身影如此龐大。逆光的他，更帶著一種神祕感。

就在這時，我見到老頭子又一個溜身，躲去小卡的身後，兩隻手肘向外扒。

他在幹著什麼勾當？

此時小卡已像座巨像般倒了下來，壓在我的後背，但我們仍然緊緊地合體。他的汗珠滴落在我的身上，但我不知道那是汗，還是之前的按摩油。然而我聽見小卡在呻吟著。

原來，在小卡對我展開前攻時，他自己的後庭大刺刺地亮了底牌。老頭子馬上跑到後頭，給了小卡一場「毒龍鑽」。

小卡可能沒有嚐過被鑽孔的滋味，以致他需要更大幅度地張弛自己。他將整根東西更深入地嵌在我體內，只求後庭徹徹底底地打開。我的後臀感受到他肌肉的抽動，可能他被舌挑得全身震顫，也可能他不自禁地浪著這種高潮。

但這種「打死釘」的操法（指釘子已完全入木了，仍在捶擊），不只是套牢，而且是栓死了，沒有摩擦，就沒有分離抽拉的患得患失。

我仰頭盡量轉著脖子去觀看到底發生什麼事情，小卡的姿勢已像衝浪，我就是他的衝浪板，兩腿張開像在划水。我已看不到自己的下半身，自己覺得像一條已沒有腿的美人魚，下半身不見了，卻與一件異物縫合了起來，那是半人半妖的詭異感。

肉擠肉、汗疊汗，我倆的毛髮彷彿也糾結在一起了，那種合成一體的感覺，不是浪漫的情調，卻有一種海枯石爛的滄桑。老頭子這一招，是「黃雀在後」，小卡這隻「螳螂」，被他叼得動彈不得。

我開始喘噓噓起來，喉嚨也叫得乾澀了。被小卡如此「打樁」，其實鼓漲感更讓我難受。小卡因為受制於一根我看不到的舌頭，動作更慢起來，宛如停格電影一樣緩慢播映，那股爆發力量積蘊起來，更為強大了。

我開始受不了那種感覺，於是我掙扎而起，翻身，讓他的大屌脫離，整個人像擺脫了枷鎖而輕盈。我站了起來。

小卡半跪著身體，安全套反射著粼粼的幽光，還上下晃動著。或許他沒有料想到在幹到快要高潮時，原本佔有的東西失去了。

老頭子則在他的身後，一副大無所謂之狀。我覺得是時候道別了，便對他倆說：「我出去一下。」

就這樣我拎起毛巾，溜出房門。這種炮房，剎那的快感，附帶的就是剎那的離別。

我沒有後悔，因為走出門外，就會得到另一片天下。這一頓吃得真飽，下一餐吃什麼好呢？

藍濤

`

我伏趴在床墊上，藍濤的體重漸漸沉下來，壓著我的背脊。他把下額枕在我的後肩，在我耳鬢廝磨著。那時我整個人剛像被掏空一般，輕如落絮。高潮就是能讓人幻化成一根羽毛，不能自己地飄起——但被藍濤壓住了。

我聽到藍濤問我：「如果我們成為愛人，你說好不好？」

這句話的重量有些不可思議。我以為我聽錯，因為隔壁的炮房正好傳來猛烈的叫床聲，而三溫暖的電子音樂充斥震盪著整個空間的空氣分子。在如此色慾橫流之地，有一句「愛」的示意，如同深谷幽蘭，暗香浮動。我要確認他的話，輕聲反問：「你說什麼？」

藍濤用典型的新加坡英語腔再說一遍：「我說，我們成為愛人的話，多好。你可以天天讓我幹。」

藍濤補充著，我的心也一陣鬆弛——天天給他幹，這是成為愛人的前提嗎？

「我不知道。」我喘著氣，一邊應答。我的下肢被他纏絞著，他那根中等尺碼的陽具漸漸脫落，像一根菸蒂般吊掛在他的身上，依附著我。

「我還想要幹你，但我做不到了。」藍濤在我耳邊又呼一口氣：「你還要嗎？」

「你這樣幹法，我都被撐大了胃口。還吃得下。」我戲謔地說著，其實除了關節有些累，慾望的深淵，才只是剛剛打開了缺口而已。

●

我們這樣聊了很久。藍濤說他喜歡這樣的擁抱方式。我背對著他，我

的良心和心跳，是伏趴在墊被上受著保護。或許聽見人家示愛時，你怎樣也得先保護自己的心，而不是完完全全交出來。

那已是我們整個晚上第三個性愛姿勢後的尾聲了。第一個是傳統的傳教士，第二個是「觀音坐蓮」。

藍濤說，他在進行第一個姿勢時，喜歡立足床沿，然後俯首橫衝下來地刺殺，他像述說著一套嚴謹的化學工序般：「我站著時，可以用兩腿借力，搖擺時可以更從容，這樣穿透你時可以更用力。」

精準無瑕疵。他剖析著我們的性交活動的姿勢。這是我第一次聽到有人與我分析性姿勢的各種利與弊，面面俱到。感官的刺激，被濃縮成畫板上的流程圖。有些陌生。

藍濤繼續說，他喜歡我跨坐在他身上時的搖擺，只是他或許會感到侷限，例如他的動作只能靠兩腿支著撐高，如撐高竿般往上翹捅。但我沒有告訴他，其實這動作最吃力的是受方，畢竟需要半蹲著，整個肢體重量就落在這種青蛙跳的腿力上，最易痠痛。

梅開第三度時改成了狗仔式，藍濤說，他喜歡我如鐘擺一般左右晃動，搖臀生姿，更說他非常欣賞我的主動性，「只是你知道嗎，你擺向左時，我得迎向左邊，你湊向右時，我就得擺去右邊，我就是不要讓它掉出來⋯⋯可是我那邊不夠長，很容易掉出來。」

他的英文腔帶著一種很淫而不穢的意味，輕輕地咬住我的耳朵說：「還好你扣得我緊緊地，我走脫不了⋯⋯」

「是嗎？我覺得你的長度，其實已餵得我飽飽的。」

「不過，我真的很喜歡你自動迎送著的動作，我插得很爽，都有六百多下了。」

「什麼？你去數插了幾下？」對於他的精細計算，我更加訝異了。

「嗯，只有對你，我才能插得這麼久。」

我不知道有多少百回，只記得我當時像一艘碰到海底暗礁的舟，划遊著，不斷地被敲擊，化成了朵朵浪花。彷彿過了好久好久，但我不知

道能被抽送多少回，在炮房裡、兩具色慾滿瀉的軀殼裡，有時一分鐘是天長地久，有時一分鐘是電光火石。

「可是那天你在 Whatsapp 裡對我說，你還沒見我時，已遇到更好的玩伴了。」我說。

「我只是逗著你玩。你始終是我覺得最棒的炮友。」藍濤說：「你那兒很緊、很結實，你知道嗎……」他說著，將我散掛在身體兩側的手提起來。其實那時我仍維持著一種匪徒被人制伏的趴勢，四肢百骸都在剛才他一連串的抽插中散落開來了，而他支配著我的手掌，要我用食指和拇指扣成一個圈圈。他再用他的手指伸進那圈圈裡。

「你那邊就像這樣……」藍濤要我緊扣著他的食指：「開端有些緊，進去後也很緊。」他又鬆開我的兩個手指，我形同被點了穴般任由他擺弄，「有些人的門很緊，但進去以後，是鬆弛的。」

我還記得我們第一次相遇一炮時，他像超市裡的促銷員般可以對著空氣自言自語，「我有非常友善的個性，我們可以在一起，我不會看不起人家……」大意如此，可能是說著英語，所以聽起來並不特別自我吹擂？

但是，他一連串的句子是不間斷的，當時我想掩住他的嘴，請他別再開口了。但是我開著口已發不了聲，因他將整尊大砲活塞著──他的下半身從「逗號」開始，成了一根「驚歎號」。

我極少碰著如此挺而硬的陽物。還記得那時一炮轟轟烈烈地做完後，我們一起在沐浴室裡洗澡，在水簾下，藍濤的身體似乎被洗去了蒼老的年華，蒼白消失了，只有水光迷離的幻照，顯出光影深淺分明的勾勒。他那一根萎靡後的陽具看起來就是垂直的，水線筆直往下流。

沖完涼後藍濤問我：「你有沒有去檢查過愛滋病？」

我答稱有。他說，若沒有，他有相熟的電話可以介紹，是一個免收費的非營利機構……又開始他說教式的談話。但是，明明我還記得他在射精前對我說，他多麼想在我體內無套內射。

起初我以為藍濤是售貨員，因為他滔滔不絕的話語讓人昏頭轉向，但他說他是企業白領，是一個部門之掌。我以為他快六十歲，但他說他只是四十餘歲。然而閱人無數如我知道，即使練就得一身銅皮筋骨，但頸紋、臉相、頭髮都是瞞不了的真相。

就由得他吧，反正只是生命中的一個角色。我知道自己被外派到新加坡受訓半年，也是短暫過境，我只是在下班後，再到當地的三溫暖「打卡」上班。

我們斷斷續續地聯絡過，即使我已道個清清楚楚：我們之間，或許可以發展下去，但或許就只會停留在肉體契合的階段。

他對我的讚賞，只在我肉體上的緊湊度、技巧上的精湛，但或許我並非如此高超與卓越，只是我恰好符合他的口味而已。我的功能，就形同一個他清楚知道的百子櫃屜格，裡面裝的是他所想的，就會抽出來要。

我的存在，就是用途而已嗎？

所以那時我在 Whatsapp 裡對他說，其實我不僅僅是一副肉體而已，我還是一個喜歡閱讀的人——意圖將我自己內在美的一面，顯露出來。

但這世代是「內在美」比不上「內射」來得誘惑的。他回應我說，他也是一個愛讀書之人，並且接著一清二楚列明他愛看的書種。

後來他不斷地發訊，詢問我何時得空來約炮，是否可以摸上我家門過夜等。在上班與同事吃著飯時、工作煩心時，他的短訊就蹦跳出來。即使我說我不行、不方便，諸多情況拒絕了下一次的約炮，然而他並不心死。可能他當時對我的著迷是沸騰而偏向於失控的。但當有人對你著迷而你無法相互以對時，這就是爛桃花了。

●

第一次套幹藍濤後，道別時，我們留下手機號碼。其實我不想換的，然而他去了儲物格櫃取出手機，就在我面前要我一起互叩留名。

後來我記得有一晚，從三溫暖休兵撤退後，我到附近沿街開設的茶室，坐在設於五腳基上的餐桌吃宵夜。付賬離開時，竟與藍濤不期而遇，

那時他當然穿著衣服，看上去有些不習慣。我們彼此並未交換真實姓名與身份，只是互喚了化名。

世界太小吧？我記得我還在等上菜時，才拿出 Whatsapp 回覆藍濤早上寄過來的「早安式問候語」，相隔這麼久的短訊留言我留到晚上才回，但原來此時我們光顧著同一間茶室。

可能受到一同併桌食客的食相敗了心情，我有一種拔腿就逃的慾望，所以只說一聲「拜」告別，匆匆越過馬路。但沒料到，藍濤追上來了。

「怎麼啦？」我問。

「剛才那位……是你的朋友嗎？」藍濤有些囁聲囁氣地問。

「OMG（「Oh my god」的縮寫。噢我的天）……當然不是。我不認識他。他是併桌的。」我忙澄清。

這時我才真正看清藍濤的樣貌。之前在三溫暖裡因燈光不明，只是看見輪廓和眉目。眼前的他，是皺紋滿佈的「中生代」，但他的牙齒很齊整，想當年，他或許是一名俊男。

「哦。我以為你們認識的。你剛去三溫暖嗎？」他還是很友善地問，但這次他對我說起英語來了。之前他都是說著走音又漏字的華語，摻雜著幾個英語字彙的典型新加坡華語。

本來我還想撒謊，不想坦言我是去三溫暖。但我不想一直這樣，很累。「是啊。怎麼你也這樣遲？」

「怎麼不叫我去？我一直在等你。」藍濤說著這一句話時，我心裡怪叫：「早知你一定會這樣回應！」上週就是他不斷約我去三溫暖再續前緣，讓我煩不勝煩。

我心不在焉地回應，接著寒暄幾句。可是不到一分鐘，我的忍耐度就爆表了，急急地要撇掉他。

好吧，大家分道揚鑣。各走各路。我向左走，他向右。

走了幾步，我才發覺我走錯了，我應該向右，距離地鐵站才比較近。

所以我折返。走著走著,又見到藍濤的背影了。遠距離看著他,他乍看魁梧的身材雖然有個 V 字型背影,拎著一個健身袋,腳步竟有些龍鐘啊,他的頭髮已禿頂可見了——我怎麼……跟他有過霧水緣?

我沒有刻意加快腳步,但很快就能跟得上他了。藍濤原來是捧著手機一邊走路,難怪有步履蹣跚之感。

「哈咯,又是我了。」越過他身旁時,我看見他露出一絲意外的神色。

「咦,剛才你走那一端?」

「對,這兒比較近我要去的地方。剛才走錯了方向。」我說,意味著我們同道了。人與人之間擦身而過或是各走各路,都是機緣際遇。

「我也是走這條路去地鐵站搭車。」

我們走著走著,藍濤向我說著另一間三溫暖的情況。

我說:「那麼看起來你也有不少選擇吧。你找其他人來陪你啊。」

「找什麼?」 藍濤問。

「找一個『FB』—— Facebook Friend (臉書朋友),或許又可說是『Fuck Buddy』(炮友)。」我解釋著。

「哦,哈哈。不用找這麼多,我已找到一個了。」

「誰啊?」

但我知道他所說之人,就是我了。

恰好路來到眼前,是分手的時候了,我停下腳步,揮一揮手再說告別。轉過身,藍濤還是回頭望了一望我。

●

有了第一次,我斷斷續續和藍濤又有了第 N 次。那次在街頭茶室見面後,他不斷約我到三溫暖約炮,我推說「太忙」、「沒錢買門票」等,

到最後藍濤說，他願意為我代付新幣九十八元的月票──只求能與他見面。

我有一種被「訂」了的感覺，這是掛了包養定票嗎？我拒絕贊助費，不是付不起，而是不想就這樣塵埃落定下來。

然而當我需要藍濤時，我就約定他，晚上幾點在三溫暖內暗廊靠近廁所門的某個轉角處等待。

有一次藍濤是下班後來會面，然而整個過程似乎不復當時勇。

他不像第一次般不停地猛幹實幹，我當時出盡法寶，但他不是半途而廢，是旗鼓不張。我斷斷續續三次為他重振旗鼓，但他還是收兵結束，我已累得四肢百骸酸麻，嘴巴也因嘴炮打得太多，久久無法合攏。新加坡是工作狂社會，或許下班後再約炮，真的太耗損體力了！

●

藍濤的「示愛宣言」，是在我們「梅開三度」時所說，我視之為意亂情迷下的甜言蜜語。我被他整副軀體壓得有些麻，筋骨都僵硬了。

我說我要去沖個涼了。兩個人一起翻身，解體，形體上互不牽掛。但他說：「不如我們沖完涼後再來玩？」聽起來是依依不捨的。

我沒有十分同意，也沒有當場拒絕，畢竟短時間內週而復始，是沒有新意的。我們一起步出房，驚覺廊道區已是人影幢幢、人如遊鯽，肉貼肉的摩擦。藍濤在背後摟著我說：「我們就在此道別好嗎？我要去逛逛。你去沖涼吧。」

我心裡哈哈一笑。之前說要當一對戀人，現在眼前生猛活鮮的乳牛如自助餐般目不暇給，就馬上宣淫棄舊。

男人的天性我不明白嗎？轉態之快，誓言哪有什麼約束力？心隨境轉，在這人慾橫流的天堂裡，死忠是奢侈，貪戀才是天性。

他消失在人群中，如同貝類沖入了慾海中。我被人潮推著推著，沖到了另一處，在黑暗狹長的廊道上被人群卡著，全身被上下其手著。人人互撫，求取著彼此的體溫來溫暖自己。不論是銅皮鐵骨、一枝傲骨，

或是毛團肉渣似的軀殼，彼此彷如還原成「原廠狀態」，沒有包裝，只有原始，大家看似平等。

我擒到一件可餐之物，但發覺身後有人摟著我，回頭一望，見是藍濤。即使伸手不見五指的黑暗，但他戴著眼鏡，就容易辨認得多了。我不理會他，反正他只是吃回鍋肉，那麼就任由他，我只專注於眼前的這位無名氏。

我們是你推我搡地，任由搓扁捏圓。熱流激盪，未知的碰撞夾雜著期待與恐懼。手中之物掉換了幾個，嘴中啜食的也走馬燈似撤了幾回。當有個黑影人要拉我進房時，我身後的藍濤還是摟抱著我不放，推推拉拉地，我錯失了前面那位。我正式轉身面向藍濤，這時他才恍然大悟，因為他看清楚原來他摟著的不是他人，正是我。「咦，是你？」

「對啊，你不知道是我嗎？」

「我不知道。但我抱著你時，就不想放手了。」他繼續摟著我。我不知該氣還是該做何反應，因為他即使是認錯了人，但冥冥之中還是走到了我這兒來。

在這樣的「重逢」下，我與藍濤之間似乎是更豁然開通了。他問：「你要不要我幫你找一個一號？」他說這話，彷如是補償著他剛才的無力供給。

我說：「好哇。」

於是我與他擠進最靠近狹長廊道的房間。他要我守在房內，半掩著房門，他則把關門外。他對我起了一個慎重的承諾：「你在這兒守，我為你抓一個一號來。」

這間炮房特別小，難容轉身餘地，但自己守在這炮房裡，我覺得荒誕極了。我是蟻后嗎？等著他人服務侍候，還是我是一隻嗷嗷待哺的小雛，等待藍濤來餵哺？

不一會兒，藍濤抓了一個進來，掩上了門，示意我為那陌生人吹吹簫。我有些難為情，對方只是一個男人，有血有肉，但不是我喜歡的類型。但藍濤就是那種服務生的性格，為你端上了一盤菜，非常殷情和周到。你餓嘛，就吃了吧來果腹，若覺得不合胃口，就小酌幾口即可。

當一個挺著晃盪盪陽物的男人被抓到你眼前來時，其實是很難辜負藍濤的一片熱心的。

我廁身在這小空間內，將那陌生男人的家傳之寶佔為己有了。顧不了吃相，不理會道德倫綱，我的一切就放空，除了滿口充盈，咀嚼著一個男人，令他慾念昇華。但其實那只是一根尺碼平凡的肉腸子，不驚人、沒看頭。我只是做著例行動作。

藍濤，他會是怎樣的表情？我看到他動手搓著自己的陽具——一小時前它還在我的體內穿梭，現在它已是身外物了。

沒多久，我看到藍濤拿出一個安全套，遞給那男人。我看了有些驚悚——當一個男人「讓」出他的「伴侶」時，遞上一個安全套就是無聲勝有聲的示意著：要幹就幹吧！

我的心噗通噗通地跳著。我是否準備好，用身體來接納眼前這位連樣貌也看不清的男人？

但是那男人拒絕了，開門走出去。我站了起來，藍濤在我耳邊說：「不要緊，我們再來找。你要怎樣的屌？」

那情況詭異極了。「要粗大一些的吧！」語畢，我不相信自己竟這樣對他下了「訂單」，他還將為我宅配，使命必達。

當時房門外的盛景，形同鮭魚成群在河流裡回溯，藍濤就扼緊要喉，隨手就是一把抓，旋即就「撈」了一個。他要我伸出手來，去把持一個站在門外的漢子，一摸之下，我有些驚訝：怎麼這麼粗，滿滿一個掌心如同捂住了擀麵桿？

藍濤就在他的耳際交涉。那人是個子不高的小伙子，其貌不揚，不料有天賜神器。

這時人擠人，情況混亂，半掩的房門也近乎被衝開來了，那大器漢子進了房，哪料還多了一件附屬品，卻是另一個混水摸魚的程咬金闖了進來。事情發生得太快，房裡擠了四個人，藍濤為了阻止其他人再湧入，馬上關門。

那位程咬金蹲了下來，捷足先登口唧著那位大器者的鵰，我來不及反

應眼前這「搶食」的情況——怎麼有如此貪婪而撿便宜的人啊？

我望著藍濤，他一臉無奈。由於方格間地方太小，我們三人是站立，只有這程咬金是屈膝服侍著，他這樣混了進來，意外擒一得三，就在我們三人間輪流侍候，張嘴就含。

然而，對於這種對手，我不會給他一絲甜頭，加上那位大器者已被他沾上了口水，我怎麼再去沾染？只有眼巴巴看著那傢伙蹲著津津有味地吃著，但心裡已有一股不甘心的怒氣在燃燒。

那神器男子其實長相一般，身有紋身，肌肉是精瘦，但沒有多少肉可撫觸。我漸覺生厭，因為我只是動彈不得看著那個程咬金在做口交個人秀。而且他的技術不見得精湛，只是一味貪婪地吸來讓自己飽嚐。

一山不能容二虎，還好那神器男子過後也奔逃出去，騰出一個小空間給我和藍濤。

「怎麼會有這樣的人搶了進來……」我嘀咕著，藍濤卻安慰我說不要緊，他會找下一個——下一個……

我在想如果我與藍濤繼續發展，或許我們就會開展這種開放式關係。但心底裡我是不願意的，因為我始終純樸又天真地覺得當對象穩定下來時，就是一對一的關係。然而與藍濤在這炮房空間裡，我們之間已跳躍到另一境界，問題回到核心：到底他是否就是我要的人？

我稍微探出頭來張望黑壓壓的一群，那是一番慾慾狂流的盛景。這個太平天下的社會有多少無法被滿足的靈魂，要在這裡被醃漬擠壓、發酵自己的慾望？

而我與藍濤，就守在這麼一間斗室裡，這是我們要一同建立的性愛殿堂，還是慾望的祭壇？

●

想著想著，沒料到門又被衝了進來，兩個裸男冒現在眼前，其中一個不斷在我耳邊說：「可以借房給我們三分鐘嗎？」

我看一看他的樣貌，然後說：「不可以。」我覺得自己有些以貌取人

的囂張。

他的夥伴則打著藍濤的主意。兩人如同風雨飄搖中借廟求宿的路人，不管裡面有妖有邪，只是要一席之地來打炮而已。

我也瞥一眼他的同伴，是另一位裊裊嬝嬝的花旦型妹妹，不是同路人，「不行不行，請出去吧。」我心裡一直想。

在那種兵荒馬亂的情景之下，其實不需要溝通，也不必多言的。我就是硬硬駐守在門緣，不逾越門際半分，不讓門關上。我就是要那一刻的佔領。看起來該是一號的那個，再在我耳際放話，說著同樣的言語。我紋風不動。

這一號轉去和藍濤對談。我也不予理會。任由你吧。

「只是三分鐘。請你出去一下。」他哀求。

「你找另一間房間吧。」我堅持著，不讓步。可見外頭人太多了，炮房全都爆滿。

僵持不下之際，那位花旦妹妹，已屈膝跪了下來，為藍濤吹起簫來。我一驚：藍濤這麼快就失守了。門也已被他關上。

房裡，又是四個人，重演著適才那一幕——即是一雌坐鎮，啜盡天下。而我與藍濤，本是旁人，竟被拉入戰圍內成為當事人。

藍濤漸漸地勃起，那位一號男也豎起了半截蠟筆般的陽物，房裡開始燒起一種沼熱式的醚味，我的內心也如有一束小火焰般，燎燒起來。

此時，那一號男已肉慾熏心，他將那花旦提起來，就將他放在床墊上。我與藍濤在旁觀看——看著他將安全套套上那根肉棒子，然後滑入、盡情沒根，之後蠕動，確實是蠕動。因為長度不足，拉幅不夠，就只是緩緩地研磨。

藍濤跳上床，兩腿跨上那花旦的臉，盡情獻棒。我已看不到那花旦了，他只剩半截肉身，下半身奉給了一號，上半身被埋在藍濤的身體裡。

可是我總覺得自己是置身事外的外人，因為對眼前這兩人，我都不感

154

興趣。

我就這樣站著，看著眼前三條肉蟲糾纏在一起，暗中分不出彼此，也沒有聽見他們的聲音。他們在舞台上，我則在觀眾席觀望。

漸漸地我感到那一號將他的手，伸到我的裸身上，捏著我的乳頭。我知道他的邀請意味，但其實他的抽插只不過開始兩分鐘左右──吃了盤中餐，已想著鍋裡飯。我湊前去，就讓他摸吧。不然也是晾著。

春江水暖，也要鴨子下水才知。我下了場，成為參與者，又變成躺在床墊的主角，背上還感受著墊上的微溫，是適才那位花旦妹妹遺下的溫度。

我看著自己的兩腿被拔高起來，掛在眼前這陌生一號的肩上。我別過臉去，看到床墊的一角，另一對身影──藍濤和那花旦妹妹已連結成一體，藍濤伏在他的身上，但我已看不到這對連體肉蟲的下半部正進行著什麼動作。

我沒想到局面演變成這樣，是我的意志鬆懈了，還是我的肉體說我需要？我不知道，我就是這樣開了自己本已鎖上的門。

我不知道為什麼我會獻身給這樣的一個男人，我撫著他的根部，有安全套的扣圈，證明他是披甲上陣。我的後門被衝開了，但，鎖匙在哪兒？

我只感到我的後庭院像被一個笨賊硬撬硬撬而已。可能是他的短小，也可能是他的快感部位僅侷限在某一處，他就像一個小孩子爬上翹翹板般的，在我身上不停地挖掘，但這是怎樣的一種操法呢？

我不知道，我也沒有什麼快意，只是嚼之沒勁，食之無味。我趴開兩條腿，盡著一些不屬於自己的義務。

這時我再看看藍濤那邊的情況，他倆已經「解體」，藍濤復跨在那花旦妹妹的臉上，將他整根屌塞入人家的嘴裡。不一會兒，我這一頭的連體異物，抽搐幾下，我在黑暗中看見一張笑臉，它該是尷尬地說著英語：「我射了。」

接著我後庭一鬆，張弛下來的部位馬上關門，映入眼簾的是那一束萎

靡的安全套。這其實只是前後不到一分鐘的事情。

就這樣,我「幹」掉了一個男人,一個路過「投宿」的男人。我們就像一起併桌吃飯,一起乘搭公共交通工具,之後,聚散無由。

當這間炮房只剩下我與藍濤時,我說我得去沖個涼了,藍濤說「OK」,我再補問他一句:「你有幹到剛才那位嗎?」

「沒有,幹不到,我硬不起來。」他帶著苦笑說。

「為什麼?」

「我想著你。」他在我耳邊說。

●

藍濤很喜歡問我一些奇怪的問題,例如有一次他問:「你喜歡長的屌還是粗的屌?」

「又長又粗的吧!」我隨意地答,就這樣仰躺在床墊上,等著展開我倆的炮火之旅。而藍濤就趴在我身上,繼續問著:「那麼我問你,如果兩個七十公斤的男人,他們的屌長一樣,但一個比較粗,另一個比較細,你覺得哪一個幹你會比較爽?」

怎麼問起這麼複雜的問題?特別是在這麼嘈雜的環境之下,四周是起伏淫浪的叫床聲,還有震耳欲聾的電子音樂。我也隨意地說:「當然是粗的那一條。」

「怎麼會呢?」

為什麼?

「如果兩個男人都是七十公斤,但屌的粗細有別,被幹時所承受的『壓強』（PRESSURE）,一定是細長的那個會讓人覺得爽快一些。」

為什麼?我再問。

「根據壓強的方程式,是用『作用力』（FORCE）除以『受力面積』（AREA）

$p = \dfrac{F}{A}$，當一條較細長的屌插入你的那兒時，受力面積絕對是比同樣長度但比較粗大的陽具來得小，那麼除起來時，當然是細長的屌給你的壓強比較大。」

嚇？你說什麼？我如墜五里霧中，「怎麼你跟我說起物理來？我忘了這方程式了。」

藍濤立起身子，就在鏡子上寫著 P 等於 F 除以 A 的字樣，闡釋著 P 是壓強、F 是作用力，A 是受力面積。我看著看著，覺得頭暈了，怎麼來這裡尋炮，竟然要我上起物理課呢？

「以前讀書時學過的啊，你忘了？你以前是修理科班的嗎？」 （在馬來西亞和新加坡，高中生可選修文科班或理科班）

「我不知道。我不知道。快來舔我的乳頭。」

我將藍濤的頭摟上前來貼近我的胸膛，敏感的一處突然像花苞綻開，又如發芽抽長，我渾身隨著他的舌尖翻捲熱騰騰起來——這才是我要的東西，怎麼會是物理呢？

●

我不知道藍濤原來如此「博學」，但他就是非常隨機地與我研究著各種性愛姿勢的心得。我覺得自己越發能接受這種帶有書呆子氣的他。他就這樣伏著我的胸膛，孜孜不倦地讓我溫習著他唇片的魅力。

「你還不進來嗎？」我那時兩腿已扣纏著他的腰身，不知是否上回食髓知味，他竟然說：「我們開門好嗎？」

我知道他想依樣畫葫蘆，就是設「盤絲洞」來讓願者上鉤。他將房門解鎖，半掩著一條十公分寬的縫，將燈泡捻成半明半昧。外人經過就知道內有乾坤。

自從上一次後，我覺得我倆的底線又開拓了一層，而此次我允許藍濤打開房門，自己難免有些擔心：萬一衝進來的是一隻大魔怎麼辦？屆時我們兩隻妖精怎能伏魔？

門開著，但我看不到房外的情況，這是最為擁擠的廊道路段，然而不到一分鐘，門就被闖了進來，我有些忐忑不安地望向門際站著的人影。

藍濤從我身上爬起來，然後關上門。而對方捻亮了燈，堂而皇之如突擊檢查的執法人員。藍濤用英語問他：「你是一號還是○號？」

對方是一個剪著陸軍平頭髮型的矮小子，沒甚身材，但有一種天生的諧星樣貌，一看就知道不是本地人。我改為用華語問他，覆述著那句話時，馬上聽到字正腔圓的中國口音傳了進來。

「我是一號。」對方說。

正中下懷，藍濤改用華語問：「你要幹他嗎？」

橫陳著的我，看著平頭男子解開了他的毛巾，昂然翹首的是一根硬硼硼的陽具，他那一處的恥毛如同熱帶雨林下的茂密野草堆，是文明未起步的那種狀態。

「沒問題。你呢？你幹了他嗎？」平頭男問藍濤，我代答：「還沒有。」

但藍濤卻說：「剛幹完……」

或許藍濤要一個下台階，但是他今日的狀態明顯不佳，難以大舉揭竿起義了。他在提議打開房門時，其實我已知道他只求讓我快活一些。

平頭男子不理會我倆明顯不一的說詞，他半彎揚著的嘴角，其實是一點也不在乎。我聽到藍濤說，「哇你的這麼硬呢！」

平頭男已湊了過來，整根硬翹翹的雞巴子活塞到我嘴裡，我仰躺著，被兩人跨腿支配著。這時候第一次雙棒入口，滋味無窮。

只消一回兒，平頭男子已拿起安全套套上，盛裝上陣，然後躍上床墊，就長驅直入。

我們的世界好像相通了。但這種接軌不是連線或是互相連通，只是一種物理上的摩擦。平頭男子仗著自己的輕盈奇巧，如同那些低飛海面的老鷹，見到浮游獵物即俯衝猛烈地衝，我被他撞捶得七零八落，兩腿晃盪。這就是短小精悍的精兵的優勢，他們的炮力可以在各種不同

的姿勢中施展出來，每一殺著都是沉而重，而我則是以柔相濟，收束著他。

他如此殺著處處，但我也圓活自如應對，由於那衝力迅猛，抽拉時又劇烈，無意間開啟了我的機關，我的兩腿被撼衝得彈跳，其實已是勁由內換，渾身勁路暢達，後庭更覺安舒無一物。消長之間，更讓我領悟到是隨方就圓——太極裡不是常說「方為開展，圓為緊湊」嗎？

我只是飽滿圓和地化掉他的衝力。

然而，平頭男子的抽送除了兇猛，也無其他的優勢了。那只是形同咖啡上薄薄的奶泡，僅限淺酌。

但此時藍濤卻狠狠地跨在我的身上，將他那根半軟半硬的肉棒子貼了過來，隨著我跌宕起伏的浪叫聲，我四肢受支配，口中卻感覺到一物如吹漲的氣球般，噗噗地暴漲起來，漸漸顯出一股傲骨氣息，活靈活現出一番堅韌的勁力來。

看來這藍濤是被我的浪叫聲刺激到充血，我越發覺得有嚼勁，只覺得下半身鬆達暢懷，但口裡卻是精心經營著捲勁，要將藍濤力拔山河之氣勢，用舌尖柔化掉。

這樣的得機得勢、舍己從人，我竟是左右逢源了。我竟然開始了這樣多人群交的征途了。

後來平頭男子伏身，驅走了藍濤，整個人就伏蓋在我身上猛戳，我更是嗷嗷呼叫。之後他又將我翻扣過來，側著身子湊向我，我整個人又充氣起來。他抽插的頻率可謂驚人，我大略一算，這樣輪番換了幾個姿勢，已有抽送五百多下了，而我哼啊叫個不停，自己也覺得他幹得太用力用心了——畢竟要發勁於腰身，不斷地急猛鼓盪迎送，可不是人人能辦到的。

後來，他走下了床。我與藍濤不解地望著他，他說他太累了，一邊用手拔掉那根仍挺拔如柱的肉棒上的套子。

藍濤就是那種「好奇學生」的類型，他問平頭男：「咦，你不射嗎？」

「剛才射了幾回了。我要走了。」

我有些悵然若失，像未吃完的飯菜被硬硬地沒收了盤子。沒有了棒子，我們接下來怎樣？

這時候藍濤又跨騎到我身上來，再度送上他的家傳之寶——我的活命吸水管，當我沉墜在慾海之中，能得到一絲絲的慰藉。我更加用心地投入進去了。

●

藍濤再度如法炮製，將門半掩著，我只是不斷地含吐，蘊釀著他的情慾。但沒多久，藍濤已經洩氣了。我只是不斷地嚼著那一串的器官。

這時候我已完全放鬆了自己，臉埋在他的胯下，他一副練得不錯的身型是立身半蹲著，我想門外經過的色慾男子，該是會被房裡這一幕吸引進來。那我倆就可以抓繁了。

我含著他，就這樣不知天荒地老，嘴皮也麻酸了。就在這時，門再被打開來了。其實也是藍濤招進來的。這時眼前所見的，是一個長得蠻有書卷味的小伙子，我一看他的身材，平胸凸肚，該是瘦子，但養出了葫蘆肚。

但他五官其實相當好看。

他鬆解了毛巾，我一看，又是另一把鐮刀型，彎而翹，但實而沉，是一把有份量的大器。長在一個如此身材的人的身上，更顯出巨大的落差，反襯出這一副傢伙更加巨碩。

這時其實我已有些痴狂了，如同一個已被感染的 zombie（殭屍），張口就將這位書生的寶貝給吃了下去。含著含著，藍濤又單刀直入問：「你要上他嗎？」

書生問：「你們是男朋友嗎？」

藍濤搶答，「我們是 partner（夥伴）。」

——我聽了有些好奇，partner 是搭檔，是炮友，還是情人？

藍濤親自為書生遞上了安全套，而我實施著「自由港政策」，並不鎖

港拒客。書生要求我翻轉過來，他從後一挺，我馬上被撬了起來。

由於適才剛被狂操過，其實我渾身如同狼煙四起，但仍未夷平的戰區，只是撐著，迎著，感受體會著那一股衝勁貫串而來。他像隻剛脫韁的小野馬，拚命狂奔。如同之前那位平頭男子，這些都是尋求速戰速決的散打手，我只有捱的份兒。

本是撅迎著，接著被他提起來，提到我整個人弓身後送，他以「老漢推車」的姿勢將我步步逼前。藍濤如同我的支柱般，供我攀掛著，我被這根彎刀蠻幹時，幾乎腰折，但還是努力地緊扣著他。

然而再浪再慘，我也無法高昂吭叫，因為藍濤總會刁鑽地為我奉上熱騰騰的一根肉棒子，我滿口皆實，只能支支吾吾地嗯哼悶響。

書生力道之強，和他的文弱氣質可真是大相徑庭，怎麼他肏起來時如此粗獷蠻悍？但偏偏我覺得喜歡。

這時我看到藍濤與書生接起吻來，我顧得了自己的下半身，我的嘴裡也唧著藍濤的肉棒，但我卻控制不了他的嘴唇送進另一個陌生男子的口中。藍濤從未與我接過吻。

不知怎地我感覺到一絲絲的醋意，為什麼？這時藍濤又轉向吮吸書生那一塊塌胸上的乳頭，我只是一邊捱著後面的轟挺，開始覺得自己開始剝落。

我們仨大戰方酣時，我卻感覺到那書生將我鼠蹊部位的腿肉捏得疼死了。他將我當成電玩的控制台般，隨著自己的快感在掐捏著我。

書生脫離了我的身體，我又一陣落空，我看著他除下安全套。藍濤用英語問：「咦，你射了嗎？」

「還未。嗯…我不是每天都要射的……睡眠不好，有些累……」 我聽著書生說著，一邊看著他做清理作業。他還捻亮了燈，我有些茫然，也不適應。

但他那根肉杵分明仍是百分百充血，為何他要半途而逃？

但更讓我詫異的是，這書生將臉湊過去藍濤的臉龐，乍看是親吻著他，

又像對著他耳語。

我聽到書生說：「你要我射嗎？除非⋯⋯讓我幹你。」

我沒有聽錯吧，書生要幹藍濤？我望向藍濤，他的神情有些痴醉。我們當時的情緒都是在沸點以上了，我們的肉慾早已昇華成一室妖氣了。

藍濤向來只做「硬漢子」，印象中他對我說過他最後一次當○號時，已是「遠古年代」，他不是以一號自居嗎？

然而，藍濤沒有當場說「不」。我見此狀，就想趁機調戲，開口幫腔：「來吧，你就試試。你看這棒子多長多大？」

藍濤看著書生，書生回望藍濤，我則捧著書生的擎天柱子迎向藍濤，藍濤的手此時已抓著了那根殘餘著我的體溫的肉棒。

「你會很爽的。」我說著。

沒料到，這時藍濤像聽了咒語一樣地，點了頭。對於他立場變化，我心中不免緊張又好奇，怎麼⋯⋯怎麼我要的男人竟然轉態成了○號？

書生臉上閃過一絲狂喜的神色，「好，那你趴在這裡。」

書生指示著藍濤做狗仔式的姿勢。屈膝跪著，將圓翹的臀部迎向赤裸的書生。我第一次看見藍濤的狗趴姿勢，幾乎不敢相信眼前的一幕。我不知道為何藍濤會答應這一份邀請⋯⋯

這時我已成旁觀者，或者說，像一位球判，只能在場外觀看。書生套上新的安全套，用那根大器抵觸著藍濤如同半剖蘋果般的核心處。我看不清楚，但只沒了半截頭，藍濤已經呻吟起來。

我沒想到藍濤這麼輕易地就被「開封」了，我回想著自己總將肉身鎖得緊緊的，通常都要先「固椿」後才能被「解鎖」。

但藍濤輕易地卸下防守線，破・關・了。難道藍濤的「鎖」，其實向來都處於半開狀態？

書生聽見藍濤的呻吟，說：「我會這樣維持著不動，慢慢來。」

我密切地觀看著那一截走過我身體的陽具，如今一節一節地沒根，而且前力無阻。當它沒頂時，藍濤的呻吟更加苦了，然而奇妙的是，那一呼、那一叫，彷彿將藍濤徹底轉換了。

書生開始抽插，整個過程不到十秒，藍濤已成了貨真價實的○號，承受著後庭源源不絕的撞擊。我也第一次聽見藍濤非常誘人的浪叫。不大像受刑時的高呼，但像那種不小心被溫水燙著的聲音，有些輕盈，卻沉中帶著一股壓抑。那股呻吟彷如是一種出賣，出賣著他往常扮演一號威武、雄猛、剛烈的角色，如今卻要承認被幹被操時皮肉是如何地快樂。

我伸手撫向藍濤的肉棒子，硬挺的一根，看得我有些火熱。這時我聽見藍濤用英語指示著我：「SUCK ME ！（吸我！）」

我耳提面命，輪到我鑽了下去，我們合力打造的盤絲洞原來別有洞天，我舉目一望，只見兩個相疊的臀肉，如兩層蒼穹劃上兩個 M 字，M 疊M，我只能靠著光線約略勾勒出這兩個男人正如何進行著摩擦動作，而書生那根東西成為一條柱，如同天橋般搭勾著兩個 M 字。

我與藍濤已形成 69 之勢。我緊緊含著他。他的龜頭已略顯乾澀，但卻如瓷器般硬、脆，在我口中因書生的衝撞力，綴連不斷。

我不知道書生一連幹兩個有什麼感覺，或許他真的只要藍濤，我只是附屬品，但藍濤甘心獻上自己的後庭，更讓我覺得兩人已暗生什麼情愫。

然而從書生幹藍濤的動作看來，藍濤至少是較為緊湊的，因為書生的動作並不太猛烈，而且抽插的拉幅並不順暢。

他還問藍濤：「怎麼樣，你覺得怎麼樣？」

「Bearable。（還可以忍受）」藍濤用英語說。

「什麼？」

我自己也聽見藍濤說著這詞，我不知道為何他在「受」的關鍵時刻，還會用上這等不直接了當的字，理應通俗一些的。

「bea……ra…ah….ah…ble….er….er….」藍濤斷斷續續地叫著，之後就是一個又一個的「啊」字。他說不完一個只有三個音節的英文詞，這字含在他喉嚨裡運轉不發，正如他的後庭塞著一根缺席已久的男人陽具。

我見證著、耳聞著藍濤的脫胎換骨，越發覺得他的叫床聲特別誘人，那不是演繹出來的，有些嚶嚶嚀嚀地鶯歌嬌喘，但在我聽來更帶著欲迎還拒的邀請。

這導致書生插得更猛了，幾乎是每一戳都是盡根沒頂。深不可測，非常地狠。他彷彿感受到藍濤的花芯怒放，開始有一種征服了巨人的雄偉之感。

他還將藍濤整個後臀提起來，用之前對我的姿勢，如法炮製在藍濤身上。藍濤如同座騎般，被書生跨乘上去以長鞭驅策。

由於藍濤後臀高聳，書生要兩手撐著上半身，變成四腳爬行獸，下半身緊緊貼貼地實幹猛插著藍濤。我抬眼看到的是，眼前兩塊臀肉的抽拉拉幅更長了。這種姿態也使藍濤的硬棒子從我口中掉出來。

我得更緊含著藍濤了，不能放開他。

或許這種緊繃狀態導致藍濤更加收緊。前面是被我的唇舌夾纏，後端則是清兵入關大肆強奪豪取，他幾乎是崩垮了下來。我發覺他下盤原本架著的腿，也快要發軟下來，加上耳邊充斥著他那種性感又誘惑的浪叫聲，整個炮局成了一場呼天叫地的新高潮、大革命。

之前的藍濤、平時的藍濤，在我身上馳騁天涯時，是搖旗吶喊的威武將軍，他會口操著一些髒話，也要我說一些對他的肉身、技巧的讚詞，他會更加賣力地在我身上「作業」。

然而眼前的藍濤，被翻了牌子、亮了底線、破了大關，平日後庭緊鎖著的「鎖頭」，都被丟在一旁。他整個人投降了，除了交出了肉體、連靈銳的殺氣都被滅了，成了一個叫得銷魂的浪人。

我很想看看藍濤被幹的樣子，但是埋頭勤呣著，沒有三頭六臂來看他的變化，只能細心聽著我前所未聞的呻吟聲。真喜歡這種換轉角色的過渡。

這種兩端擺盪的情況維持不久，約莫十五分鐘吧，我聽見書生說，「我要射了……」

一下、兩下、三下、重重地再一下、幾乎癱掉的一下……如萬丈高樓塌下，塵煙揚起，我睜大著眼睛，看著那根肉莖子從急速地消長，到磅磅磅地鏗鏘有力撞擊，配著藍濤帶著嬌柔的鎖魂叫床聲，我自己也如同遇崩堤的大水壩，開了一支久違的香檳。許久沒有如此痛快了。

我抽搐著時，一邊看著書生拔出深嵌著的那根肉棒子。他深深地在藍濤的體內爆漿。那安全套猶如挺著一朵停雲滑出天際線。書生終於解決了自己。

剛才不是說睡眠不足而不想射嗎？我達不成的目標，卻在藍濤的妙臀裡解決了。

我與藍濤翻身，看著書生將那一垛滿滿白色的安全套丟向垃圾桶。我以為這是我們這一齣荒唐劇的謝幕，詎料——

書生將他半垂半挺的陽具調轉面向藍濤，用一種難以抗拒的命令句對藍濤說：「Lick it！(舔它！)」藍濤好像剛回魂，魂魄回竅了，卻仍有些迷糊。我驚訝地看著他將書生的陽具放入嘴中，深情、痴醉地地捲吸著，一口又一口，最後索性不放，就像一個含著棒棒糖的知足小孩般，幾乎入眠。

我當時的嘴，變成了 O 形了。再度成為旁觀者，心中波濤四起，我不知道為何有那種複雜的感覺，是翻了醋瓶，還是我無法接受藍濤成了一個比我更淫更浪的○號。

但其實我倆就等於同享著一個「充電器」，我先被「充電」，過後才到他被「充」，為什麼我要吃一副工具的「醋」？我們只是一起分享，不是嗎？

後來藍濤與那書生先後步出炮房去沖涼。我心裡仍有一種芥蒂似的，為了避開他們，自己留在房裡多呆了一下·。

●

沖完涼後，恰好在儲物格遇到藍濤與那書生。書生已穿好衣物準備離

去了。他很禮貌地跟我打招呼示意。若是走在街上，你會以為他只是一個剛上完課的年輕人。

「你們調情完了嗎？」我問。

「沒有。只是一起沖涼。他告訴我，他四十歲。」藍濤說。

「四十歲？看起來不像。你沒有跟他要手機號碼？」

「沒有，他也沒有向我拿啊。」藍濤一臉無辜。

「是嗎？為什麼你不跟他要？ 你剛才和他也蠻親熱的嘛……」

「哪有……可是為什麼我會被他上的？」

「因為你想要。」我說。

「不，你不知道那多痛！」他驚叫著。

「可是你吞食著他那根東西時，看起來很輕鬆舒服啊！」

「不是不是，真的很痛。」

「你很久沒有做○號了吧！但你一下子就 Renewed（更新）了你久違的技巧。」我說。

「久到我都忘記了。所以他一插進來，我已覺得疼了。」

「不會啊，我看到你一下子就唧住了他。沒有掉出來。」

「不是，不是，剛開始時他進了四分之一，我已覺得痛了。過後他不是說會停住一下子嗎？」

我說：「可是你的叫聲，多麼地性感，你知道嗎？你聽起來很享受。」

「不，痛死我了，那是痛苦的呻吟。」

「你是否被他吸引？」我問藍濤。

「沒有。完全沒有。我喜歡比較肉肉的，像你。」

「那你為什麼被他上？」

「我不知道，我現在還在混亂狀態中……我只是像中了蠱一樣，他那時對我耳語：『讓我上你吧！』說了三次，我不知道為什麼他這麼堅持……我現在還是想不通……」 藍濤說著說著，「但你是『幫兇』，你還記得你當時慫恿著我什麼吧？」

「現在你明白粗的屌痛，還是細的屌痛了吧？」我問。

我重提著之前他告訴我的方程式，「$p = \dfrac{F}{A}$ 你可知道，在 F（作用力）中，其實裡面含有另一個方程式？」

「什麼方程式？」藍濤問。

「F 是作用力，其實等於 $\vec{F} = m\vec{a}$，換言之，就是重量（M）乘以速度（A），當對方細、又插得快時，當然就會有更高的壓強。」

藍濤詫異地望著我，「難怪——剛才他真的插得又急又快，難怪這麼痛。你怎麼知道這些？」

我咭咭地笑著——「因為看到你當○號後，我就想到了。」

就這樣革了藍濤的命，慷了一個屁股的慨。

●

後來，我在新加坡的受訓結束，我們知道「分手」的時刻快到了，因為我將回到吉隆坡。

即使回到吉隆坡後，我們仍頻密地與藍濤用 Whatsapp 通訊，你一言我一語地問候彼此：「你在忙著什麼？」、「哦，我好累」等沒甚意義的話。

有一次藍濤說，找一個男朋友真的不容易，大多數人都要一夜情而已。

「你要的是男朋友還是炮友？」我問。

「當然是男朋友，比較好，不是嗎？但現在連個固定的炮友也找不到。」

「如果我還在新加坡，我會是你的什麼？」我問。

「哈哈，為什麼你要問這愚蠢的問題？」

「因為我想聽一些愚蠢的答案。科科。」

「如果你喜歡，我希望你是我的固定炮友，然後我們可以發展下去，我希望這回答了你的問題。那麼我問你：What was I,what am I and what will I be to you?」

藍濤用了三個時態動詞，我突然啞口無言，因為我要怎麼用三個答案來概述箇中的繁複轉折？

然而時間告訴了我們答案。在這樣斷斷續續地簡訊往來半年後，有一次我心血來潮再問他，你好嗎？

藍濤已沒有回音了。

我現在還常憶起在地鐵站分手時的場面，他走一邊，我走另一端，他穿著白色襯衫的背影，逐漸遠去。

吉隆坡

KL

夜巡

我第一次見熙哲。老實說，他的樣子並沒有什麼特出，遑論身裁。我發覺當我與他站在一起時，像個大塊頭。

他的氣質給我一種熟悉的感覺，像我十年前大學時的室友。那是我初進大學宿舍時被安排同住的，長得瘦骨嶙峋。

我們第一次見面。不過，見面之前通過了很冗長的手機短訊交流，還聊過兩次超過一小時的電話。他的談話蠻有意思。我們談到出櫃、家庭與雙性戀。

●

這些都是與未出櫃的同志共生共存的課題。我們都對家人不斷詢問何時成家立室感到煩困不已。煩到不知如何做答。不想自欺欺人，但又覺得婚姻似乎是向家庭交代，或向社會交代你已安身立命。

熙哲說，有朝一日他會向父母道個明白，正式出櫃。他說得很坦然，不像一般同志有那種閃爍的幽微。他說：「即使勉強結婚了，也不會累人一世。我也不想與女人幹。」

「我覺得與女人幹的男人，所謂 BI，其實也是被逼結婚的同志。」他說。「我也不會動這些 BI 男，我覺得他們很不衛生。」

「怎麼說？」我問。

「他們幹了前面，又幹後面。感覺上很不潔淨。」熙哲說。

「女人也可以被幹後面的啊。」我說。我又笑言補充，「你有潔癖啊？」

接著，熙哲說，**「結了婚的夫婦如果沒有生小孩，其實與一對同志情侶沒有分別。」**

我細細回味熙哲的這句話。因為反過來說的話，異性男女在一起，最終也是為了下一代，為了孩子。所謂的愛情結晶，其實是委婉詞。

現在許多人將婚姻充作一種手段，來延續自己的基因，只求一脈香火傳承，婚姻並不被當作最終幸福的目的。

那天我們第一次見面，投契地長談幾個小時後，我突然間似走入了另一個生命，聆聽著另一個人的故事。熙哲說的話，似乎在發揮著影響力。

他說起旅遊見聞。他說他去過日本看櫻花，每天就只是去各地的花園看櫻花。他對我描述著櫻花的美態，「那些人就像沒有工作一樣，整個花園都有人在野餐著，在賞櫻，如痴如醉，他們像度過著一個嘉年華⋯⋯」

熙哲說著說著，驀然間讓我對東京有一股嚮往的憧憬。

他也到過其他國家去旅遊。歐洲趕鴨子式的旅行團，讓他大喊吃不消，「一個星期去六個歐洲國家，去到巴黎鐵塔下拍了照片就上車了，整個行程都是在坐巴士⋯⋯」

熙哲也是一個書迷。他還與我分享他剛讀過的書本，包括什麼自然療法等的。

一切一切，都是很普通的話題。還有他的工作、家庭背景，與弟弟的關係，還有一些日常生活的東西。

然而我在起身刷牙時想到了他，用鎖匙啟動汽車引擎時想到了他，拿起手機時也想起了他，還有他說過的話。他真的是擁有一股人格魅力。

儘管他的外型真的不是我所喜歡的類型。他也是一個不踏入健身中心的普通男生，更遑論是一頭乳牛，可能可貴的就是他這種不經琢磨的自然吧。

●

熙哲那時也對我說，他剛與男朋友分手。他與男朋友在一起幾年了，從大學預科班開始，到海外升學，兩人就住在一起。回來大馬後，也

一起租屋子同居，一同踏入職場打拚，儼然就是小俩口的生活。

「你們怎樣認識的？」

「就是上網啊。出來見面後才發覺是一起念同一間大學的預科班，後來就選擇到海外大學。」

他的男朋友最近要到異地發展，他俩就分開了。「有不捨得嗎？」我問。

「沒有什麼。還是朋友。」

「你們在一起很久啊。」我說。從二十出頭到近三十歲，他俩一起經歷了升學、職業等重要階段，還一起居住，兩人的感情一定是很深厚，在心靈上也可能同步成長的。我有些羨慕。在同志圈裡可以維繫到這種緣份，是很難得。

「都是一樣。我也很受不了他。」熙哲說。

「為什麼？」

「我們開始那幾年時，他的脾氣很壞。慢慢地才習慣下來。」

他還說，他曾經與前男友一起搞 3P，還不止一次。我有些駭異地看著他。「搞 3P 真的不好玩，到最後我們三個什麼都做不到，只是打飛機結束。後來都不想玩了。」

「為什麼要搞 3P？你看到自己的男友與別人摟在一起時，不覺得呷醋的嗎？」

「即使他沒有在我面前，也可能在背後這樣做。」

「那麼你介意嗎？」

「只要他在外面偷吃，我不知道就可以了。一對同志在外速食，是避免不了的。」

「那你以前也有偷吃嗎？」

「有。壓力啊！他的脾氣真的很壞。造成我很大壓力。」熙哲說。

●

到了曲終人散的時刻。熙哲說，他要去另一間廣場的書店買一本書，書店店員告訴他說，當天可能有貨。

好，那我們就分道揚鑣了。當時我想，我們第一天的約會，就這樣結束了。

來到廣場門口時，我說，你應該走這方向才對。我走這邊。

「我陪你去拿車。」熙哲若無其事地說。

「那好，我就載你去那個廣場吧！」我說。熙哲也是個無車一族，可是我竟然樂意做他的司機。

●

走著去停車場。我們都默默無言，但是心裡都盤算著一些事情。上車後就是屬於我們的空間了。我俯過身去取熙哲身前的那個置物格，取出我的唱機。我的手肘觸到了他的大腿。

然後，熙哲的手，就攀過來了。他將手伸入我的胸前。我制止他：「這裡有閉路電視。」

的確，我知道閉路電視的位置，拍攝範圍是「盡收眼底」的。我倆就這樣開著車，出了停車場。

在途中，他的手已伸到我的大腳內側。我怕癢，一邊閃避著他。汽油在燃燒著，我們體內也在燃燒著，在鬧市裡川行的車子，霓虹燈亮，我做司機的像一個沒有腳的小鳥，不知道怎樣停頓落腳。

熙哲的家不方便，我的也是。我們只欠一個空間，只需隱蔽，然而在交通燈前、在路燈下我們是原形畢露的。我的車子當時像一個計時炸彈，我倆就是炸彈的藥引。

「不能去你的家嗎？」我的手駕著駕駛盤，一邊在盤算著下一段路怎

樣走。

「不行，我弟弟在家。」

「就當我是你的朋友。」

「他知道的。」熙哲說。

「我會不出聲。靜悄悄的。」

熙哲苦笑似著的說：「我會有聲音的。我一定會有聲音的。」

原來問題是出在他身上。

「去找個地方吧！這裡哪兒有停車場之類的地方？」

我靈光一閃。我知道哪裡有合適的地方。

●

車子駛到鬧市裡的一個陋巷，可是這陋巷也是街燈通明的。我有些懊悔，還是挑錯了地方。

不過，光明之處也有黑暗的。「前面那邊……」熙哲與我都看見前面一端，是失靈街燈下的陰影。我們就將車子停放在那兒了。

我取出遮陽屏放在擋風鏡前，然後將我們的椅子都調低，再將兩邊車鏡也放上了遮陽屏，鎖上車門，再將收音機與冷氣都調低，這樣就將兩個渴求的靈魂幽禁在方寸空間了。

我將他的牛仔褲解扣，熙哲整個人就鬆綁了。我接觸到他最敏感，卻又裝上武甲的部位。他像一根彈簧棒般彈跳了出來，昂然翹首，十分神氣。這種姿勢，只需用舌尖與嘴唇就可以收服。我挑著那軟弱的禁地，用我的舌頭捲覆著熙哲的將軍頭，讓他接受一番新洗禮，舌尖則感受著他漸漸暴漲的弧度，擴張又擴張。

他的那話兒很有趣味。我翻捲著、浸潤著，也吮吸著。我覺得我在演奏著一個樂器，因為熙哲發出斷斷續續的呻吟，那是高昂又陶醉的樂

聲。傳進我的耳裡時，我就嘗試其他技巧與節奏，讓他可以浪騷地起伏跌宕，飛到天涯邊。

熙哲是華人中罕有的無包皮，這類那話兒最討喜，你可以在嘴裡感受到那明顯的刻印，只需用唇片在抽拉出來時啜吸著，曲折間你會感受到一種卡位感，而對方必定會有一股難以自持的歡快。每拉鋸一次，就會有一種跨越與超越。

我抓著他的底部，丈量著他的膨脹。在昏昧的燈光下，我知道那是一個得宜的尺度，但筆挺、正氣。我就更用力地拉扯著他，誓要將他體內最邪淫的一面掏出來。

熙哲仰著頭長嘯同時，將 T 恤往頭上翻掀，露出了胸膛。那是一副沒有鍛鍊過的原始肌肉，皮膚的肌理很好，滑嫩如綢。但我的焦點就放在他的身體南部，一邊用手翻攪著他的蛋蛋，一邊注視著車外是否有何異動。

然後，熙哲說，「我也要吃你的。」他就翻過身來，倒在我胯下，我任由他處理。然而他的口技似乎並非那樣地棒。他隨後就往上移，覆在我的胸前，我感受著他電傳般的舌尖點搓。他運用旋轉撩撥的方式舔著我的乳頭，另一隻手就停放在我的南部……

當我過後再伏身在他身上時，驀然發覺車外，走來了兩個外勞。他們是手拎著塑膠袋的，看來是剛購物回來。

「有人！」我說著，然後我們停止了動作。他將牛仔褲拉上。我們尷尬地坐著，希望自己會變成隱形。這時的車子當然是上鎖的，可是一旦他倆走過來窺看車內發生什麼事，那怎麼辦？

當時我與熙哲都呆了似的。面對恐龍來襲時最好就是屏息不動，就可以避過臨頭危機。一秒、兩秒、三秒、四秒……

那兩個外勞終於走過了我的車子，而且他倆是走在另一端，所以沒有發覺車內另有乾坤。

所以，我再度伏身下去，將熙哲完全吞沒。但是蝕食著他時，我還是不能掉以輕心，一邊注視著遮陽屏的隙縫，把風著。

相同的程序繼續搬演。他攢到我身上，我真的整個人都融掉了似的。體內有一種虛空等待填滿。

熙哲說，「我要幹你。啊……」他繼續呻吟著。

「這裡？」

「是。」他整個人欺身過來，內褲已脫到膝蓋了。我撫著他的臀部，光滑彈手。似乎就要展開動作了。但到底要怎樣的姿勢？這太高難度了。我還未去上過瑜珈課程，不知道如何伸縮肢體。

他指示著我將身體翻側。但座位之間有一枝波棍（排檔），肯定是礙手礙腳。

這窄狹的地方實在太不便利了。我說不行，乾脆打飛機算了。他想了片刻，氣喘索索地說「好。」我就繼續用我的嘴巴做他的身體夜巡。

他最後將我的 T 恤也脫去，也探索起來了。突然間，燈一亮。我發覺我的車門外被一個人影遮住了。

我嚇了一跳，「有人！」我們馬上分開。

原來這陋巷的另一端是住家，我的車子停泊的就是一戶住家的後門，而住戶恰好打開了後門。

熙哲坐回他的原位，我則找不到那件被他丟到車後座的 T 恤。我馬上啟動引擎，熙哲將遮陽屏取下。我將車子駛到三尺以外，再看倒後鏡那後門的住戶是否追上來。

還好沒有。

我有些狼狽地找到衣服穿上，熙哲硬梆梆的那話兒馬上收藏在他的褲襠裡了。我吁了一口氣，匆匆將車子駛出小巷。

我們沿路駛著汽車，心跳得撲通撲通的。「好險……」我的乳頭上還殘餘著他舌尖的溫度，但開動引擎後我就得專心。我心裡思忖，這真的很刺激啊！是否還要找個地點來續後？

車子走到紅綠燈前又停下了，熙哲意猶未盡，伸手到我的胸前撫摸著。當時馬路已人影稀少，偏偏又有另三個外勞在越著馬路。其中一個外勞看到熙哲的手橫擺在我胸襟前，不知道他有什麼想法？

可是我不理了。綠燈亮起後，我又飛馳而過。

我最後將熙哲送到他的目的地。快到達時他說，「我們還有下半場。」

在街燈下剪出了他一抹無邪的神情。我看著他歪嘴說著，表情竟有一絲嚴肅。

我微笑著。竟然感到有些幸福。是期待下半場，還是別的什麼？

我在廣場前放下熙哲。熙哲又說，「保持聯絡……我不會放過你的。」

我們就這樣揮手道了。我感覺到有些不捨。然而商場前不宜停車的，我還是駛著車子，轉出了商場範圍，踏上了歸途。

不消一會兒，熙哲的短訊就來了。他寫著：「我要與你穿著 Office wear(上班服裝) 一起做。」

接著，他又來第二個短訊，「我要的那本書售畢了。我現在想著你的身體。」

●

後來，我與熙哲有出來再約會一次，但索然無味，我發覺他被那激勵課程影響頗深，更透露他上了課後，已向家人出櫃了。

又過了許久，我們在聊天室相遇，熙哲透露他遇著一個合適的人了──感覺不錯，還未上床做愛，因為感覺到彼此的進展太快。

我問：「那麼我們還會出來見面嗎？」

「下星期好嗎？」他說。

「那你會帶你那位未來男朋友來嗎？」

「我會問問他。」熙哲說。

後來，熙哲轉到他想問的話題：「你最近有沒有與人一起上床？」

我只有隨口應答：「我期待著我與你的下半場。」

「那麼你等一會兒過來我的辦公室，我會在這裡的廁所幹你。」

「你一定做過這種事情。」

「沒有。我喜歡刺激。」

「我感覺很怪異。如果我們在廁所裡大搞一番，以後我怎樣去見你的未來男朋友？」我問。而且，他不是說過他會是個叫聲肉蟲，才拒絕讓我們在他家裡嬉戲以免驚擾其弟弟，現在卻要在辦公室裡狎鬧？

熙哲說，「喔，我明白。那只是一個建議。」

這個提議始終沒有成真。送上門當玩伴，我更覺得無趣味。他要的是刺激，我要的是比刺激更多的東西。我刪了熙哲的電話，而陋巷裡發生的事情，其實也不過是一場夜巡。

熙哲，音取自「Geek」──書呆子之意

巧克力奶昔

我在健身中心裡碰到那對眼睛，似乎是很久的事了。他那時在烤箱外佇立著，恰好轉過身子來，我們的眼神像對碰的桌球，滾向對方迸撞起來，彼此馬上知道要的是什麼。

我們旋即前後進入烤箱裡，我端視著他：那是一個長得有些像拉丁裔輪廓的馬來人臉孔，劍眉、深邃的眼睛、高挺的鼻子，那是依稀間像馬來人、但端詳之下又似是另一種人種的樣子。我不知道他是否是混血兒。

當然，讓我的目光緊盯的原因是，他是隻名符其實的乳牛，披著一身棕色的膚色，賁漲與飽滿的肌肉，乍看又像一座雕塑過的巧克力，你就是想將它含在口裡。

他看來真的是經過嚴密的舉重訓練，因為他的二頭肌、胸肌與臂肌等都可以看得鑿痕處處的鍛鍊。他是一隻發達型的巧克力乳牛。

只不過，他的肚腩不爭氣，凸了一個球形肚子來，所以，他只是過氣的乳牛，但一樣讓人垂涎。

我們坐在烤箱裡對望著，只有我倆在場，就彼此給了一個笑意，但我覺得他笑得有些虛假，因為他只是將嘴角彎向一邊──那是陳冠希式的笑容。

當然，他也是一個陳冠希式的壞男孩，因為沒多久，他就掀開了毛巾。原來他已化身為一根巧克力棒條了。在如此炙熱的情境下，這塊巧克力竟沒有融解，可是我的防備心已酥軟了。

不過，他的肌肉真的是過於發達了，以致他即使是三點鐘起立了，相襯之下仍顯得有點短小，像折了半截的鉛筆。

那時他還示意我去淋浴間裡解決，我無法答應。當時谷中城的加州健

身中心已將簾幕撤換成上半格透明、下半格是灰色的半垂式，走進去可隱約見到你的上半身，下半身則會露出腳趾來。那是分明要同志扮乖乖牌的設計，因為我們無法在裡面無法無天。

不過，巧克力乳牛還是堅持要走進間格裡。我遲疑著，不想錯過精彩的時光。難得可以遇上「孔雀」，好歹也要看他真正的開屏。

一個轉念，我就隨著他進去了。一個窄窄的空間裡，他將我安置在最內邊的一隅，將身上的毛巾除下，打開扯平攀上簾桿，透明的簾幕就完全被毛巾遮蓋住了。

然後，他轉過身子，扭開了花灑，背向著簾幕，騰出了一個空間給我。我才知道他真的是「行家」，因為在外頭行走的會員，只會見到他的後腳跟，而他龐大的身影完全將我掩蓋了起來。

他真的是一隻大乳牛，讓我想起摔角手。精壯，但礅礅厚厚的，像石柱。他精光著身子，挺著一根小蠟筆，我的手遊撫著他的肌肉，心裡想：我是否會將自己塑造成這種重量級的舉重員？我是否會擁有這種暴漲的肌肉？

他連凸出來的肚腩都是結實的，像是撐開來的六塊腹肌。

在我享受著這隻乳牛時，他的神情開始放肆起來，柔性地舉起了鐵臂，露出了他的胳肢窩，好在他不是一頭毛茸茸的熊，否則真的打折扣。

他硬硬將我的頭壓了下去，他認為他將賜予我他最寶貴的資產──那是一根陰莖而已，難道他會給我新的生命？為什麼要逼切地給予我？

不過，我欣然接受。如果他是行家的話，那我也需要告訴他：我也是一個專家。

我像水裡的溺斃的人，只能吸著一根求生管來得到氧氣，就像麥基華（MacGyver，台譯《馬蓋先／百戰天龍》）英雄劇集中，那種被人追殺跳進水前，恰好可以在岸邊砍根空心管的植物充作吸氣管的片段，在我身上上演著。我將他狠狠地哂著，像忘記了明天，像要索取一切我需要的物質。我靜靜地沉澱在這方寸的慾海之中。

我發覺他開始像融解了的巧克力。搖曳著下半身，迎送著、輸入著能

量，我的兩掌拍印在他的胸膛上，撐捏著他的乳頭時，似在攪拌著一杯奶昔。他開始融解了。

未幾，他將我提起來，又狠狠地將我轉過身來，一根指頭就伸進了我的臀頰裡，我知道他要什麼。我搖著頭──我不想在這裡幹，因為你沒有安全套。

我壓低著嗓子，在他耳邊說著，他閉著眼睛，做閉聲狀，我看著他兩道濃彎的眼睫毛，覺得十分迷人與動人。一不留神，他孔武有力的手臂已將我再度翻轉過來。

我才知道落在一隻真正的乳牛手中時，原來我是束手無策的。他就用他那根小蠟筆瞄準了我最柔軟的地方，然後一個筆挺，衝撞了進來……我被他的這種舉動真的嚇倒了。如此倉卒與粗魯，我整個人遭他捅了一下，身心都震盪起來。可是那一霎那，我的確將他包含住了，如此肉騰騰的鼓漲感襲上心頭。

他馬上抽送著，我感覺到他使用著他的小蠟筆在我看不到的地方塗著鴉，痛楚傳上腦袋。我覺得這太荒唐了，更超越了我的底限，於是使勁一轉身，將他的小蠟筆狠狠抖落出來。

我用手捂住這根亂彈跳的獸性物體，它已讓整頭乳牛衝昏了頭腦。但是我無法赤裸裸地接受它。

我扭開花灑，要沖熄這根燃燒的物體，我不能讓自己與他一起燃成灰燼。

如果說一定要射精才算真正完事的話，那麼我們那一次沒有完事。我們只是以肥皂沫撫摸來結束一切。

●

第二次再見巧克力乳牛，已是隔了很久很久以後。我想幾乎有半年的空窗期沒有交集。我一直在腦海中尋尋覓覓，到底這頭乳牛長得什麼模樣？

他真的像杯奶昔一樣，在我的記憶裡稀釋得沒有一個具體輪廓。

直到第二次再碰見他，才驀然想起，我們曾經有一手，且原來他是長成這個樣貌的。

我們上一次是速戰速決地匿藏在沖涼房裡，他應該已忘了我是誰，但是當我們再湊合在一起，就有一股彼此索取的心靈感應。

不過，這次我們是像 Go Go Boy 一般表演著泡沫舞。我們將沐浴露抹上身子，滑溜溜的兩副軀體就交貼在一起，我將他的家傳之寶緊緊地夾在大腿間，模擬著抽送動作。

而巧克力乳牛還是真空上陣，我想他真的是一個 BB（Bareback 無套性交）友。

在明亮的燈光下，花灑噴著水滴在這頭乳牛的身上，水珠在他發亮的褐色肌膚上漫遊，像蛇一般地狂舞著。他仰著頭，緊皺著眉頭不能聲張，那種鬼祟又暗含著快感的表情，讓我感到很痛快。

我扭著轉著，勢要將他扭轉乾坤……猛力地吸吮時，他似乎受著刑一樣地全身擰轉著，我只覺得一股熱。

●

第三次我們再見面，依然是在健身中心。我剛抵達時，已看到他戴著鴨舌帽，坐在跑步機前像石雕像一樣，凝止不動。遊手好閒，像個無業遊民。

只是瞥見他的臉廓剪影，我就認得他了。

差別是，他穿上了運動裝。將自己一身肌肉裹藏得好好的。

我沒有理會他，只是照著日常的行程，將自己投入汗水與力氣中健身。反正我知道他只是一個玩家，來這裡也不過是醉翁之意吧！

直至一小時完成訓練後，在烤箱裡我又見到他了。

看來巧克力乳牛是一心要來找速食的牛，否則不會無所事事在閒逛。我們裝著不認識，前後擠進了烤箱裡，不過在過程中，他還是眨著那雙深邃的眼睛望著我。

那是非常明顯的訊息，可是當時烤箱裡已湧現的人潮，我們只能腦子裡使壞想歪。

我就趁機再細細打量他的身子，到底是怎樣鍛鍊出這樣的身材呢？我暗想著。還是他的職業就是健美先生？我又細看他手臂上的體毛，蔓蔓細紋，條理清晰，即使多也覺得性感。

可是，我又感覺到，他又忘記我了。

當烤箱裡只剩下我們兩人時。我開口問他：「你叫什麼名字？」

如果不開口，那麼我們日後仍是獸性與野性的動物而已。我希望他給我一個名字，讓我有「還原」為人的感覺。

他說了一個名字。我覺得很怪，那不是典型的馬來名字……我再問他：「你是印尼人嗎？」

他說：「是。」然後，就不答話了。

在這時候，又有第三者走了進來，我們無法繼續交談下去。但是，我們心神意會地前後離開，躲進了一間淋浴間。

他將毛巾除下來時，我才發覺他穿著一條泳褲，緊緊地將他的那副斤兩肉遮蔽住了。

我揉搓著，未久，他已硬硼硼地彈跳出來。他又將我的頭壓下去了。

可是那時我不知怎的，總覺得他在那條黑色泳褲下，似是藏污納垢，那種性感程度，遠低於白毛巾底下的肉帛相見。而他更沒有扭開花灑沖洗，就這樣挺著一根蠟筆要為我塗臉。

我怔忡了片刻，還是將他吞了進去，一口一口地含著。但是動作是猶豫的，我的精神無法集中，只是機械化地吞嚥著。我兩手撫著他臀邊扯脫到一半的泳褲來借力。

舔著咂著，他將我提起來，又把我整個身子扳過來，我知道他又想重施故計了。

但是，巧克力乳牛看了我的臀部一眼，微笑了一下，然後就停止了動作。

到底發生什麼事情？他竟然緊急煞車了。我疑惑地望著他，又轉眼一看我的後邊，一切無恙啊。

可是，巧克力乳牛他就扭開了花灑，讓他的龜頭在水滴下抹洗著，那個動作讓我費思量——上回他硬闖我的後門關時，都沒有這樣洗刷！但他這種動作，就等於告訴我：我將他弄髒了！

當時我真的氣了，這是一種莫大的侮辱，我一定要先摔掉他，馬上拿起攀在簾幕架上的毛巾，掉頭離去。

豈料他的手腳比我更快，他將自己的毛巾取下包上身子，轉過身按著我，又做了一個不要聲張的手勢要我住口，然後嗖地一聲，就溜了出去。

我茫然地留在淋浴間裡，連我要先行離開的權利，也被他搶奪了。我覺得我的尊嚴真的被狠狠地擲在地上。

●

我沒有再見到巧克力乳牛，至少在烤箱裡沒有相碰過。只有一次，我看著他穿上了西裝革履，架著一幅黑框眼鏡離開健身中心。我看著他手臂上節節的臂肌幾乎破衣而出，像《Men at Play》裡的男主角一樣。

原來他平日的裝扮是如此模樣的。像換了另一個人樣。我想起一句話形容得很好：衣冠禽獸。但那套西裝下裹藏住的野性，讓竟然令我如此貪戀著，望著他離去的背影。

在我的心目中，他像一杯打翻了的巧克力奶昔，覆水如何再收呢？

禁果宅配便

天時、地利、人和，是難得湊巧、卻威力無窮的拼合。當一晚我恰好在公司外會客，散席「收工」時收到了一則短訊。

從 Jack'd 傳來的。咦，一隻乳牛。幾個月前我曾經主動打招呼留言，但他沒回應，過後不了了之。

然而事隔近半年，我又收到他的留言。他說，「我們看起來很靠近呢！」

我說「是啊。」我不知道彼此間有多近，但已開始調情起來了：「你一直以來都離我很近，因為我已將你打上書籤，加入我的最愛裡。」

他打出哈哈笑的符號。我那時想，橫豎他沒有興趣要見我，因第一次後他都沒反應，也就不必避忌什麼了。我再看看他的人頭照，身穿一件熟悉的制服，然而看不清。身型臂肌賁張有致。我問：「你在 XX 健身院當健身教練嗎？」

他說他在一間酒店工作。我奇怪：咦，那間看起來是三星級的酒店有這家健身院的分行嗎？但我就當作是有吧。而這家酒店，當時舉目所望，就在我的所在地的三十步之遙。

我寫，「難怪。我可走過來找你，我很 horny。」我寫得很俗了，粗俗或低俗，也不要緊了，猜謎遊戲只是為了扮淑女，假裝彼此都是文明人。

我接著說，不如我們在 Whatsapp 談好嗎？

然後我們轉移陣地。我直接在那兒說，「我現在熱騰騰的。我要找人來吹吹。」

他寫：「我要更多。」

天，這是天降的禮物吧？一隻乳牛，一隻之前不理睬我的乳牛，現在轉了性。我開門見山，「我準備被人上。但我今天沒有帶安全套來。你有地方嗎？」

「我沒有地方。」這陌生人回了我一句。他也單刀直入：「但我能幹。」

我最喜歡這句了。「那你現在在你的酒店嗎？」

「是的，你可以來。」他寫。我一驚，這麼直接？

「來，然後為你吹？」

「你可來享受一下桑拿、蒸氣房…免費的……是的，請。」

我想他的「是的，請。」是回應著我最後一個提問。我欣喜若狂。

「第幾層樓？」我問。他告訴了我後，我再寫：「沒人在健身院嗎？」

「沒有。」

「好，你給我十分鐘。」

「好，你來了後，上來九樓，在櫃檯處喚我的名字。我叫柴肯。」

就這樣，沒見過面，他也沒要我交上相片過目，就這樣放馬過來。而且我是受邀與他鬼混。

我步行去那酒店，才發覺原來它也相當高。有句老話，「山不在高，有仙則靈」。而酒店不在高，有「妖」則鳴。幾步之遙我的腦中打了千萬個念頭，但最要緊的是：若對方不認人，我該如何下台？

不要緊，這情景我也遇過。最難堪的情況是：相約好某時某刻見面，對方不赴約之外，連手機也關上了。該是對方在暗我在明，看光光後就臨陣退縮。

我又設想著，經過酒店大堂時，我會遇到保安人員的詢問嗎？

我摸上了九樓，門一打開，見到只有左右兩端的死角。咦，哪有什麼

健身中心？後來我才看到右邊的半透明玻璃門，內有乾坤，我打開門，看到迎賓的一男一女對著我微笑：

「歡迎光臨。」

我對著那位男士說，「嗨，我要找柴肯。」

四目交接，我才發覺眼前這位雄性正是五分鐘前手機上的人。但打了一個照面，就覺得有些不妥了。

「喔。你好，歡迎到裡邊來。這是你的儲物格鎖匙。」柴肯的口吻非常禮貌，像一位迎賓送客的空少，那種笑容掛臉的歡顏，但也像薄膜般一撕就掉。

我打量著他，發覺他比相片中的來得瘦小，更談不上魁梧。這又印證了我花了很久時間才領悟出來的道理：看相片，讀個人資料，再見真人時至少要打 30% 的折扣。

他將我領迎到另一扇門去，打開，原來就是儲物櫃處，我倆一進到那兒，就遠離了柴肯的女同事。我以為他會放下那張笑臉。詎料他還是那句話，「請慢慢享用。這裡有烤箱與 Jacuzzi。」他的英文句法顛倒，典型的馬來人英文。我怔怔地望著：那時已是我與他兩人了，怎麼還是這種茶樓「知客」式的招待？而且從他的肢體語言看來，他是準備轉身就離開了。

或許我們沒有火花。或許我也不是他的那杯茶。但也無所謂，反正人已來到，我就享用一下這些設備──人生難得幾回嘛！

但我不甘心。再問：「你等下會再過來嗎？」

他笑得很牽強似地說，「別急，你就先慢用這些設備。」

柴肯離開後，我環視周遭，空無一人。有一個浴池，我聯想到「酒池肉林」。有一排沐浴間，我聯想到「暗渡陳倉」。真是太棒了，我可以一個人在這樣的空間與美妙設備編織自己的性幻想，也算是不枉禁果這一趟的宅配便吧！

在空蕩的浴池設備裡，我像一隻幽魂遊蕩著，或者是放逐著，其實是

囚禁著軀殼裡一股快要爆炸的慾望。我一直想著：這真是戲劇化的情節，竟然如此便利與快捷地就展開一場速食。只是這速食未成，正好先讓我身心鬆弛一番。

除了浴池等，還另有一間休息間，有數張躺椅，另外還有盥洗室，全都打掃得一塵不染，也有飲水機，這些其實都是特為該酒店客人而設。

當場其實還有一名清潔工，其貌不揚的中年馬來人，瘦骨嶙峋。他望了我幾眼，不以為意，或許就真的誤以為我是客人。那時我已褪下了衣物，隨手拿起毛巾裹著全身，然後半裸著身軀進沐浴間洗澡。

沐浴間的門扉其實是沒門鎖，僅以半透明的玻璃門來做阻隔，從外面可能內視裡面有朦朧的人影。我在花灑下稍微「淨身」，即到烤箱與桑拿室參觀，那兒面積頗大，或許是少人使用，所以一切維新，不像一般健身院的設備，多數失修，不是門柄脫落，就是門扉關不牢。

我拖著一副濕透的身軀，登上階台，再泡浸到 Jacuzzi 池中，對面是一台盥洗台，掛著明鏡，也映照著我的裸體。當時杳無人煙，我攬鏡自照著自己的肉體，感嘆：怎麼還是一副東坡肥肉掛在腰際上。不行不行，我應該要節食了。

下半身浸在浴池裡，對著鏡子自照，我彷如對著藝術品般自我鑑賞。難得如此明媚的燈光照明，難得有波瀾翻滾的 Jacuzzi 池，這真是春光蕩漾的盛景。

我心裡嚴格地批判著自己一時時多出來的贅肉，但也沾沾自喜著一些部位因健身鍛鍊而出來的成效。接著再看看自己的下半身，沒辦法「後天」去改進了吧，都是繼承家長的 DNA 出來的成品。算了吧，聽其自然。

我泡在池裡，放空般將自己載浮載沉在水中。一分鐘、兩分鐘、大概都有五分鐘了吧。這是多麼難耐的五分鐘啊，就是讓自己什麼也不做，也不像往常般一刻也沒閒著地捧玩手機。像塵埃般在空中懸浮，無牽掛。如果我的人生能如此懸浮，也可以是很浪漫的事情吧！但往往人一思考，不是上帝發笑，就是自己沉重起來，墜下來了。

我流連著浴池間，將自己濕了，須臾又將自己抹乾了，我覺得自己像一塊布般在濕與乾之間變化，復又穿梭在烤箱與烤箱間。

但就是沒有人。

那時已很晚了，難怪柴肯說沒人。可能就是快接近打烊時間了。

被放逐的靈魂，該就是詮釋這樣的情景，我東飄西移，就是要找定一個歸宿。當我從沐浴間跑出來時，忽然見到一個人影，閃進了烤箱裡。

該是多了另一位客人。我想。終於有些人煙，我不致於在冰天雪地裡。順勢跑去烤箱瞧個究竟，原來是個如地氈包裹而成的中東叉燒坐在裡面，肉毛毛地一大團，我一看，如此倒胃口，就只有再將門關上。

後來，我在那兒躑步，有些躊躇，再去儲物格取出手機發短訊給柴肯：「你到底還來不來？」

未幾，柴肯「駕到」。我問他：「怎麼樣？」

他說，還有客人在啊。所以還不行，又再囑我繼續享用這些設施，然後說他可以在十五分鐘後，待所有客人都離去，來會合我。

為了打發時間，我只好再跑去烤箱裡。片刻，剛才那位在烤箱裡的中東先生也跑進來了，就坐在我的斜對面。

熱氣騰騰，我裝著閉目養神，也瞄了這位中東叉燒幾眼。真奇怪，一個人怎麼會膨脹到如斯地步？他或許是走樣的過氣乳牛，因為他下垂垮墜的兩束胸肌，其實更像兩爿雕塑過的胸肌的「遺跡」。

他的肚腩圓滾滾地凸了出來，從肩膀沿下，即是紋理有致的體毛，因水珠而滴流成蜿蜒的小溪般，沾滿了他的毛巾。是甚麼樣的雄性荷爾蒙，是什麼DNA作怪可以讓他們的體毛如此茂盛？

中東叉燒翹起一條腿，架起來坐著，另一條腿安安穩穩地吊著，坐姿有些像流氓。這時我才發覺他的樣貌其實有些像意大利人──？眼睛是那種圓滾滾的大，棕色的髮質，兩道劍眉可真像經過精心修剪，如此濃密，但卻如同畫眉般嵌上去。加上他的膚色白皙得如同瓷器，更像櫥窗木偶了。兩道畫眉增添了一絲的鬼魅感。

他望了我一眼，眼角含笑意。我也示意點頭。看起來他是那種精明幹練的大商賈。但我還是好奇到底他是什麼國籍的人呢？中東人的長相

較為粗獷，但他帶有一絲絲的秀氣。

在越發朦朧中，中東叉燒站起來，整理一下胯間的毛巾。毛巾掉了下來，不經意地裸了他的下半身出來。我才在他三尺之內，盡收了一根軟綿綿的豬腸粉到眼簾。白嫩嫩的，怎樣可以化身為鋼砲？

後來我轉身跑了出去，又見到柴肯走進來。他說，「待會兒你在烤箱等我好嗎？待人走後。」

「什麼？在烤箱？」後半句我沒有說出來。我再問：「你那清潔工呢？他幾點下班？」

「他快要下班了，只有他下班後我才能進來這裡……」柴肯有些囁嚅。

我再看看那烤箱，高溫得足以燉死人了。怎麼能躲在裡面做我們要做的快活勾當？

時光一點一滴地溜走。我望著鏡子，吹著冷氣，喝了飲水機的水，這裡其實就是我的國度，卻不是我的歸宿。是一種像移民局關卡的氛圍，我深知只是過境。

片刻後我再轉入沐浴間沖洗，出來時看見那位比我矮半截的叉燒也恰好沐浴出來，全身濕答答的。由於全身毛茸茸，濕水後就形同一隻落水狗，蓬鬆的體毛順著水紋服貼在亮白的白瓷膚色上，有一種狼狽，但帶著滑稽感。

我望著他，他也回望著我，露出一臉我無法捉摸的笑意，然後他又藉故整理一下他的毛巾，用一種揚善隱惡的手法將他的下半身裸了出來。

噢・老・天。

適才那粉嫩的粉腸，已煥然一新成為一根擎天鋼砲！那些血管如同小繩子捻撚組成，不長，但非常地粗壯，飽實有力，威猛得如同一把待發箭的弓矢。

我眼前一亮，我這時才醒覺原來，他也是同類人！怎麼我的 GayDar 沒有響？

中東滴油叉燒端出了這樣的工具來招呼，那我豈不可領情？我笑著說出第一句話：「Nice!」

他問：「You wanna suck it ？(想吸嗎？)」

時間不容我多考慮，我說：「Let's go!(走！)」

我領著中東叉燒到烤箱裡，腳步匆忙，但他誠惶誠恐。我索性拉著他那根直挺粗柱，動作滑稽──我竟然把他那一支原本毫不起眼的陽具當做拔河繩索來拉！

那一刻我不理會這麼多了，即使有不速之客，也只是柴肯，第二就是那位清潔工人吧。

在那半昏昧的烤箱中央，中東叉燒佇立著，毛巾披在肩上，一如在健身院裡常見到的「GYM 炳哥」模樣。外頭的燈光藉著一格小窗照射進來，我倆像一對囚禁在內的色鬼幽魂。

在那樣的燈光下，中東叉燒的肉軀有些蒼白，他的肉色看起來白得像棉花，卻是火火的一把燙。當我的舌尖接觸到他身軀的那一葉頂端時，像喝了口火辣辣的茶湯。我咀嚼著他的幹勁，他那根如同捻了繩的陽具，粗聳、圓徑豐厚，勝在短，我一勾就將他舀進了嘴中。我的嘴唇貼著他茂密的體毛，彷如貼上的是鬍子。太奇妙的「巨」體接觸了！

他開始撫著我的頭髮。當我兩手放在他的兩條大腿上時，掌心上那種毛茸茸的感覺原來是那樣地舒服，或許是沾了水的關係。然而，撫著摩擦著，加上高溫烘乾，摩挲起來又像擦著砂紙一樣了。

這時我心中也有另一種盤算：若真的門打開了，會有什麼後果？若是柴肯，事情就好辦，就說「來，一起玩吧！」，但若是那位神情怪異的清潔工人，或許他會怒目逐客？

他那根龐巨的陽具，像假的一樣，圓徑如此地粗壯，我幾乎卡喉了。要虎嚥這種 XXL 的東西，往往只會消化不良。其實我更喜歡它在口中膨脹的感覺，那種物理變化讓我在琢磨時，會有一種成就感。

但中東叉燒不一樣，他已充份自備了，像一個充氣輪胎，已不再需要泵氣，只是在等待爆破的那一刻。

我含弄著，再摸著他身上兩垛下垂的胸乳，幾乎被他胸毛的溫度給燙著了。

我再望一望他，竟然在那一刻我好奇地問：「你到底是什麼國家的人？」

「巴基斯坦。」他說。

「什麼？巴基斯坦？怎麼這麼白？」那刻我自覺對各國人種的了解很差。

「但我常駐中國。」他補充一句，然後將下半身結結實實送進我口裡。我又一陣卡喉。

我意會地做了一個表情，繼續我的勾當，汲汲營營。我故意啜出了一些聲響，如含著泡泡糖那種痴醉與甜美，如舔著冰淇淋的那種可口美味。又或許要想像口中的不是甜食，而是不絕如縷的麵條，要吮得窸窣有聲，聲相俱全。

唾著一個中年胖子平日藏在褲襠裡的「家傳之寶」，我的舌尖像鏟子一般翻炒著他那潔淨的蘑菇頭。捻撚著他的乳頭，另一隻手也放在我自己的下半身上。我開始膨脹起來，上面吃到飽，下面則鬧得翻，兩重滋味交叉在一起，難怪教人銷魂。

突然間，這位巴基斯坦又燒吼叫了幾聲，下半身貼貼地迎送過來，我呀呀作響，難道他口爆了？但我感覺不到什麼燙熱或異樣。

他拔離出來，然後有些慌了般地逃離出去。或許他想要趁被人發現之前掛回一張人皮，掩飾他又色又魔的獸性。

我奇怪他在幹嘛，怎麼這麼急，但是手掌也難離開自己的身體，那是高潮前的一瞬間，竟然嘴裡一空，萬事成空。

我自個兒坐在烤箱的發燙木椅上，神馳在一片混沌的世界裡，原來迷藥還未散。我等著柴肯，索性讓他看到我如此發浪的一面。反正我已就緒下一場了。

片刻，那位巴基斯坦佬又跑了進來，竟然拿著一條毛巾，用腳搓著抹起剛才他站著的一方格。或許他真的要不留痕跡，連水跡都不能留。

我自摸著看著他，意淫著那副肥滋滋、飽沃欲滴的肉體，那一圈圈的腰圍贅肉。搞不好這副軀殼，生理年齡比我還小。

他動作快速，更惹我好奇。巴基斯坦多是回教徒，或許這就是回教徒教義所教導，一切都需要乾淨，所以他要消滅所有關於他不潔的痕跡。

他轉過頭來，帶著一種狎鬧的口吻問：「Was I good？（我不錯嗎？）」

我不假思索，淫笑著望著他，「Yeah! And I wanna fuck your dick！（對！而且我想騎你的屌！）」

他哈哈地笑著，然後轉頭離去。我那時浪得想馬上衝出去，向他要個電話。相逢一炮即有緣，當然要留下一些後路給自己。

我對他只說了四句話，但我吮過他。這就是同志的奇緣。

然後我一個人在這高溫的烤箱裡，裸著身，打著手槍，等待著我的下一回合。這一切不是發生在發展場、三溫暖，而是一家旅店的會員休閒俱樂部裡。

●

但柴肯還未進來。他現在是個配角了。我要的是滴油叉燒……為什麼人生往往是不應該出現的人反而成為主角？

我又跑出去了，心情如同隔世了幾個輪迴。我看著那巴基斯坦人穿上 T 恤與短褲。他彷如也在等候著我似的，但我倆就像是玩著與影子捉迷藏的遊戲，他探頭望向我時，我就縮身藏匿。

他是旅居在這旅店的住客嗎？那麼這種萍水相逢，沒有第二次了。

我的身體發燙著，在這種情境下也感受著一種怕被人撞見的顫慄，我其實形同一隻已冒險自保而斷尾的壁虎，尾巴斷裂了留在那無名的肥油叉燒身上，身體彷如殘缺了。是的，在那種時刻總想為自己貼上一根失去的尾巴。但為何我會如此淫浪想上著一個與我只有短暫肉體之歡的陌生人？

不知過了多久，柴肯才進來。他與清潔工交代了幾句話。那時的我還

浸泡 Jacuzzi 池裡，望著柴肯。柴肯再囑我去桑拿裡等候他，他那時已脫下制服，只圍了一條毛巾。那副半裸的身體像一張紙，薄而弱，只是切割出臂肌飽漲、胸腰倒三角分明的流麗線條。我沒想到他那麼地瘦，甚至有一種貧瘠無肉的視覺感。一個人的照片真是奇妙，可以將原本平平無奇的肌肉放大加厚至另一種境界。

我又重新躲入烤箱裡，在這裡繼續被烤著，發酵著自己的情慾。

門打開來了，終於是柴肯了──我最初來臨的目的，但現在成為故事的旁枝。他坐在木椅上，解開毛巾，我則先以毛巾墊鋪在地板上隔熱後跪下來，張開兩腿就將他那根軟綿綿的東西吞了下去。

看來我的嘴腔成為一個超級烘爐，不消兩秒鐘就將柴肯吹得膨脹起來，他像蛋糕般蓬聳，外柔內剛。他的龜頭撐大了，但冠狀線條並不特別明顯，而且整枝體型是筆直狀，非常高貴優雅。然而對我來說，只形同杯子裡的吸管而已，在我的唇舌間晃蕩著，卻難以為我高漲的情緒興風做浪。

我將他拔出來，看著那根濕漉漉的陽具，再度稱讚：「Nice！」但腦中卻掀起十分鐘前那位飽沃有力的巴基斯坦大屌。這是多麼強烈的對比！那一根足以沒頂，只能保持著「O」嘴型，現在這根則是像啜吸著一小茶匙的羅宋湯，只能小口小口地喝。

我順勢搓著柴肯的兩枚乳頭，扁平，如同童子身。我再度感到索然，只能專攻那根傲骨來解乏。我在專心做著唇舌繡花慢活時，柴肯問：「我可以肏你嗎？」

「但你沒有安全套。」我抬頭望一望他，確定我們之前的共識，又俯首吸蜜。

「我有帶 gel（潤滑液）來……要嗎？」

要嗎？要嗎？那股急切的呼喚，不斷地放大感召，讓我難以抗拒。我兩唇離開那屌，讓它顫危危地凌空跳動著，出來混就是為了捕捉剎那的快感吧。難捨難分的那一刻，只求佔據更多。我說，「好，你去拿。」

柴肯起身折回毛巾，覆蓋著那挺聳的下半身。我七上八落，不披甲打真軍嗎？短兵接戰的廝殺，危機重重。我到底是否要冒這個險？我一

邊跪著，保持著同樣的姿態，那已是臣服的身段。當人的肢體擺出這樣的姿勢時，其實心底裡已徹底屈服了。望一望身體發脹的那一端，我知道我要的是什麼。

柴肯旋風式復返，手上多了一根牙膏似的潤滑劑。他放在木椅旁，重新坐下來等候我的侍候。他那根肉棒子已半軟了，送上熱香唇吻後，柴肯又抬頭傲視江湖。

我心裡一邊念想著如何調整著心態來迎納新棒，不免有些失神。我用手搓撚，加上嘴唇雙攻，只求為他做好熱身準備。

倏地我的舌尖感到有些鹹味，還未理解過來，上唇人中一陣火燙，柴肯竟然射了！但他只是一啖濃稠的鋪在我的上唇，糊得像一朵雲。快要流滴在我唇片時，我趕緊抹去。

他毫無預警的發炮，讓我無適所從──怎麼這麼快？這不是原定計劃啊？！

「Oh, you came?（你出來了？）」我掩飾著失望，帶著訝異的表情問。

柴肯舒了一口氣，捂著我的頭顱將他下半身迎送過來，「弄乾淨它。」

我遵命，將他尖端的最後一滴捲入吸盡，緊緊地含著。他像中了病毒而枯萎的鮮花一樣，在我嘴中快速消失，我感受不到他的脈搏，只感覺到一團韌在口腔裡翻動。

柴肯之後捂著下半身，不讓我再靠近。

我忽然想起那位巴基斯坦叉燒用腳抵著毛巾搓地板的畫面，有些後悔莫及，我早應該向他討個聯絡電話的。

●

各自在淋浴間清洗自己後，柴肯行色匆匆穿上衣服。「Are you in a hurry?」（你在趕時間嗎？）我問。

「是的，我約了人。」他說。

我有些埋怨地說，「我以為我們……」

「是的，不好意思，其實我約了朋友，已遲到了。」柴肯近乎是張惶失措地收拾著自己。

我問柴肯，剛才那位貌似中東人的客人是此酒店的住客，他不解：「誰？剛才那個印度人？」

「他不是中東人嗎？」

「不是，一看就知道是印度人。我不認識他。」柴肯匆忙著回應。

待我穿整完畢，柴肯已拎著一個大手袋準備跨步離去，他衣緊股翹，在慌張時媚態畢露，原來是一個名副其實的花旦。他等著我，要與我一起同步跨出更衣室的大門。門扉一打開，我才發覺原來前線櫃台仍有一名女員工。柴肯在我面前禮貌地做告別狀：「Hezt，很高興見到你。我們保持聯絡。」

我微笑回應，此行是來會戰，竟有額外收割。先炮後禮，我怎樣也要掛張笑臉。

「叮咚」一聲電梯門響將我從天堂送返塵世。步出旅店後，我千迴百轉若有所失，取出我的手機，逐一開啟裡面的交友 APP，希冀能找到鄰近現身所在的同志。或許那位巴基斯坦叉燒恰好也是用戶，人在線上，或許我們能重遇。

但這是多麼傻昧的念頭啊！

抬頭一望，前路茫茫，適才那段來時路，仍然是浸在五光十色的繁華街景。我覺得自己錯過了什麼，只聞到身上傳來旅店那沐浴乳強烈的幽香。

走不出的房間

三溫暖裡人潮很多，但統統都是遺失鑰匙的鑰匙孔。一排站起來，沒人問津。我抓到一個進炮房，他俯首就埋向了我的襟懷，像一個沒斷奶的娃娃。那舌頭打著捲時，我撫娑著他的頭髮，看著他的輪廓，而我想到的卻是重吉。

黑暗中，一個陌生人的頭顱在我的掌中，我對著這黑影人，惦記著的也是另一個陌生人……

●

說起來，我忘了是在哪兒結識重吉。是 Grindr 嗎？還是 Jack'd ？我只記得我們很快地進入 Whatsapp，那時我在一個工作坊上著昏沉無比的課，台下的我就將心神交給了重吉。

他的英文相對於其他馬來人強一些，至少我們可以溝通，他對答如流。相片中的重吉，有一對大眼睛，像隻靈狐，就這樣望射過來。

起初我是淡淡地，重吉則像個活躍的頑童。我們的聊天高潮是在九月初，我參與那工作坊時，他對我說了很多事情，那種頻頻相問、殷勤回答的作風，可以感受到對方是有心的。他還說了他與他男友的故事，說他很傷心，因他的男朋友仍然沒有為他立貞節牌坊，眼睛還是會偷漢子。

重吉寫：「他和我在一起時，為了看一個男人的臀部，竟然將我當場拋下不理，我心都碎了。」

他說，他與其男友的關係如同是開放關係，否則他不會如此明顯地在他面前精神出軌。

他像一個開籠雀，訴說著自己的故事。我奇怪這小底迪如此交淺言深？

後來他見我沒有反應，就說，「不好意思，我不要再提我的傷心事了。」

二十五歲以下的，往往就是這個樣子吧！要的就是一種情感上的依附與撐持，願意將自己的一切透露出來。而重吉就是這年齡層的，這個八〇年代後的底迪，才二十四歲。

在那幾天，我倆是晨午晚都通短訊聊天，他的手機沒電了，會交待一聲，說等下再聊。早上時會寄一句問候語來說，「早安。」晚上開車回家時，他又會寄短訊來問：「駕著車嗎？小心駕駛哦！」

前車可鑑，後來我就順勢而流了，不想去設想什麼，也不想去期待什麼。重吉說，很想盡快地會見我。我說，「好啊，就下週吧！」

他說他不行，因為要飛去普吉島渡假了。又擱著幾天，他回來後，我們又討論著幾時見面。

終於敲定了日期。那是剛過開齋節之後的某一個星期天，我們約好了一個時間見面。再次與他確認時，他沒有回應，直至快到時間時，他才寄了個短訊來說前夜出席了一項開齋節開放門戶派對，玩到瘋了，睡午覺酣睡得醒不來，想要休息。

那時我有些火光了，就告訴他，理應及早通知，因為我的時間表相當緊湊。他忙著道歉賠罪；我們又斷續了一陣子。

直至一週後，我們又用短訊聊天，當時是接近中午時分。重吉又是那種關心的口吻來了，「別忘記吃午餐哦。」他寫。

「謝謝你，你可真 sweet。」我說。「但我想吃一些你可以提供的東西。」

「唔……例如什麼？」

「『冰淇淋』。熱的冰淇淋。放在口中不會融的那種。」

「哈哈。那不能吃，只能舔與吮吧。」他寫。

「你幾時最後一次吃冰淇淋？」

「上週，與我的男朋友。」

「哦。那我們何時一起吃？」

重吉回應，他這個月開始忙碌起來了，平常日要工作，週末就要陪男友。

「那沒有時間陪朋友了？」

「有，當然還可以騰出空間來的。」

「那可否請朋友吃『冰淇淋』？」

「可以啊，你要嗎？」重吉問。

「Why not？」我答。

我不知如何接話下去，已說得那麼白，答案也如此明顯了。幾分鐘後，他的短訊繼續來，「你在做著什麼？」

我沒有直接回答，扯開話題，「你在月初時不斷地寄短訊來，看來那時你很寂寞。」

重吉告訴我，如今他與他的男友進入了穩定期了，兩人更加親密。「之前我與你聊天時，我與他只是很隨性的，現在更堅固了。」

「那麼，好，拜。你享受你的親密關係吧。」我寫。

「啊，就這樣嗎？」重吉問。

我很現實，我直接問：「如果沒有時間給彼此，這還叫 Friend with benefit 嗎？」

重吉沒有回應。我想，我那時的潑辣嚇倒了他。但這是現實，不是過份要求。大家出來玩，不必愧於自認是登徒浪子或是婊子，把話說到前頭，就不會矯情。要放，就放開來玩，夠婊夠浪才爽。

就這樣，我們沉默了近兩個月。

我與重吉，沒有通過電話，沒有見過面，但他寄過他的下體照給我，就是好玩，寄來當做玩意般，也如同訂情信物。那是一根很誘人、俊秀挺拔的棒子，割禮後的龜頭在潔淨中，帶著一股猙獰之意，那是一般華人少見的直垂圓筒狀。

重吉那時問我，是否可寄一張自己的給他，我說我不拍這類相片。他接著又問：「有沒有其他人寄過來給你？」

我說有，但不便分享，因為那是人家的器官。他才說，他是試驗著我，他之後就寄來了那張訂情信物。

我那時回應他：「我不與人分享他們的屌，但我慣於『收納』在我的身體裡。」

他哈哈地回應給我。

與重吉線上字面聊天，是非常有趣的事情，我可以感受到他的真誠與笑語，有一種活力四射的感覺。之前還聊到他的工作、上的大學、出身、家庭淵源——他也是畢業自那間專收馬來學生、世界獨一無二最具種族歧視性的大學。

重吉是職場新丁，剛畢業一兩年，如今在一間跨國企業上班。他的工作其實相當繁雜吃重，起初我聽聞他在那家企業上班時，我不禁暗忖，這企業的聘請門檻非常高，平庸之輩難以闖關。那麼重吉是否真的是實力派？還是只是馬來西亞政府另一個模型鑄造出來的假、大、空之輩？

我不知道。我對重吉的好奇，全都止於那次我的反問之中，因為我倆都互不回應了。

我以為我們都不會再有接觸了。可是兩個月後，我病倒了。掛著病假時，就用 Whatsapp 亂發了幾通短訊，其實也是在消遣著我的時間。

當然，人家可以打發我，我也可以打發人家。有了智慧型手機與科技的發達，人人都變成自我中心，一切都是從自己出發。

我的隨意，得到了重吉的問候，「Hezt，你還好嗎？」

我述說著我的病情，重吉開始噓寒問暖，我們聊到了彼此，他報告說，「我很好，我現在單身了。」

「你的男朋友呢？」

「不知道，死了呱。」他喜歡在英語裡摻雜一些大馬華人慣用的語助詞，如「啦」、「呱」等之類。或許是時尚，或許是遷就我。他說過，他喜歡的是華人。

他接著說，他家人那晚全都外出到外州渡假了，夜很冷，很想找人來摟抱。「你要見我嗎？」

「可是我現在還很虛弱，你要我將細菌傳染給你嗎？」

「哈哈。不過我今晚很想要……我家裡沒人，我明天要去霹靂 (Perak，馬來西亞州屬之一)，之後又要去萬撓 (Rawang，吉隆坡城城郊)，我的好朋友生了一個兒子，要去看看他們……」

「如果你是開車的話，小心駕駛。」我說。

「是啊，真累……你要不要給我按摩一下？」重吉寫著，未幾，他就將一張他的小弟弟的相片寄了過來，如脫牢而飛的巨鵬。

「謝謝。真美。」我只能非常有禮貌地寫。「你真的毛髮茂盛……你剛拍的？」

「不是，好久以前。」

「我要看現在的。」我說。

「現在不硬咯。」

「我就是要看你褲襠中的『睡美人』。」

「哈哈，讓我們現在就見面吧！」

「我不要傳染你。你接下來幾天都會趕路忙著。」

幾天後，重吉又傳來短訊。這次他說：他現在正在減肥。

「為什麼？」

「我很胖。我有八十公斤。」

「不用怕，你壓不扁我的。」我說。

「但這只是暫時。」他寫。

這是什麼意思呢？重吉繼續寫：「我參加一個減肥比賽。我要增胖後，然後在一個月內再減瘦。」

「你參加《The Biggest Loser》嗎？你是為了什麼參加這比賽？」

「為了金錢。」

「很豐厚的獎金嗎？」

「一千塊馬幣。」原來那是一間保健品公司主辦的比賽，他需要食用這些產品，之後在一個月內減瘦，但要先用七百令吉（約台幣七千元）來買該公司的產品。

澆他冷水的話就不宜出口了。我寫：「這是一個很有趣的比賽。搞大你的身材，又弄扁它，就像我之後『處理』你的屌一樣。」

「哈哈。我很想幹你。今晚好嗎？」重吉還是發出了炮約了。

「在哪裡？」我問。

「我沒有地方。」

那麼就免談了吧。我說，「那不如先約出來見面好了。」

重吉之後說起他的工作地點，原來，就與我的辦公室咫尺之遙的大樓裡。我隨口說，「不如我們在附近的一個廁所玩好了。」

重吉答，「不行，我一定要一張床。」

每一幢大廈總有一個空間給你抽菸，在這空間裡不分男女，皆為菸客來解癮。點燃菸草，將菸吸進肺裡把持著，再吞吐出來。就像每座城鎮總有一些旅館供你開房，在這些空間裡，你要吞吐著另一個男人的性器官。這種肉慾上的儀式，原始卻歡愉，禁忌卻自然。

我就立在這家他指定的旅館外面。原來是這裡。平時有經過，但沒留意。這是重吉介紹的，他說，他來過，價格相宜。

皆因重吉說，他不能隨地性交，他只能要一張床、一間房來造愛。那麼，就開房吧！城市人與家人同住，沒有獨居，就得另尋出路來快活，犧牲錢包付費，總好過躲在車子裡與人野合，冒著當場被捉姦的風險！

我們從城裡的兩端，讓慾流匯集在此。白天時爽快地相約時間地點，晚上時我一個人佇立在旅館前，之後我躲進車子裡，車中才是安全的堡壘。

在車裡靜候著他時，我不禁胡思亂想：萬一碰上熟人怎麼辦？萬一碰上另一個炮友怎麼辦？一切戲劇性的情節浮現在我腦中。不用編撰了，我即將是主角。

重吉是下了班後，趕車過來會合我。他早上時問我：「你是否有聽過XX酒店？」我說沒有。他給了一個地址，上網查詢後，我就直接從購物中心開車，分兩輛車子去，分道揚鑣時特別容易。

在敲定時間前，我留言給他說，「真有趣，我們聊了一段日子，沒見過面，沒聽過聲音，一見面就要上床了。」

他呵呵地回應著。

過後他問我：「你穿什麼內褲？」他說，他喜歡床伴穿的是特定顏色的內褲，而且最好是帶條內褲（Jockstraps，又稱「後空內褲」）。

我直言我沒有那種款式。坦白是最好的對待方式。我們約好前，彼此已知道要攜帶什麼——我負責一切「安全」措施，包括吉袋與潤滑油等等。我是如此地戰戰競競，在面對一個全然陌生的馬來人時，一切都得安全至上。

我準時赴約，只是重吉真正下班時已是晚上十時了——這是什麼工作啊？竟然是朝九晚十才下班？這就是在著名跨國公司上班的代價？我撥電給他確認時間時，才第一次聽見他的聲音。在人聲沸騰的隱約背景中，我聽見他有些閃縮的口吻，在電話裡道：

「哦⋯⋯對，我快下班了⋯⋯等下見。」

慶幸的是，他的聲音並非特別的異樣，不是那些怪里怪氣的噪音。我的心實實在在地沉了下來，沒有像之前那般浮懸。你可知道一個人的聲帶，是他外在表現的一部份，是整個「配套」重要的一環。

車子開到那廉價酒店時，我呆在車子裡等了他半小時。一邊我開著iPhone，看著 Grindr，電力從 20% 遞降至 9%。只剩下 9%，他還未來到，我的世界——我當時可倚仗的 iPhone 世界就一片黑暗了。

重吉終於抵達時，他終於回電給我說：「你在哪裡？」

我說：「在車子了。你呢？」

「你要先見見我嗎？剛才你說你要先見過。」這時重吉的聲量較大了，不像之前如此閃縮低壓。

「好吧。你在哪裡？我要找你。」

「你走出車子就看到了。」我聽著他說，就打開車門。偌大的停車場停滿了死寂的車子，夜侵了過來，停車場的另一側是川流不息的大道，我們彷如在流光溢彩的另一端相遇，因為我看到遠遠一端有個人影拿起手機，揚起手來招著我。那就是重吉了。

我趨近他的方向，他穿著一件長袖襯衫、配著西褲。那是晚上近十一時了，他才從工作「脫綁」。視覺越來越清楚，他果真如之前在電話中所自描的那樣——長得有些胖，一張臉鈍鈍地，膚色黑沉，幾乎融入了黑夜。

他又鑽進了車子裡。待我趨近，發覺那是一輛簇新的中價房車，是一個我相當喜歡卻因種種因素不想購買的外國品牌汽車。我是第一次坐進這品牌車款的車子，一個相當窄小的空間。

我們近距離地打量著彼此。他長得真的很平凡，就像屈臣氏那種穿著深紫色制服迎客或收拾貨櫃的小弟，因為膚色太黑了，有些偏近印裔。近看，他的臉蛋似乎還有烙上青春痘踐蹦過的痕跡，或許這意味著他體內是如此爆發著猛火。

重吉望著我說，「So, how?」

他眼中那兩團漆黑的目光灼灼地射過來，潛台詞是：So, how do I look?（我長得怎樣？）

一個年輕，但相貌平凡的馬來男生，密裏在一件文明世界的衣著中，正襟危坐，接受著我的面試。他望著我，有些不自在，有一份年輕獨有的彆扭──他一定感受到我的怪異。只是他不知道我心裡面想著的是另一個人，看著的是另一個人。費亞。（見《亞當的禁果》）

但我感應到他的急切與憂慮。那一對大眼睛看得我有些虛了似地。

我將手搭放在他的大腿上。那是一條暗紋直條深色西褲。既來之，則安之，我就姑且一試，反正他不至於讓我感到厭惡。這個年頭要掙口飯吃，與找個對你不拒絕的男人，就只有一個原則：不求好吃，只盼裹肚就行了。

我說，「好，下車吧！」

這時他才問：「你要不要先上去？」

「就一起上吧！」我說。

我看重吉的眼神閃過一絲絲的猶豫。他不會是在這時候舉棋不定吧？他到底怕什麼？難道怕被宗教局臨門檢舉，然後控告我與他幽會罪嗎？

與一個見面不到五分鐘的男孩一起走入旅館，亦步亦趨。這我沒有嘗試過嗎？

掌櫃的是一個華裔婦女。重吉站在我身後，開口訂房的就是我了。我看到佈告牌上寫著兩小時：XX 令吉。我說：兩小時。

之後我就拿到了一個門牌與鑰匙。我與重吉，正式開房。人生第一次「開房」，是有些悲壯與光明正大的。因為沒有合適的地點，所以悲壯，因為實踐情慾，所以是理直氣壯與光明正大。為了一段社會不會認可的姦情，我不得不掏錢成為消費者。

這客棧還有升降機，房間是一格格的設計，燈火明亮，但光明的陰影下裹藏著多少糾纏的情慾愛恨與攀扯在一起的靈魂？

我們前後走著找到房號，那是長廊的盡頭，兩個人靜靜地，像是準備著一場祭祀儀式般莊重，不能高聲談話來褻瀆了神聖。打開房門，捻亮了燈，在半明昧下看到很小的房間。房裡有鋪著一張白色被單井然無痕的床，一個破敗無門的掛衣櫃，一個小茶几，上頭擺著八○年代港劇中常見的茶具：一個托盤、兩個茶杯、一個水壺。另一個彷如是梳妝台家具，擺著兩捆衛生紙，附上一台電視機，以非常奇怪的角度懸掛在床上。睡在床上的話就是寸尺的距離而已，叫人怎樣看電視呢？

當然最重要的，還有一間沐浴間，那是還原與洗滌的場所，不可藏汙納垢，一切需要淨身。

我放下我的背包，他也將手腕上的手錶脫下，擱著。我們還是很拘謹。重吉打開了電視機，房間充斥著廣告的聲音，彷如瞬間人氣旺盛了起來。他說，「你讓我先沖涼好嗎？」

我沒有問題，我理解他當天是上了班後再來一場。那是醃了整天的工作服吧，我看著他拿起擱在床上的白色毛巾，站在房的另一端，逐顆鈕釦解了下來。剝下襯衫，還露出一件白色 T 恤當作汗衫，這傢伙可真傳統啊。

「你還穿兩件衣服上班哦！」我說。他說：「上班時冷氣很強，很冷。」

重吉除下汗衫後，就裸著上半身了。一個平凡無奇的滴油叉燒，身材是年輕，可是有些臃腫發泡。在半漆黑的角落裡，映得他全身的膚色更黑了。

重吉進了沐浴室關上門，隔著門傳來花灑水花花的聲音。我將充電器

拿出來，將我手機僅存的 9% 電力加碼充電，將手機靜音，調進了航行狀態，因為即將來臨的時光，是屬於我與這位陌生人的。

我看看床邊的窗口，只是在牆上挖開一個缺口，就當作是窗口了，似乎連窗櫺都沒有，樓下一片熱鬧，因不遠處是一個咖啡館。還好有一面窗簾，總算掩蓋住一切的春光。

到底我該開始寬衣解帶，還是做些什麼好呢？房間沒有亮燈，只靠著那高掛的電視機畫面映照出來的斑斕花色，亮起了房間，有聲有色，而我在這裡心如鹿撞。我巡視著整間房間，發覺那是人造的矯飾，來這裡「休息」的人誰會使用一個茶杯？誰會看電視機？這旅館分明就是供時鐘租用的炮房，有哪些旅人會特意來到這交通不方便的旅館留宿？

我聽著電視機發出讓我感到陌生的馬來電視頻道，這公仔箱裡傳出我久無不聞的馬來話——是的，馬來西亞的華人是絕不會看馬來台的，我聽著那些廣告詞，是用馬來話唸出來，陌生之餘有些滑稽。可笑的是自己，怎麼會擠身在這一斗室裡，等著一個馬來人沐浴完畢？

重吉出來時，身上披著一條毛巾，我們客客氣氣地讓路給對方。他爬上床，我走入沐浴間內。那是另一幅破敗的殘象，馬桶沖水器似乎已失靈，還好仍有熱水花灑。

全身濕透了，我連頭髮也淋濕了，意味著我還原成最原初的狀態，沒有髮型、沒有香水，只有水珠攀爬在我身上，我誠惶誠恐地，糟了，連髮型都沒有了，如此「素顏」，如何面對重吉。雖然他對我而言只是一個陌生人，我不需要在乎他怎樣看我，而他重視的，也只是自己的慾望吧。

披上毛巾前，我在想我是否需要再穿上內褲，因為重吉是內褲狂，似乎有這樣的必要。若是情侶或夫妻，性交是必需的義務，也是例行公事，大家彼此熟悉過了，就無需色誘。然而門外的是一個炮友，你就必須是要迎合著人家的心思做人家要的樣子。

我抹乾身子後，重新穿上內褲，想為對方帶來期盼。我帶著一具半裸的身體，打開門迎向床邊。重吉已躺在床上，灼灼地望著我，帶著一臉笑意。

他用被子覆著下半身，冷氣機已強力地放送著寒氣。嗡嗡作響的冷氣機像低吼著的獸，掛在牆上監視著我們，伴送著電視機的聲響。看著斗室裡的一張床，像一根舌頭，將我捲了進去，送進獸慾的嘴中。

我爬上了床，重吉沒說話，反個身就壓了過來，整個人覆蓋在我的身上，他將我的兩腿張開，讓我的身子更親密地抵著他。他的頭髮像沾了霧水般，濕柔地服貼著。他有很好的髮質，事實上馬來人一般上的髮質都非常好，柔貼又呈波浪型的卷曲。我撫娑著他的頭髮，還有他的耳朵。

男人的耳朵其實是形同外露的性器官，特別是招展的耳背，那種質感像撫著龜頭，似被一層塑膠膜張開包裹著，撫觸上去時，帶著一種Q勁與韌度，供你嚼，讓人含。如果你咬過耳背，含過肉棒，就會有這樣的體會。

我沒想到重吉的身體那麼地溫熱，與他頭髮的寒意有些差別。他全身充血了，我充實地感受到他仍穿著內褲的下體，已直挺地刺了過來，我將兩手伸入他的內褲腰線，撫著他的兩臀。原來他像一隻小熊，長著一對飛毛腿，我兩隻又開小腿肚抵達他的大腿時，如同走入熱帶森林，如斯地明媚與溫暖。

這時他像一頭餓壞了的獸，舔食著我，在我的頸項輕咬著，之後又滑到我的胸襟前，用舌頭在我的乳頭上打著轉，熱乎乎、黏糊糊地。我開始像冰天的雪人遇著了陽光，融化不成形。

我的兩手開始在他身上遊撫。他的皮膚黑亮，像一匙蜜色蜜糖般，讓人感覺到甜。這時他的肚皮——其實嚴格來說是他的肚腩，已感覺不到什麼重量，什麼六塊腹肌都是鬼話了。他的身型雖然有些膨脹，但就像派對的汽球一樣，就必須是鼓漲才像樣子。而他像個汽球那樣讓我擁入懷裡，輕盈，滑潤。我感受著他體毛與我皮膚相擁相擠，非常舒服。

重吉的胸上有一塊淺灘似的胸毛，非常細碎，幾乎不成形。我捏著他的乳頭，他開始怪叫起來，如同被虐待的困獸一樣，他兩腿夾纏著我，也絞著自己。或許他感到彆扭，或許他覺得刺激，我的頭向前伸，用舌尖抵到他的乳頭了，重吉拔離我身上，讓他上半身覆蓋著我的臉龐。我含著他那有些平伏的乳頭，他叫得更兇了。

之後，他索性提起身子，將內褲拉下來。他那根肉棒子迅即掉出，在我的眼前如同巨物降世。雖然之前他已將這根肉棍子當作信物般傳送相片給我「相親」，但如今他將全根肉棍鞭過來——一根小鋼砲般的堅硬，並非太長，但也沒有太粗，以馬來人的尺碼而言算是中型棒子，但勝在不屈不撓的一莖幹。

他要我要了他。

我要了。

相片中那根肉棒子，現在含在我的嘴裡了，我吹奏著，有些夢幻。這時我很感恩他是如此長得恰恰好的長度與圓徑，至少我的嘴型不必強撐得如同進行口腔手術被架開來。

重吉的肚臍下，長著一彎細毛髮，猶如小溪底裡的水草在浮遊，沿伸至他身體的最南。我猶如沉潛入那一方幽水中，感受著他水草般撫摩著我。我閉著眼睛，深深吸一口氣，將他的全身精華透過那根莖幹管子吸入，貪婪地，將他完完全全地吸著。

但重吉只讓我淺嚐輒止，隨後馬上拔離，又倒在我胸前，一邊用手扯下自己的內褲。這時他已全裸了，但我還穿著一件內褲，他攻完我的上半身，要攻堅我的南部疆土了。他用手探入我的內褲，像把玩著小玩意般撫弄著我，另一隻手開始探菊問路。我的內褲被他張扯起來，緊緊勒住臀頰，我感覺我立在懸崖般要掉出來了。的確，我真的整串掉了出來，因為他已將我剝開來了，扒掉我的內褲，開始張口接棒。

我的內褲仍掛在腳踝上，如同升起的白旗舞動著，這時背部一涼，因為後門完全打開了，他的手細緻地在種著花似地，遊撫著我的菊瓣，又頑皮地耙著，我不禁「啊」了一聲出來。但第一聲來了，就有第二聲……直至隨著他頭部上下舞動的節奏起著歌。像沙漠裡被他打井抽水一般，我整個人都被吸盡了。

這時我的兩手往下伸，又勾起了他的乳頭，重吉怪吼著，嘶叫著，他的嘴巴離開我的森嚴礦地，他起身側睡在我身邊，望著我，嘴巴就親了過來。

天，我的原則是不與人親嘴。但他望著我時的眼神太過深情了，我閉上眼睛，就任由他的唇片貼了上來，還有一根舌頭伸捲進來。我們是

急速而快亂地接著吻，但我倆的唇片結合的步奏不一致，以致有些紊亂，他發瘋似地開始，像一隻野雞般啄食著我，之後一步步往下探，又落在了我的乳頭上。

到最後，他全身已倒轉過來，嘴巴落在我的下半身上。他拍拍我的腿，示意我起身，我一個翻身，他就鑽進了我的身子底下，並讓我兩腿張開跨騎著他。我的眼前就剩下一根肉騰騰的鋼砲。

我張口就吞，吞吐有致間，我藉著電視畫面映照著全室的微光，端視著他的鋼砲，那割禮後的痕跡非常明顯，龜頭與肉莖子深淺兩色分明，尖端格外潔淨，如同刨光過、閃亮著。他的蛋蛋已往上縮，挺著他那根肉棒子猛然拔起，變成兩小枚，別有趣味。我的角度是俯瞰的，盡收眼底為他遛著鳥。

但這時我沒想到，我的菊花一陣濕涼，我幾乎驚呼起來，重吉竟然給我來了一場壽龍鑽！

我開始掙扎起來。我對這一招是完全屈服的，因為沒有多少人願意為你做壽龍鑽。我看不到他，只感覺到全身最脆弱的地方，陷入他濕熱的口舌之中。

我抓著重吉兩腿，口裡只能咬合著他，身體不禁扭動起來。想要擺脫他賜予的快感，但又有些不捨得，我只感到他不斷地蘸著蘸著，像研著墨，又像塗抹著果醬，彷如你是他口中最甜美的食物，讓他吃得津津有味。

重吉忽兒又用舌尖不斷地撩鑽，又或一伸一縮地觸動著，像一頭蜂鳥在刁鑽地採著花芯中最深最甜的蜜。我又倒伏了下去，將他的蛋蛋也吞了進去，這一招彷如吃中了他的死穴，他也一起與我扭動起來，絞著身體。

我們都把各自最脆弱的地方給了彼此。

那是甘心的，也是情願地，我彷如被打通了穴道一般，帶著一種被電傳般的醉麻快感，快釀了。但他的舌頭仍不放棄，我看不到他是如何吃著舔著，但我可以感應到他的唇片一直吻著我的臀，在兩頰之間啜吸著。

頃刻之間，我猶如被人下了咒般，有些迷糊了。我本來是高翹迎送的臀，緩緩地滑下來，倒在他臉龐上。我感覺到他的涎沫已滑流下來，他也硬硬地剖開來，要往我更深的內裡去探，去掘。

任由他吧。我任了他，也順了他，心底裡好像悶雷般響起了一句不願承認的話：「我是你的人了。」

過後，重吉機伶地鑽了出來，一個翻身又爬到我身上來。我抓住他下半身那根精華，讓他繼續摩擦著我的身體，他以天伏地的姿勢，以幹插的動作做狀來抽送著我。

這時候他望著我。我才發覺他鈍鈍的臉上掛著星辰光閃亮的眼睛，他懇切地問：「Now, what do you want me to do?（現在，想要我怎麼做？）」

我聽到這句話，感動得快要哭了。這是涉身肉慾江湖來第一次聽到的問題，但也是一種肯定，向來人家當你是○號的話，你就是他俎上的魚肉，而他也可以變成死魚讓你去服侍，但我沒遇過有人會先徵求你的意見——放了一點尊重在你身上，即使那是儀式性的，是禮貌的諮詢，但起碼你覺得自己總算還原成一個有意願、有權力的人，而不是一隻被馴伏的獸。

我摟著他，覺得他胖胖的身體太好擁抱了。我離開他的身體，走下床，去背囊拿出了嘿咻包的工具。

我抓了一把安全套放在他面前，跨在他身上。他看到我手中的那一打安全套，以一種非常溫柔，但語調音揚頓挫的口吻說了一句馬來文：「Cukuplah。（夠了啦！）」

接著重吉將所有的安全套壓在枕頭底下，像是帶來福氣的壓歲錢。他這樣做也好，是不要讓安全套袋子的齒狀割到皮膚。

他只抽出一個，坐在我身邊，然後凝視著我。我倒了下去，看著他撕開吉袋的封套，披甲上陣。

當我漸漸感覺到他的存在時，他已是一吋吋地逼進了，他凝住不動，用手支住上半身，又再吻了我一下。我覺得他已完全走了進來，這時我的肚皮感覺到他的肚皮，他肚臍下的毛髮，他全身的肌膚大幅地覆蓋著我時，我終於明白，什麼是合體的定義了。

重吉叩關進來時，我先叫他慢慢來，寸步留心，別直搗黃龍。他真的聽話了。他背著光，雙手撐起上半身半翹起來，只是下半身凝止不動。那幽魅的電視光線將他描繪成一輪薄薄的皮影。那是真實的男人嗎？但我的下半身結結實實地感受到他一公分一公分侵了進來，他在我身上不是一片片地，而是一圈圈地放大。

我開始感到滿水位，彷如一個承受著洪水的水壩，迅速間漲高了水位。那已到了我的最高點，情慾開始溢了出來，漫溢滿瀉著。我的身體自覺地開始敲響警報了，一切戒備著。

我將他褪了出來。即使我有些歉然。他用心地給了我一場「毒龍鑽」，我的波心仍是無法晃漾。

重吉不放棄，我記得他寫過，他最喜歡破關而入。那時他是問我喜歡在床上怎麼樣。

然而現在我終於明白，重吉天生的堅與挺，佔了非常大的優勢。他不必掌舵擺正，只需對準炮位，即可擺渡穿越。小遊艇與大商船靠岸，講的是技巧，但體積也很重要。而他就是一隻小遊艇，不費吹灰之力，就靠關定錨了。

我的兩條腿抬得更高了，就讓他清清楚楚地扼緊要塞，他只是專心地吻著我的兩唇，兩隻手遊離在我身上，下半身便會像長程導彈一樣會自己尋找目標，就攻了上去。

他的第一次闖關不成，而我的全身卻被他弄得酥軟了起來，邊防就鬆懈了。一個不留意，他就興兵衝破了防線。我感到後門聳動起來，還支不開，甩不脫時，他已逐步逐步地吃了過來。

我感到自己慢慢地為他綻開。燦爛地。

漸漸地，不知是他觸底了，還是我碰到他的壁了。我們緊緊地咬合著。

交合就是這樣，與世情如出一轍，合了必分，分了必合，然而這只是半秒內發生的動作。我倆之間是平等地互惠，為彼此帶來一種各自所需的需求滿足。

重吉恢復了他活潑的本性，像一隻齊天大聖般騰雲駕霧，猴兒一樣蹦

跳在我的身上。他也像一個未戒奶的兒童，拚命地往我的胸膛上鑽。而且是嚙咬，疼得我呱呱大叫。

然而，當他深深陷入在我的大地時，我就抓著他不放了。

說什麼長又粗、巨鵰還是什麼的，其實像重吉那樣的尺碼剛剛好，好像找到適合的鞋子穿一樣，我們一起競走著，可以走非常遙遠的路。

他只是伏在我的身上，非常細心地研磨著，幹到一半時，又會拍拍我的臀部，示意著我換姿勢。他擅用著膝蓋支開我的兩腿，或是擺動著我兩手置放的姿勢，猶如一個按摩師般，嫻熟地運轉著我的身體，然後再伏蓋下來，合二為一。

每一招，都彷如內有乾坤，綿綿不絕地輸送著力道過來。

重吉就像哪吒一般踩著風火輪，火速地狠抽，也風風火火轟轟烈烈地猛操。我怪叫連連，抵不住時，掐著他胖胖粗粗的手臂，他便湊過嘴來，呼吸著我的喘息。

我們翻轉了過來，又倒轉，翻來覆去，只差於沒有翻下床。我的兩腿被他支開，又整合，高抬，復又低壓，伸張又屈伏。是年輕嗎？所以重吉是動感與衝勁十足？但我訝異於他的實幹能力。

我被他折騰到一半，他非常慎重地問著我：「我可以先射嗎？」

我都是他的人了，他要幾時射，我都順了他。即使這一回合只是不到半炷香的時辰。他得到我的同意後，猛然再撲殺幾下，開始像靠站的火車，停下了整副引擎。我感受著他停擺。

之後，他抽拉出來，長劍歸鞘。他將射得濃濃的一只安全套拔出來，丟掉，像完成一項志業，仰躺望著星空，抬起手來抹著額頭。我依了過去，他另一隻手摟了過來。我撫著那根仍像騰跳出水的活魚，愛憐地劃著圈圈。

我感受著重吉的震顫，他似乎受不了這種刺激。他緊摟著我，那動作彷如告訴著我：他還想再要，因為很痛快；但又不想要，因為這不應該。

但重吉只是摟了我一下，看似倒頭就要睡了。或許真的太累──畢竟

從早上九時起上班，到現在已是晚上近十二時，他還要在床上搏殺。

但我估計錯誤了。重吉原來剛才第一炮，只是一個煙幕。這時我才想起他在與我互通短訊時提過，他通常會很快地先射一炮，之後再繼續前攻。

這時重吉已爬起來，適才的一切，已成為過去了。他看到我的頭部依然在他的胯下，他的肉炮子又蒸騰起來。他按壓著我的頭送過去。那又是另一場天長地久……

重吉像一個牛市一樣，做了 V 型反彈。我咀嚼著他帶給我的一絲絲甜味，那是安全套遺留下來的安全味道嗎？我不知道。我搣著他的兩枚蛋蛋，掣肘著他，他就屬於我的了。

在床上的佔有是性愛，在床外的佔有是愛情，床裡床外的兩回事，其實是相通的，因你都是掌握著對方最脆弱的地方。這些把柄是對方甘以如飴、授之以柄的。

正如重吉一樣。

我端視著剛走過我身體的肉棒子，樸愣樸愣的，像一隻剛離巢欲振翅高飛的巨鵬，溫婉卻凜冽。

它像性愛祭祀上的聖杯。如果每個女人或〇號，在愛著男人那根勃起的性器官時就等於接受了他的一切，世界就會簡單得多，也不會有戰爭了。但有些東西是拿來愛，有些東西是拿來用，這個男人的屌，該拿來用還是拿來愛？

重吉已不是童子雞了。他蠢蠢欲操的小鵬，在多少具男體裡鵬程萬里過？利劍閃著血光，才是殺敵的證據，但眼前這根傲氣神風的利器，戰過多少場沙場？

重吉仍然火紅滾燙，而我持續濕潤，兩具焚身的軀殼，火速黏合在一起。我惜條如金，為他吹著簫子，為他奏的一闋調子還未完畢，重吉經不起我的調戲，就讓我簫離口唇。反身再壓倒我，他腆著臉問我：「我可以再操你嗎？」有一種化作春泥更護花的情調。

既然梅開二度，接下來就是春回大雁歸了。「可以，可以——只要這

一刻你只要我！」我別過臉，卻迎還拒，但我的手抓著他熱騰騰的棒子不放。我是典型的心口不一。

於是我們重覆著之前的程序。剛才只是「廣告時間」，稍後再回。現在他又拉著我上台了。他架起炮時，只需稍微調整，我寵著他，絲毫沒有勉強，馬上迎棒納棍了。

他「柳暗」，我「花明」，山重水複疑無路，因為他已鑽了進來。他感應到我給他的內有乾坤，別有洞天，我聽到他輕輕地「啊」一聲，長嘆著，一重又一重嘆。我一重又一重浪。

我逼豁了。豁了，也寬待著他了。讓重吉穿梭得更從容。但重吉喜歡壓力，他壓下我兩條晃動的腳，我的肉身搐了一下，又像被擰起的毛巾絞著他。他感受到一股壓力，嗷嗷地操著。

奇怪，人們總不喜寬待，而要自虐著自己，糟蹋別人才能迎來快感。

重吉用了「傳教士姿勢」的傳統體位，總之我兩腿一開，是敵人、是重棍、是萬箭、或是逃兵我都放進來，有進沒出，休想擅離！

但可能他不甘囚困，旋即改為狗仔式，從我身後來襲。這姿勢可是我的罩門，依然得豎高後關來圍攻，但他還是破了我的長城。我瓦解了，伏在床上，重吉又是趴體式，似是要像保鮮膜一樣地密不透風包裹著我。

他耍出了「反正鍋貼」一招，反面與正面一起來貼著。回想起來其實很難明白這種男人的心：他們在操著你時，千方百計要將身體的每一寸都無限擴大塞在你的身體裡，但其實當時他已定了錨，已無須「操之過急」了，因為他只要輕輕一靠，○號都會顫抖的。

他伏蓋在我背部時，我一邊諦聽著他的喘息聲，氣吁吁的節奏，伴著他的心跳，即使床頂上的電視聲響如此地巨大，但我還是感受著他的脈動，感受著那一顆耐操的心臟——

短短時間內幹了兩回，而且姿勢百變、沒有章法，卻產生驚人的混搭效應。我不知道重吉是否還有什麼招數變幻出來？他實幹，我也耐操，他精湛，我也是老江湖，但我覺得他的技巧純熟，一個年輕人如何變成性愛達人的？

第二回合，已過了一炷香時間，我的心理時鐘已失靈，失算了。他此次是長跑，而不是像第一次的短跑了。我不知時間過了多久，但我後來想該是有至少半小時以上——換言之就是他在我身上舞弄了半小時、三十分鐘，而以他當時若每分鐘平均有四十下的抽插與蠕動的頻率，等於就有一千兩百次的抽插。

我真的遇著千里馬了。

或許重吉是迷失的孤舟，他在我的海洋裡撐船。我溫柔地想像著他的抽插，但其實他是處處殺著，彷如他每一前進，就是在我的痛與快的感官上大開殺戒。當他狠下了勁，賣了命地撲殺，我在他的身子下，墜落地快樂著。看著他憋著氣，鼓漲著臉，是一種情趣。但看著他下半身不計後果的聳動與運送，我置疑著我倆是否是冤仇深的冤家，所以他才深入虎穴，鏗鏘左右開弓，迎風射十丈。

他口中吐出骨碌碌般的轟雷，但我下半身感受著撲簌簌的風雨，有些涼的感覺，可能他抽插得過於急速，竟造成一種扇動的空曠。

我在他底下，乍看是淒苦地啼叫著，但其實心是自由自在的。兩手架在他肩上，雙腳又七零八落地在他腰際上摩擦著，騰跳著，身體卻像波瀾一樣蕩漾著，一圈一圈，像陷入流沙般消失了自己。

是的，他有招術，我有段數。

當他在身邊再一次倒下時，我又看看他拋出來的安全套。也是一朵收聚成的雲霧，但含著他的生命精華，也是我風雨狂花後的明證。但我舒坦極了，也有一絲絲我不願承認的不捨。

這時，我們都已像吃了 KFC 全家桶，有油膩飽漲的感覺，但也享受著咬嚼著彼此的脆弱，回味著噴香鮮辣的刺激。

他緊緊地摟著我。要一個男人在事後摟抱著你，會有一種一起倒數迎末日的感覺。或許這是逼近死亡的經歷？——我們叫它「欲仙欲死」。

我們開始聊起來。我問重吉，「你到底幾歲？」

「二十四歲。」真的？他真的是二十四歲？他有著比二十四歲早熟、卻更似提早老化的軀體，還有技術。

「你幾時出道的？」這問題是我從與他肉體接觸的第二分鐘起就想問他了。

「唔⋯⋯二十歲吧。」重吉喘著氣。

「你真的很有經驗。」

「我有過二十多個男朋友。」

我再算數一下，四年二十多個男朋友，那不是一年五個？以這樣的比例，極可能是全民博愛慈善家。我問：「是男朋友，還是炮友？」

「男朋友⋯⋯真正的數目都記不清了。」

年輕就是有這樣的好處，像一棵春天裡的樹，不會有人在意一共長了多少片葉子。但秋天的樹，還剩多少葉子掛枝頭，卻可一數。

真的，他床上的才華橫溢，是後天打拚得來的一身真本領，「入行」四年，已精湛到家，未來四年他還會嬗變嗎？

這時重吉突然半坐起身體，往茶几伸探他的手機。我那時其實是伏在他的胸懷裡，他卻高舉著他的智能手機。我稍微抬眼一看，原來他在查看著臉書的 newsfeed⋯⋯啊，二十四歲！我在二十四歲時做完愛後哪有這樣的床邊行為？——在性愛退潮時立刻投身跳入另一個虛擬世界？

我不知道他為何如此緊張臉書的動態。我們兩個人的世界都已垮倒了，他的神思還寄託在另一個世界裡。當下重要、還是摸不著的虛擬世界重要？他向下捲著觸屏式的智能手機，之後放下。安靜著。

或許他在看著他的一大票男朋友是否有留言給他？

重吉隨即愣愣瞌瞌地，看起來真的是累垮了。不消一分鐘，他倒在我的懷裡睡著了。但我們四腳相纏，姿勢扭曲得怪異極了。我的一條腳繞過他的腰，被他壓著，他的一條腿穿過我的胯下，又搭到我身側。難怪以前那些色情小說裡常說：「打開門看到兩條肉蟲⋯⋯」

但這是最親密的扭曲。肉體上的扭曲，只帶來生理上的不適，但在睡

意正酣時你會不在意，而後麻木。兩個人在一起生活，也會互相扭曲來彼此適應，到最後也成麻木。

重吉拉起了被子，蓋著我倆赤裸的肉體。他抱著我，可能也是要取暖，我才想起我們剛進這炮房時，他身上穿的是兩重衣服。他是畏寒的。而他如今偎著我，我靠著他，兩相癡纏，這叫相濡以沫嗎？

不一會兒，我就聽見他的鼻鼾響起來了。別人比你早眠、提前跌入夢鄉，其實有些可怕，因為兩人同枕不共夢，而且你還要受著他的鼻鼾。

我一直認為極度疲累的人兒才會鬧鼻鼾，這讓我對身邊的重吉多了一份的憐愛──畢竟那麼「操勞」勞苦功高，操了他的屄一晚，忍受著一下他的鼻鼾聲也算是一種「交易」吧。

只是我的軀殼不敢妄動，深恐會壓壞他。最親密的體位與姿勢都嚐過了，最禁忌的部位都入了他的唇舌，反之現在最私密的姿勢就是睡姿，因為四肢百骸會在睡夢中散開，狼狠又狼藉地佈在另一個人的身上。

但重吉的鼻鼾聲都傳出來了，他已失去知覺。我該不必避忌自己的重量會壓絞得他窒息吧？

我摟得他緊一些，自己在半夢半醒之間。陪著一個陌生人睡，到底是為了何事？因為我剛睡過了他？而他現在睡得好好地。那一刻他只睡我一個人，而他可以一輩子被我一個人睡嗎？在性愛後往往就有這種錯覺，所以我說這是半夢半醒，是渾沌與渾噩啊！

暖被下，熱烘烘的軀體，棲息著一束不屬於你的靈魂與一顆流浪的心，獨留在夢鄉以外的我，其實孀居著一顆孤寂的心魂。而實實在在的當下，我所擁抱的是一具二十四歲血氣方剛的身體，我彷如掌握了青春，或許也體會著自己流逝的青春。

即使重吉剛才是如何地「巨體」粗礪，走進了我的生命，但現在聽著他起伏有致的鼻鼾聲，我有一種說不出來的淡淡的心動。在於自己苟且地渡著姦情外，自己有血有肉有門有菊以外，原來還會有感懷──那種說不上來，卻是溫暖湧動的暗流、滋潤。

但又有些恐慌：與人共枕不會有冷衾，卻有鼻鼾噪音在，這是我所要的一輩子嗎？

彷彿過了好久好久，我醒來了。重吉已鬆開我的身體，仰臥酣夢，鼻
鼾聲彷如已融入我的生命脈搏裡了。這時我可以全方位貼心地撫到他
的軀體了。我要找回那隻在我身體裡昂首飛揚的小鳥。

我不經意地鼓搗著他那小玉莖，他已萎縮到如同蛹一般地毫不起眼。
看起來又黑又沉，但我知道它是外焦內嫩的。嫩嫩的芽，抽芽而發時
卻是蓬勃。重吉的知覺回來了，如同經過洗禮的精魂，它醒過來了。
我看著重吉的下半身像個變形金鋼般脫殼而出，又是「淫棍」一條了。

年輕是好事，但金鋼也是火焠練出來的，他像個貼身丫鬟，隨傳隨到，
隨叫隨套，我看著那擎天昂揚，一派傲氣，突然間我有一股嗷嗷待操
的慾望攻上心頭。我應該要為他敗敗火了。

重吉睜著惺忪的眼睛，示意我再為他奏一曲。好吧我饞了幾口，呷得
嘖嘖作響，他像甜筒一樣脆弱，但也像甜筒上的冰淇淋般滿溢。

他雖意猶未盡，但看起來也累得不想再動了。我才想起自己沒有好好
地伺候他，包括耍出讓我最費力的一招：「上轎」！（即觀音坐蓮也！）

我在枕頭底下取出另一個安全套，他那根傲霜枝仍不屈不撓，時爾楞
楞地顛跳著。

我吸一口氣，慢慢地舒緩著自己，跨上去，就上了轎，我的菊心已綻
放了，但外在是完璧歸趙。像玉潔冰清的小龍女一樣，騎上了神鵰。
嗖……我上了雲宵，成了人上人。

這一角度，起初是「入木三分」，之後會一吋吋地蝕下去，到了蝕本
──我想起英文的 bottom-line 一辭，我那時確實觸底了，像縋了一條
繩子放進深井裡，是深井吞了這繩子，還是繩子進入了深井？

到最後，我感覺到我的臀肉已黏貼在重吉的下半身了，他那灘細軟的
毛髮摩擦著我，他墊托著我，我騎坐著他，按著他的胸，形同按著鞍。
他任我馳著，可能太興奮，他不聽話地溜了出來，我重新將他收伏，
再納入。

起初我是半蹲著扎起馬步，當一個人肉插座，重吉只能抬起兩腿，賣
力地向上飆衝，不敢大幅上下挺聳，這就是中等尺碼的弊處。

我覺得我的後門又被他蹂躪過了，因為我再感受到他的壯碩。我的腦袋瓜子像搖搖般地騰跳，幾乎是跳肚蹦床了。

他搭起了獨木橋，我也鋪著我的陽關道，兩個人的世界在合體後，又相通起來了。男人的屌在觀音坐蓮的照拂下仍然殺神滅佛，我想起那在台灣遇見的香港大叔，他若說觀音坐蓮不行，我就更應該好好地珍寵重吉著這匹良駒了。

我再伏低上半身，好好地為他餵奶，重吉張了口來吐信，猛地地吮吸。我嗷喊嗚叫，竟然嚎啼了⋯⋯

操得高潮快來時，偏偏房間的電話響了！

到底是誰撥電？

我一鬆，從神鵰跌入凡間。彈簧似地跑去接電話，只聽到一把華裔操著馬來語說：「還有十分鐘！」

我說「OK」，放下電話，對著床上迷茫的重吉說：「還有十分鐘。」我倆都開了弓，但未放箭，有些黯然神傷，但也有心神意會的默契，因為這是一炮一會、來到了尾聲，但他「一舉三番」仍是未了啊，貪多真會嚼不爛嗎？

我倆有些狼狽地收拾著這一戰三回的床局。他脫下安全套，就待在床上等，讓我先去沐浴。

我在沐浴間洗滌著自己，頓時清醒。後門在水淋下有些濕涼，但還是感到脈脈的溫情充盈著我，明證著這是「連中三炮」的歷程。但我還是要努力清洗，不留痕跡。走下這床，穿上褲子，就是不曾發生過任何事情。

稍為鬆筋拉骨之際，我才發覺自己站得有些酸，合不攏腳，可能是適才狎鵰時趕鴨子上架吧。

我沐浴完畢，輪到重吉進沐浴室。再收拾一下自己，包括在充著電的手機，一看：98% 的電力恢復了。從之前的 9% 到 98%，不正是我身體慾望的寫照嗎？從幾乎貧瘠到欠 2% 就滿百。我心中洋溢得滿滿的。

我再收拾那一打散落壓於枕頭底下的安全套。只用了三個。如果我們是熱戀的戀人，如果我們有一整個良宵，我們可能會揮霍著這些安全套到一個不剩？

我再將我自備的潤滑劑收拾好，劑條感覺比之前瘦了許多。撫著這條狀物，又想到重吉那根在我股掌與菊花心裡忽大忽小忽硬忽軟的肉棒子，之後他對我是否會像潤滑劑一般，用過之後薄貧起來？

衣帶漸寬終不悔，我與重吉有一腿。看著他穿好衣服了，我突然想起他在 Whatsapp 使用的代號，讓我聯想起一個常見的馬來名字，「其實你的名字是否叫『夏倫』（Haron）？」

「是啊。」

「哦…夏倫……」我心裡叫著這名字。我說，「那我可以叫你夏倫嗎？」

「可以啊。那是我的名字。」他顯得無所謂。

剛才給的是身體，現在給的是身份。我們有了身體與身份。但他始終沒有詢問我的名字。對他而言，我只是一個社會人士。可以是任何人士。

我們一起步入電梯時，他望著我，抓了我的手捏了一下，嘴角微彎起來，那對烏沉沉的黑眼珠顧盼流波似地，脈脈含情。

一會三炮，操過了，也睡過了。現在他叫夏倫。我記住了這名字。

清醒了，在第二天。我有些恍惚，腦中仍流連著重吉／夏倫。從那刻開始，他是重吉，還是夏倫呢？我不知道。

他的名字重要嗎？我記得在炮房裡臨走前，他打開錢包說，「剛才是 XX 令吉，我付一半給你。」

我像一個櫃台收銀員，收他的來銀——淫了後的銀。銀貨兩訖，兩不相干。那時我就感覺到這是一項交易了。我們交換了彼此的快樂與慾望。

但我不想讓事情如此複雜。我過後在 Whatsapp 留言給他，那時我在

健身院中，他在辦公室內。我問他：「你還好嗎？昨晚你可能累壞了。」
重吉說，他沒有問題，別擔心。

我說，「我有些上癮了，吃不足。」

重吉說，「我要休息，否則它會斷呢！」

我們吃吃地笑著。再隔一個星期後，他在傍晚時分發短訊過來，問我
人在哪兒。

我說我在健身院。他問：「那幾時做完 GYM ？」

「一小時左右吧！」我寫。他接著再問，我在哪兒做 GYM。我告訴了
他。

他說：「想到今晚要見你。喔不，不是見，是要咬你。」

我突然想起那一晚，他匍匐在我身上猛鑽著我的胸懷那一幕，那種陣
陣的嚙咬刺痛，如針扎一般。我全身彷如觸電。

「其實我是與我母親在一起。」我如實相告，「待我做完 GYM 後，會
與她逛逛商場。」我再問，「你很餓嗎？要咬我？」

「Yup。」他簡覆。「那晚一些吧！」

不過那晚我們最終沒有相見，但在接下來幾天，都有通過 Whatsapp
留言互通短訊，調情般的問候，狎鬧般的戲語。有時他會告訴我，他
要喝朋友的喜酒；有時他也說，他在搭著輕快鐵去停車場取車回家。

我說，「那輕快鐵裡的人一定會偷偷望著你。」

他說，「繼續發夢吧，寶貝。」

我說，「我會。」

他說：「Creepy ！」

後來，又過了一週，已是我們一晚酣戰三回後的兩個星期，是禮拜天，

我在與舊友茶敘，我就收到重吉的留言了。他一開始就問：「你好嗎？不好意思。這幾天忙著。」

這樣的開場白，我就知道要省略許多場面話了。我直接回覆：「我今晚沒有活動。」

「要見面嗎？」

「好。老地方嗎？」

「對。晚上八時？」

「好。」

我有些慶幸彼此達到一種無須多言、不動聲色的默契。但他說，「你可以穿上有腰帶的內褲嗎？用手機拍一些來，我替你選。」

「我在外面與朋友在一起。」

「待你回家吧。」

「我不會回家，待回見了朋友，我會去 GYM，之後直接去見你。」

「那好。你在 GYM 就沖好涼，我們可以直接幹。」我讀著，心頭一熱，蛋蛋一緊。或許，他想要節省時間可以多做幾場？

在飯局後，我將有一場床局。一場久違的床局。

重吉又打來一行字：「你可以替我吞嗎？」

看來他要為我口爆。可是，我對口爆、內射、無套的性愛三昧是敬謝不敏的。卻不能直接拒絕。我回答：「那看你是否能好好地幹。」

「呵呵…那我今晚有好多東西要做了。」重吉寫。

但我想到他那根東西時，又緊了一緊，我是否要讓他在口裡爆漿？想來都覺得自己汁繁液茂了……我還未真正探索過自己是否如此重口味。

夜色四合，我驅車到老地方。那已成了我與他之間的老地方了。我這次看不到他的車子。四下眺望，他那輛鮮色的新轎車該是十分矚目的。

但沒有。我千里尋他，就得靠手機了。電話撥通了，我們又像上次那樣：「你在哪裡？」

那時飄著雨了，我感到雨滴在身上，浸透著我的肌膚。我與他同時從車子裡鑽出來。他頂著一個鴨舌帽，我走過去。

「咦，怎麼你換車啦？」

「我家的車。」他說。他壓低了鴨舌帽，不讓別人瞧見他。他說，「剛才等你時，我看到有五對男女陸續進去了。」

「都是馬來人嗎？」我問。真是七情六慾，不分膚色。

「嗯。」他點點頭。

我打量著他的衣著打扮。他穿 Hard Rock 的黑色 T 恤，七分休閒褲，手拎一個類似迷你 iPad 似的平板電腦，樣子已半遮著了。我們一起步進酒店內。

這次是大義凜然似的大步闊開走進去。要了一間房，再一起走進電梯裡。電梯門一關上，他就拉著我的手伸入他的褲襠裡。

「天，你已來了！」那一鼓蓬的一塊，我有些驚了。重吉給著我一個鬼魅的笑容，像是一個暗示……

我們這次，又在同一樓層。然而是對準升降機的位置。所以隔了一扇門、一個廊道，升降機會機械性的升降，而我們這對「非一般」的炮友會在床局裡慾海浮沉。

這一間房的床位與電視機擺設又不一樣。電視機依然是懸掛半空，而且位置總算是較為合理的落在床尾，意味著整個床是對著電視機，而不像之前的炮房般，是如劍在懸高掛床頭上。

重吉一如上回，打開電視機，又一場公仔箱的聲色犬馬。嘈雜聲充斥了這間炮房，那是人世間的塵囂。重吉與我皆放下身外物，我看到他

放下那七吋的平板電腦，然後除下鴨舌帽，他的頭髮還是卷卷的，格外服貼。

我們先問候一番。他說，他太忙了。公司來了許多案子。我點頭示意。他沒有回問我，之後說他要上廁所一下。

我便在房裡張羅一番，先插好插頭，又來將我的手機充電。除下衣服，僅留下內褲，為了遷就他的喜好。然後，他先爬上床，我隨後。

本來是炮房，但現在覺得彷如是洞房。欠一對大紅花燭，但灼灼光華，已在重吉眼中放射出來。

在被窩下，重吉壓了過來。突然那種熟悉的感覺又上身了，他的皮膚質感，他身上濃淡不一的毛髮，輕輕地撫挲著我。他的嘴唇在我耳旁磨蹭，下半身堅挺的那一根土炮，直抵著我的腰肢，我不得不抬起腳來，讓他循道而入。

所以，什麼內褲在那一刻都是多餘的。我除下它，撫著他帶著細碎毛髮的臀部。他也伸手往我的內褲探。我整個人被勒了起來。

重吉開始與我接吻。這時候我們的吻法，有了一些章法。至少我知道他喜歡吮舌，攪動，我就探著進去。他呃著不放。

在撫著他的背部時，我赫然記起之前，那是不久之前，還是遙遠之前，我也是如此地撫著他的背肌，那時還有一絲絲地緊張，心忖著他接下來會怎樣做。那時的憂慮，竟然成了現在的可笑，因為，我們已合體過了。

我將他的內褲扒下來，將上半身轉往他的南部進攻，如同上回那般，我們來了個69體位，我的蘋果臀又在他臉上被掰開來了。

這時我才發覺他將下部的毛髮剃得一乾二淨，如同伐過的森林，似乎有些無情，但更顯得他一柱擎天。他猛挺的肉棒子，沖天而上。底下兩顆蛋蛋緊縮起來，也是光禿禿的，像剝了殼的水煮蛋，滑嫩。不知是否芬香。

我抓著他的把柄，就不如打兩顆蛋來吃吧。一把抓起他的蛋，含在嘴裡讓它們滾動著，這時重吉已將他口中叼著我的棒子一鬆，嬌啼了，

而後嗷嗷嗚叫，身體扭動起來。

我知道他被燒滾了，沸騰騰地。或許是蛋蛋的脆弱不堪搓弄，我輕輕地含著，這時我才發覺其實他的蛋蛋真的蠻小枚的，難怪可裝入口裡。

或許他所有多餘的肌膚都跑去了他的肉棒，像保鮮膜一樣裹著它。我就要剝開他，看著他的肌理，看清楚他的紋路。刨根究底，又巡迴到他的兩枚蛋蛋。

割禮後的莖子，幹練、精滑，雖然深色，但如同巧克力的甜。我發覺自己越來越愛。而他的偉大，不是因為堅挺，而是因為它討好了我。讓我喜悅。

重吉的棒子其實蠻修長的。如果他的身型有這樣的修長，那也不錯。可是在胖胖的西瓜上有個蒂結，其實更可愛。

我伏在他的下半身，開始一口一口地喫起來，還得做出一些嘖嘖的象聲詞，又像要呷著熱咖啡一樣，有些燙手，卻有些惜憐自己那般的。

然而其實我有個奸計，就是要讓他再來探花，來場毒龍鑽。所以給重吉拉近距離。詎料重吉不上當，或許當時他忙著仰頭長嘯來呻叫。他給我打蛋含棍搞得死去活來，彷如在平底鍋上被翻煎般。這時的我，被逼緊按著他的兩腿，不讓他翻動。

後來，我敵不過他輾轉的力量，被他反扳起來。他壓著我，兩唇就親上來了。過後仰躺著，再讓我好好地侍候他。這時我才發覺他還將腋毛都剃了，反之保留著胸毛與肚臍下的一灣淺溪似的碎毛。為什麼他要兩個胳臂空蕩蕩？我有些不解。或許這是他表達性感的手法？

但他肚臍毛卻是最性感的象徵了。我記得我在手機短訊中詢問過他，是否長著肚臍毛，他說有……

重吉這時半坐起來，望著我，電視機斑斕的花色映照在他挫挫的臉上，讓他顯得有些神祕感。他問我：「安全套呢？」

我像個屈順的僕人，點著頭，叮咚跳下床，就取出了嘿咻包的工具。我又多拿了幾個安全套。重吉躺在床上了。他石杵般堅硬的肉棒子，仍在指揮著我。我沒有多說話。但也意會了他的默許。我們像要完成

上回未竟的使命。

我拿起其中一個安全套，撕開。拿出套子。再將它套捲在重吉的肉根上，手勢嫻熟得令我自己有些詫異。但明明我並不常如此做啊。

之後就裝備著自己。我擠了一些潤滑劑在他包紮得鮮亮的肉棒子上。我倆沒有說話，但知道彼此該要怎麼做。這個姿勢，就是我倆那時沒嘗完的觀音坐蓮。

我扎起馬步，跨騎上去。擺正他的舵位，我壯烈地坐了下來。

一吋一吋地，先是沒頂，我只稍微感覺到一絲絲的異樣，之後我便像水母一樣，飄逸地覆蓋了它。

重吉呻吟起來。我用力一收縮，看著他痛爽無間的神情，電視機的花色流離在他五官上，馬來連續劇的尖刺對白遮蔽了他的呻叫。而他像被行刑般，兩手高舉，露出光滑的腋下，不斷地扭曲著。

我感到有些驕傲，就拔身而起，起駕，再落下。他是我的翹翹板，他托高，我就升空騰跳，再重重給他一挫，狠狠地套下來，他就會感到壓力千鈞落下。然後我欲縱還擒地往上拉著他，一邊吸著他那一蠻勁，彷如拔火罐般，讓他離開我時有一股戀棧之感。

真是氣象萬千的非凡感受。我開始昂揚高歌，一邊抬頭，一邊用十指按壓著他的胸膛。感覺到自己像策馬快行，但一離鞍時，猶如「空穴來風」，一落席，又「密不透風」。但棒不離身，此次我們連綿不絕地馳騁著。

這時候人的神思是放空的，而且飄得很遠。那種物理上的摩擦彷如昇華了，讓你飄飛起來。我抓起重吉的兩隻手，放在我胸膛上，我倆就這樣耍著太極般地柔軟地互相借力推搡。

忘情了，我拉得太闊，重吉整根掉了出來，這種情況會讓我倆都很著急，因為一刻都不能停，一時都不能分。合體就像舞蹈那般，有節奏，有進退，不會切割，兩者是一致的。但更讓我自己驚訝的，我像餓狼般將他急急叼起，就吞嚥下去，那種獸性，讓我覺得很不是自己。

重新置入重吉時，那種熟悉感非常奧妙，因為那是我的天地，誰也不

能看輕這天地的重要性，那種歸屬感。我想，這就是癮的開始。

重吉後來見我過於辛勞，示意我躺下。他弓起身子，然後讓我往後躺。我倆仍是身底相連，但變成我的臀部壓著他的兩條腿了。他不在意，就任由我坐著。我的上半身由胳臂往後架撐著，而兩腿伸到他腰際身後，抵著力，奮力地在提腿聳退著兩股，再度讓他飽受著那種歷經風霜的磨練。

我倆像 V 字型般合體了，我看著他的胸膛，看著他那鼓起來的小肚腩，看著他迎向電視畫面的那張臉孔，像一塊投映布，沒有了自己，我在套幹著是誰？他叫夏倫，他叫重吉，我叫什麼？

重吉不敵這種面對面的對峙，再將我壓倒。我的頭顱已掉出床沿上，他像個吸血鬼將兩唇枕在我頸項旁，拚命地吮著，我一邊抵著我下半身受他一波又一波地的浪擊，一邊將他的頭移到我的胸前。

重吉的吻與舔合一，移師到我的胸前時，簡直是在鑽孔打洞。怎麼馬來人如此喜愛我的兩乳？他們的狂喜甚至是嚙咬到讓我發聲求饒，仍不罷休。但我一重又一重地像塊擱淺在岸上的孤木飽受著他發狠的勁道沖來。我輕輕地喚著他：

「噢，夏倫……」

他彷如聽到那夢囈裡的感召，更加迷惑地在我乳上吮著。我看著他的頭髮，看到他頭頂上有一塊較為明顯的禿頂，想著這一具二十四歲的身體，裝著的是怎樣老練的一具性愛靈魂。我愛撫著他的頭髮，還有他的耳朵。「夏倫。」我呼喚著他，在欲迎還拒間加插著鳴叫哀憐的呻吟，聽見重吉已半醉著應答著我，「嗯……？」

我融化著他的名字，在我的呻吟間。再將他移到我的左心房位置，讓他吮吸著我的左乳頭。我希望他的臉伏在我半弧線的厚實胸肌上，能傾聽我的心跳，在他的舌尖隔著一層皮肉內，猛烈地騰跳著，而我，一邊感受著他下半身源源不絕傳送過來的生命脈搏……

後來，重吉將我反掀起來，又來了狗仔式。我溫馴地被他折服，五體趴床，頭部已跌落床沿外，感受著重吉一重重的衝擊。他像揮霍金錢的暴發戶，不一會兒，銀彈散盡，他的動作漸漸地緩了起來，再抽搐幾下，我知道他已高潮了。

後庭突然落空，我才知道他離開了我的身體。我轉頭看著他，按著根部，不讓安全套掉落下來。他的安全套仍如同保鮮膜般裹著他積存的熱情。我好好地轉過身體來，替他除下安全套，隨手一丟……

一個不小心，裡頭熱騰騰的白漿都洩銀了，沾到他的大腿，他哎喲一聲，我再拿廁紙為他被潑濺到的大腿揩乾淨。怎麼我像個奶媽一樣地照顧著他？

我知道重吉的第一戰，總是乍暖還寒，形同暖身。他那兒仍是興致勃勃，興兵而不休兵，看得我從心底裡翻滾著一種佔領的慾望。是的，他征服我，他也被我佔領。

我馬上將重吉叼起來，讓他在我的唇片裡抬頭。他剛泡浸在自己迸裂而出的爆漿裡，現在又有我的舌尖暖意熱敷了過來，該是高潮重迭吧！我不知道自己為何有這樣的衝動，這太不像我了。我舔吸著他剛才在安全套裡發射的一點一滴，舌尖包抄著他，想起重吉下午問我：「你會不會為我吞？」

重吉倒了下來，如之前第一次相遇時那般，緊摟著我。這時我還未休耕，他也未休兵，依然一枝獨秀。我依偎在他的胸懷，舔弄著他的乳頭，還有撫著他淡淡細細的胸毛。

重吉的強勢，是在下半身，然而他的罩門，卻在上半身兩乳。他似乎不敵我遊離的舌尖，到後來他索性躲在被窩裡。我逗得他有些趣味了，緊抓著他的把柄不放。

其實要控制一個男人真的很簡單，就是抓住那辮子不放，一切就依從你了。

很快地，我就將重吉重新披袍上陣。我又做回同樣的程序，只是為他加冠掛冕，然後「推莖置木」，再次上座了。重吉成了我的轎夫。

我知道這種姿勢，確有一種勞役他人的瘋想。因為我上轎，重吉抬轎，但事實上是我在磨。當功夫真正到家時，鐵杵就彷如磨成針，不是像針般扎人刺痛，而是如同針掉草堆。即使是龐然巨物，在自己的身體裡找也找不到，也看不透了。

重吉再次成為我的領土。一切一切，在我的蹂躪下，他慘嚎嗚叫。他

得播秧播種，要繳重稅，我是封建制的地主，我也是遠在天邊的暴君，就是要剝削與壓榨他的一切。

想到壓榨時，我真的用力一擠他，重吉仰頭長嘯，如同困獸。

果然，他反撲了。重吉壓倒我時，我的奸計已然得逞。他就提起我的兩條腿，彷如要撕開雞腿肉般一瓣一瓣地撕下來，接著像一組雜牌民兵，反攻、攻城掠池，這時我才感到整張床都在搖晃了。

我喊叫得比之前更高昂，發覺自己變得又深又寬，如同海洋般翻天覆地。這種被撕裂的姿勢，就是奔放與豁開的力量。我覺得男人，做○號的男人的強勢是那麼地包容，而且你永遠不知道自己原來可以如此包容。

重吉胖胖的身子撲倒在我身上，他抽送聳動的兩腿傍在我的兩腿上，我感受到他的重量了，與小胖子行房，重點真的是他的體重與姿勢，但當兩具肉體交叉匯合，一方被折倒、被刺扎，一方疾馳揮殺，是快意與苦楚交雜，這種痛快必須要高呼才能解脫出來，因為⋯⋯我快解體了。

夏倫。夏倫。

我喚著他的名字，他刺殺得更甚更用力。喚著他的原名，彷如勾起他心底裡最初衷、最原始的身份，如同上帝的召喚。在這種神智迷離，肉體在汗與熱交雜時的冷暖麻痺間，自我就好像紙屑般飄起。

最後，重吉又再射了。他抽搐得更厲害，比之前更猛烈，他必須大口大口地吸著氣來保持著自己。

大功告成。這已是梅開二度了。夫復何求一位炮友如此與你相契相知？我再為他拔出安全套，放在嘴裡再嚐。他放任著我，我感受著他一公分一公分地消退。他這次退潮退得更快了。

我們朦朧地入睡，又是另一場夢，另一回的醉。性愛退潮後除了是摧枯拉朽地讓自己成為廢墟，也彷如是另一場密集快速的感官重建。你會漸漸發覺所有的細胞活躍起來，重新注入元氣與活血，熱絡起來。但精神上卻疲憊得連眼睛都抬不起來。

我摟著重吉。他是我的良人，我是他的愛妾嗎？這種炮房變洞房的意識錯亂，讓我覺得我更應該了解他。

趁他還未鬧出鼻鼾聲前，我讚美著重吉的表現。這都需要嘉許的。

「你做過○號嗎？」我問。

「有。很多年前。但只為那人做過而已，他也是我第一個。」

「誰為你『開苞』？」

「我的表哥……」

哇，禁忌的香艷！我突然想起那一晚在巴特的床上，我述說著一個經典亂倫名片的劇情（見《亞當的禁果》）。但那是杜撰的故事，但現在重吉說的是親身經歷。

我繼續追問著，重吉如實招來：「他大我四歲左右。人長得蠻壯的，以前在家鄉時，常去他家過夜。有一天夜晚，他……我們就做了起來。他插我。」

「你喜歡嗎？」

「嗯。因為是他。他是我的初戀。」

「可是他是你的表哥啊。」

「無所謂。反正只是玩。」

「你們在一起很久嗎？」

「沒有……只玩過六次吧。他喜歡插。我讓他做他要做的。」

「之後你就變成一號了？」

「是啊。我只為他做○號……」他囁嚅著，「因為我愛他。」

「我愛他」這三個字，多沉重的表白，卻是多偉大的誓言啊！我心想。

「那你們現在怎樣了？」

「他結婚了。而且也是在國外工作……都沒甚見面了。」他有些黯然。

我可以想像的。眼前這具肉體，只因天生的賜予，只因活在這國土上偏遇如此的政策，大多數精英份子都享有海外工作的機會，或其他特別優惠對待，當然，他們還得向法律與社會交代，他們需要結婚。

「那他是同志嗎？」我問。

「我不知道。」

我再追問：「你會結婚嗎？」

「我會。」

「啊，為什麼？」我問。

「因為我想要孩子。」

「你喜歡孩子嗎？」我問。

「還可以。」

「那你上過女人嗎？」

「沒有。」

「你也沒有交過女友？」

「沒有。」

「那你應該交交女朋友，看看自己是否適應得了。」

「唔……還未，如果我交女朋友，要上床，那就要結婚了……對於女孩子來說，上床是很**聖潔**的事情。」

當時我會心一笑，那麼男上男，操到翻了，不是聖潔、而是快樂的事

情吧？

「你捨得了男體嗎？」我摟著他問。

重吉說，「我會在三十歲時結婚。」

「你現在二十四歲吧！」

「對。」

「所以你還有六年。」是的，還有六年時間，重吉還可以在不同的男體之間流連採蜜。

那時我該是掠過了這樣的一個想法：我會是那六年嗎？至少他還會繼續飛揚，那麼……

他的身體以外，我需要跨越過去，了解更多。隨後我們開始一些非常瑣碎的閒聊家常。重吉說，他目前所任職的公司，其實是他畢業後的第二份工作，之前第一間也是一家外資公司。

「我是讀工程系的……但就是找不到工程師的工作，只好做一些不相干的行業。若非之前在那第一家外資公司任職，我也不會得到現在這份工作。」他說。

「所以應該賺不少吧！」我說。

「但工作量很大，很多……」重吉說。

我問他那輛車子是否耗油，因為那是我本來想購買的車子。他直接說，「啊，很耗油！一個星期就得打滿缸油——三百多塊！(令吉，約台幣三千元。)」

哇。我心裡也吃了一驚。

「賣掉它吧！」我說。

「不……這是我第一輛汽車，我不捨得賣掉……」

就好像他第一個戀愛對象，第一個性愛對手，不會輕易割捨。或許，我們人人都會有這樣的依戀。不是說要不要割捨，而是根本從來也不會自動消失的。

我撫著重吉的身體，回想起他剛才加諸於我身上的床上經驗，都是他實戰贏回來的。他有今天的他，他給我的快樂，其實我不應只是要感恩他現時的體貼，而應感謝昔日他的床侶。或許，包括為他破處的表哥，當年表哥如何幹他，他今天已能施加於人。

未幾，重吉就睡著了，傳出悠悠的鼾聲。我看著電視機的馬來連續劇，對白狠辣，卻發覺我竟然聽不懂多少句對白，因為劇中人的說話節奏太快了，吵得不可開交，而且是馬來文與英文交雜。馬來文已被改編成四不像的語言，我只是聽著那些破碎摻雜的英語來猜對白的意義。

我很想將電視機的聲音熄滅，但重吉壓在我身上，我動彈不得。我只看著公仔箱裡演著一場場的戲，其中一幕是一個漂亮的馬來女演員如何呷醋發癲罵著疑有第三者的男主角，還有另一對怨偶如何在痛苦的邊緣掙扎。七情六慾的典型婆媽肥皂劇。想不到我離家了，在炮房也躲不過，因為我睡不著。

冷氣漸漸地冷了。我覺得我需要沖洗一番了。我逕自拿起毛巾，走入沐浴間裡，在花灑下，人再度變得清醒。我半掩著沐浴房門，看著床上已倒在一側入眠的背影，覺得有些不可思議——我幹過了這男人，而且已是第二次，在一座鬧市的炮房裡的幽室裡。

我沖完涼後，整身顫抖，因為冷氣開得太大了，整間房冷得如同雪櫃。我鑽上床，抱著躲在被窩裡的重吉。他雖面對著另一側躲在床角，也識趣地騰出更大面積的被塊來遮蓋著我，還用一隻腿來纏住我。

恍惚間，電話又響起來了。仍是我去接聽電話，這次是輪到另一把男子聲音說：「Ada 10 minit lagi.（還有十分鐘）」

這是下課鈴聲吧！這一堂課就要這樣散了。

重吉好像真的累壞了似的，有些不自由主地走進廁所裡，似乎半個靈魂還在睡夢中。看著他拖著一副殘敗的身體走出廁所，一邊擦乾身體，我望著適才他那勃勃生姿的小雞雞，形同掛在牙膏嘴外的殘餘贅膏。那麼諷刺的形體啊！如此萎靡。但剛才我才為了它的偉大而驚呼尖叫！

我們一起出房前，望望房裡還遺留什麼，我問他：「咦，你買的這平板電腦是什麼？」

重吉說，那是三星的 Tab，但電池常有一些小毛病，時爾會自動關機。我哦了一聲。然後一起關門，搭電梯離去，氣氛有些怪異。此前火熱交纏，此時卻是非常官式與有禮的互動。

電梯來到底層時，恰好另一間炮房的客人也完事開門。是一對馬來男女情侶。女的在整著頭巾，男的戴著鴨舌帽，連眼鏡都是墨鏡遮臉。但一望其魁梧身材，簡直是乳牛。我看了幾乎垂涎，再瞄瞄這女的 muffin top 身材，我突然間好奇人與人之間的吸引力到底是什麼一回事。我望著這男的不放，幻想著我在他身子底下……

我們離開旅館前，重吉也沒有掏腰包說分賬付款炮房錢，或許他忘了。我想，沒有問題，或許下次就他出資好了。

臨分手前，我問他：「有時間我可以叩你嗎？」

他說，可以啊。

那時又飄著細雨了，上車的那一剎那，突然很想念他，像泉湧一般的思念，但我們才分離不到一分鐘。我開著汽車離開時，看到重吉仍在車子上，他頂著那頂鴨舌帽，低著頭，該是望著他那台平板電腦吧！

那一晚，該是我最後一次見到重吉了。

◐

開了炮房，猶如開洞房，現在我竟然開了心房？自最後一次見重吉，幾天後我寄短訊給他，帶著開玩笑的語調說，「希望你過得好。我明天得空。」

「我工作啊。嗚嗚。」他寫。他知道我要的是什麼。

「我知道啊。如果你要在下班後『咬』我，讓我知道。」

「一定會，寶貝。咭咭。」

十天後，叫我「寶貝」的重吉仍沒有消息，他不復以往般會偶爾寄問候短訊。我開始著急，更是滿腹疑竇。我晚上撥電給他，他也沒接電話。我在翌日再寄短訊，重申說我有致電問候，他才覆函說：

「我生病了，非常忙碌。」

我祝福著他希望他早日病癒。那時我心裡第一個念頭是：他是否因減肥過度而壞了免疫系統？在五天後，我再度問候，希望他已痊癒，他隔了好久才回應：他還未病癒。

我在覆函時說，「在這個時候如果我說我在想著你，或許不會是奇怪的事情。」

之後，重吉就像掉入海底的針，沒有蹤跡了。或許就是這句話，劃斷了我們的一切，我在海底撈針。

我幾乎是每隔四天就發個若無其事的短訊給他，事隔四天，是因為不想要過於顯露我的猴急，更不想敗壞大事。

我只是簡單地寫著「嗨你好嗎？」之類的白癡問候語。但我倆之間早已超越了這些，不是嗎？我們在第一句「你在哪裡？」之後就會心地知道彼此需索的是什麼，我們在床上的動作已有協商默契知道應如何遷就體位來容納對方，為什麼我還要發這些「你好嗎？」之類的問候語？

我甚至在不同的交友網站搜索他的代號，天真地想知道他多一些。但一無所獲，代號叫夏倫的人太多了。後來，我在谷歌搜索欄中鍵入他的名字，加上工作公司的名字，但馬來人的名字太多莫哈末了，我找到一大堆不相干的資料。

我想起他性愛退潮時拿著手機上臉書的情景，我上了臉書搜尋，都是白尋。因為臉書帳號也設定成禁止搜尋。

我才發覺自己擁有了他的身體，他的一些心底祕密，但連他的全名我也不知道。身體往往比不上身份的珍貴。

我做了許多猜想：重吉真的病倒了、他太忙碌了，或許他的手機或平板電腦有問題，收不到短訊留言，更嚴重的是，或許他遭遇了什麼突變。或許，重吉回到男朋友身邊了。

又或許，是因為第二次床戰時，我這一方出現問題了。種種臆測，最傷心的不是這種被拋棄，而是自虐的想法。

痛恨著以為自己歷盡滄桑，已是不羈狂放，詎料自己床上放蕩，下床後又是鵪鶉模樣！這不是以前歷經過的心情翻版嗎？到底這幾年我學到了什麼，是否有成長什麼？

後來我再撥了兩通電話給重吉。第二次撥時，電話另一端響得好久，像歷經了一個世紀，最終熄滅了。

看著 Whatsapp 的每則留言旁邊顯示「雙層鉤」的「已閱讀」標示，我只能知道他是收到了我的訊息，那是他還活著的痕跡。

但即使我是每隔十分鐘都在檢視著他在 Whatsapp 的活動狀態，看著所記錄著的最後登入時間，我彷如隔世望著一個情感墳墓的遺照。

我想起他提起其前男友時「死了呱」的口吻，對我來說，他自動失蹤，其實也是要在我的生活裡「死亡」。

後來，我意識到重吉是有心避開我了。但我痛恨這種不告而別的方式。要劃上句號，也應該要大鳴大放的。我決定撥第三通電話給重吉，在晚上十時許撥，電話另一端也響著，若他有接，那就例行詢問，但他沒接，就是這樣了。

果然，電話那端的鈴響戛然而止，寓示著我們之間也戛然曲終了。

我最後寫了一則短訊給他，分別留言在 Whatsapp 及手機短訊，用上字斟句酌的思量，留給彼此日後好相見的後路。

我寫：「在留下多項留言和叩你三次後，一切都沒有回應。我真的不知發生什麼事情。希望你確實是在忙著，以致無意錯失了。但無論如何，刻意忽略絕對不酷，也不是最好的方法來告別。希望你安好。Hezt。」

或許，固定地約約炮，隨傳隨到，隨叫隨套，互相爽爽，也是穩賺不賠的投資。床上佯裝談情，蕩呻偽裝動情，只是一刻的裝婊子尋歡樂事，扮騷貨，裝飾成你我都偶儷，對性愛都是雲淡風輕，是退而求次

的選項。

但我當時就像無價販賣的過期豬肉，血淋淋地剖開胸膛讓他看看我的心，他該是嚇跑了。

其實，我真的很想告訴重吉，既使他桀驁不馴，不想塵埃落定，但我覺得他有趣，也不代表會真正愛上他。炮友沒有天經地義的結合，但合久必分，而我們只是兩會兩炮，就此告終？

那陣子縈繞著我的是，我失望的到底是什麼，是重吉這人嗎？還是這一段炮緣的結局不符預想？又或是我本身的缺陷？

寫了那則告別短訊。我的心也沉寂、沉澱下來。

重吉像一杯參色奶茶，捧上桌是奶茶、淡奶和椰漿糖，三色分明，彷如多重面向與口感。但攪亂後就糊成一杯，喝下肚裡苦甘相參，冷暖交替。然而，椰漿糖往往是無法攪得勻淨來融入奶茶內，那一層的甜與膩，永遠就是葬身黏在杯底。

或許還有更多的三色奶茶等著上桌吧。我期盼。渡盡高潮姦情在，相逢亦是老炮友。只是此後每次想起重吉——我想我會多一些些惆悵。

重吉，諧音取自「衝擊」。

國家圖書館出版品預行編目 (CIP) 資料

禁果宅配便 / Hezt 著.
– 初版. – 臺北市：
基本書坊, 2015.09
240 面；14.5*20 公分 . -- (G+ 系列；B029)

ISBN 978-986-6474-66-8(平裝)
857.63   104015436

G+ 系列 編號 B029

禁果宅配便

．．．． 著

責任編輯	李偉菁・邵祺邁
視覺設計	林展暘
封面攝影	ENO.L

企劃・製作	基本書坊
社　　長	邵祺邁
編輯顧問	喀　飛
法律顧問	鄧傑律師
業務助理	謝大蔥
首席智庫	游格雷

社　　址	100 台北市中正區南昌路二段 112 號 6 樓
電　　話	02-23684670
傳　　真	02-23684654
官　　網	gbookstaiwan.blogspot.com
E-mail	pr@gbookstw.com
劃撥帳號	50142942　戶名：基本書坊

總經銷	紅螞蟻圖書有限公司
地址	114 台北市內湖區舊宗路二段 121 巷 19 號
電話	02-27953656
傳真	02-27954100

2015 年 9 月 15 日　初版一刷
定價　新台幣 300 元